寫劇本

是個自己和自己打仗的工作

希望有更多的編劇朋友、

勇於開創新的戲劇類型.

只要試著做好劇.

就會被看見. 被支持. 被鼓勵.

呂蒔媛

后浪 电影学院 163

我们与恶的距离

The World Between Us

吕莳媛 公共电视 著

中国友谊出版公司

我们与恶的距离

The World Between Us

故 事 简 介

两年前一场无差别杀人事件中,凶手李晓明造成九人死亡,数十人受伤,台湾"最高法院"宣判其死刑定谳。

身为"品味新闻台"编辑主管的宋乔安,她的儿子正是这起事件的罹难者。乔安与丈夫本因工作理念不同渐行渐远,更因儿子离开后水火不容,准备诉请离婚。白天她是新闻台厉声火爆的主管,晚上则是无法走入儿子房间、以酒精麻痹身心的可怜母亲……当女儿的行为日渐失序,加上凶手李晓明的妹妹因缘际会进入公司,成了自己的下属,她与丈夫刘昭国,终究被逼着直视整起事件和新痕旧创不断的人生。

与此同时,李晓明的辩护律师王赦,在死刑定谳之后仍想要了解其犯罪动机,被受害者家属泼粪、遭骂"人渣律师",连家人都无法体谅。锲而不舍的他,开启了众人命运联结……

导读推荐 1

通往地狱之路，常由自命良善的人所铺成

作家 / 影评人　马欣

《我们与恶的距离》要说的不是如何分辨善恶，而是如果不睁开眼睛看清楚这个世界，人将无从善也无从恶。

记得日本心理学家河合隼雄说过："一味地'排除恶'，恐会引来更大的恶。"毕竟排除恶是方便的，因为最早帮助我们社会化的常是童话，但它也会误导我们对善恶的标准。童话通常引导我们生来是一个主角，这幸运的本位让我们看事情充满盲点。

许多童话中"主角"的明证是他对善恶一无所知，无论是灰姑娘或是小红帽等，仿佛对"恶"的无知是我们以为"好"的正统性。这类建构出自恋视角的故事，使得我们对恶很容易呈现歇斯底里的反应，我们经年累月的受害者情结也开始产生，以为那是自我纯洁的象征。善恶说穿了，在没有好的教育基础下，在当代无疑是各种自恋形式的裹脚布。

对加害者丢石头，更能成全自己的自恋

当我们论述善恶时，只要意识到有人在观看，我们就有种亟欲表态的冲动，像猴子当街表演一样，没有比"对加害者丢石头"这件事更能满足自己的自恋感。这是《我们与恶的距离》剧本书里的众生相。

里面的多数角色，都有着"跟人群向恶人丢个石头便感到满足"的潜意识，生怕这世上没有好事之徒，随时等待着下一波热闹。并非因为正义感，我们对善恶的沉迷，更多是我们的自恋有了更多的表述出口。

因此，《我们与恶的距离》里固然以为死刑犯辩护的律师王赦被群众泼粪为爆点，但人物线众多，它的主角其实是广大群众，当然包括煽风点火的键盘侠与记者，一起联结出一串人形蜈蚣，成为一种集体附魔的状态。

对恶的着迷与追打，是疏离社会的附魔群像

一开始或许有人是善意地上网留言，但陷入群体狂热后，常会陷入一种道德亢奋的状态而不能自已，不断关注那个犯人、不断搜寻着那人的传闻，而成为一种成瘾状态。如汉娜·阿伦特（Hannah Arendt）对盲目人群的观察："这些群众的主要特质不是残酷和落后，而是孤立以及缺乏正常的社会关系。"

《我们与恶的距离》是这疏离社会下的附魔状态，一如书名本身就是个提问，我们与恶的距离比你想象的近，因为我们往往假善恶之名，行自我证明之实。只要是快意恩仇都充满了一念无明，哪里来的善恶。

在集体失格的时代，家庭可能不失格吗？

故事的主线为加害者家属与被害者家属，中间联结的则为律师、心理医生与记者，不过真正带出这故事主情感的是随机杀人犯的妹妹李晓文，从她必须要改名、在网络上也被罪名连坐、家人躲逃、选择工作的小心翼翼等，让人想到东野圭吾的《信》，在一个有重罪犯的家庭中，他的家人是否有重生的机会？

亚洲一直以家为单位，只要小孩犯罪，直接追讨的就是家长的教育方式，接下

来挖出的就是嫌犯的在校生活与平常鸡毛小事。我们急着要找一个理由来让自己心安，急于将他人人生简化为两句话，大量使用专业用语，如"反社会分子"被情绪化操弄，而忽视这时代"失格"这件事的泛滥。各专业领域都逐渐失格的状态，如何奢谈"家"仍能像 20 世纪 80 年代经济起飞时有一定的约束效用。

老实说，20 世纪 80、90 年代被高估的典范家庭，因为曾经是个稳固的经济单位，在经济平稳时才能发挥它的作用，一旦阶级与经济风向混乱，"家"这艘船如果太小，就在风雨中失去了定锚的力量，人们只能以浮木来抓住"家"这概念。人们对于追索"家长失格"这件事有种过时的观念，"家"这单位之于社会，已非以前的度量。整体翻转的价值观，让我们忘记我们都在一个集体失格的年代而不自知。

因此，书中举出几个家庭为例子，都以过往僵化的价值面对现在的社会，出现了《你的孩子不是你的孩子》中世代脱节问题，无论是里面追八卦求实时的记者无法身教于孩子、身处富裕阶层而严重脱节于现实与其他阶层的父母、忙于营生无暇他顾的父母，都像是在大海中失去坐标的父母，无法掌握新时代的风向而自乱阵脚。书中男女老少都在这大景幕中，出现了集体迷失的状态。

新闻业的老鸟与菜鸟一起迷失，成为一个表演者而非产出者，虽然失去了新闻业的公信力，但仍创造了一个过度嘈杂且语焉不详的世界。

众声喧哗的世界，你能分辨哪一句是真实的吗？

故事中的角色们每日在这些真假舆论的回声中无法思考，包括自媒体本身就容易有一种过于自曝的躁郁情态，以至于故事中新锐导演思聪出现幻听、李晓明跑到戏院随机杀人、一个学生模仿着李晓明在街上伤害路人，这三个加害者都呼应了这社会太多的回声，每个人听到的话语虽多，但都处于无法入心的封闭回路。也就是汉娜·阿伦特说的"孤立"，并非没有朋友，而是这嘈杂世界里人人随时会感受同异的孤立。

《我们与恶的距离》就是把这个杂音密室呈现给你看，恶从哪里来？善从哪里生？环境造就的眼瞎心盲更接近当代真相。

剧里面无论好人与坏人都在这巨大的回音与噪音中无法思考，包括人权律师王赦的生活是崩坏的，也包括心理医生的大量病患负荷。整个故事里的每个成年人在巨大的重复噪音中都无法冷静思考，只能从蚌壳的回声中找寻近似自己想法地重复说着，或是更清醒者最后能找出一条比较接近良知与平静的道路。

从众太容易，它却是更巨大的恶

有趣的是，剧里面令人最有印象的台词是："到底什么是好人，什么是坏人，你有标准答案吗？"我们在留言板上最常看到的回应是："这种烂人不用跟他啰唆""乱世就只能用重典""如果发生在谁家，谁能平静看待"等，这些你我都听过上百次的话，也是这部剧力图呈现的。当每个人都接力说出一样的话，当我们听到的声音不断重复到能背诵时，你，身为一个人，有自信在长期喧哗中，不学人做一只学舌鹦鹉，而是观察除了受害者与加害者外，其他人的群像又是如何吗？自己从四方杂音中听到了几分真实？智者寻因，愚者问果，从众太容易，但它却是更大的恶。

这个剧本不是要批判谁善谁恶或废死与否，而是在这噪音世界中，如何能当一个清明的人。不清明，以为所行之善事，迟早会为恶铺路，如政治哲学家哈耶克（F. A. Hayek）的名言："通往地狱的路，都是由善意铺成的。"故事中所有人比起黑白都更接近灰，而你我，又能论谁黑白？

导读推荐 2

邪恶来自欠缺思考的危险

律师／作家　赖芳玉

　　法国存在主义的哲学大师萨特（Jean-Paul Sartre）曾说："邪恶不单只是表面上的样子。"正因为如此，我们很难看到邪恶的本质，更难估算它的距离，因为我们或许就身在其中。

　　书中的王赦律师承接人神共愤的随机杀人案辩护，却说："他们是罪人，不是恶人。"这句话点出一个叩问：杀人触法的人不是恶人，谁会是恶人？哲学家萨特为何认为邪恶不只是表面的样子，触法难道不是邪恶的直接标准？

"罪人"就等同于"恶人"吗？

　　或许举两个真实案例，就会明白罪人与邪恶不一定画上等号。

　　2014年报道，某日午时，在医院病房内，一位卧床的老妇人遭人以水果刀刺入左胸，刺穿右心室，经医院急救后仍因心因性休克及呼吸衰竭而死亡。凶手是她的丈夫，判决记载他不忍妻子长年重病卧床，自忖精力、经济无法负担照顾重责，也忧心子女刚成家立业，难以负担照顾老父病母的身心及财务压力，因此起意行凶。最后法院认为"客观上引起一般同情而显可悯恕"，判决：杀人，处有期徒刑四年六个月。

另一则报道中，有一名二十一岁身心障碍的年轻人无力工作，与做资源回收的母亲相依为命，家内贫困，三餐不继。一晚家中瓦斯使用殆尽，他念及母亲在外做资源回收，辛劳一天，却无瓦斯可供应热水，夜里窃取邻居的瓦斯桶，让母亲返家时有热水可用。由于盗窃罪为非告诉乃论[1]的案件，警方纵然同情，也是依法移送侦办，但发新闻稿为这个年轻人求情。

从这两则事件看，这名老者与年轻人或许是罪人，但不一定是恶人。

俄国作家陀思妥耶夫斯基（Fyodor Dostoevsky）在《罪与罚》中提到："犯罪是对社会组织不正常现象的一种抗议，如果社会组织正常，一切犯罪行为就会消灭。"因此，我们不仅很难从犯罪直接断定邪恶的本质，甚至犯罪本身就是整个社会的病兆，那么，谁是邪恶者？

若说人生如棋盘，棋盘是黑白棋的对决，如卡通或英雄剧中正与邪的对立，我们会很明白它们的距离。然而等你活得够久，也够明白，或许会发现我们不会永远是持白棋的人，我们偶尔会换局持黑棋，也或许无法分辨棋子的颜色，就如同找不到真正的邪恶。

犹太裔哲学家汉娜·阿伦特曾旁听参与大屠杀的纳粹军官阿道夫·艾希曼（Adolf Eichmann）的公审，她发现："邪恶的平庸性（banality of evil）才是最可怕、最无法言喻又难以理解的恶。"真正的邪恶藏在欠缺思考的平庸之中。因此，我们真正需要思考的是，在号称法治的社会结构下，究竟为何衍生出这些无法预测的随机杀人事件，严重割裂社会安全网？或许有人推说是因法律没有唯一死刑的威吓所致，但无论是本书中李晓明或现实社会的随机杀人事件，该人物都是设定在求死动机，所以这是行不通的说法。

你我可能都正走向邪恶，却毫无所知

这本书很大胆，因为它把世人最容易理解的邪恶如杀人，最期待的罚如死刑，通过每个角色的叙事，叩问这个"简单"，带入"思辨"。

它试图从黑白棋对弈的迷局找到我们与恶的距离。从罪人、犯罪受害人、媒体、律师的位置，让读者看到每个位置的困境，也让每个位置的人互相辩论，直到理解或和解。

王赦是出卖灵魂的恶人吗？

李晓明在戏院随机杀人，造成多名被害者死伤，王赦律师担任李晓明的辩护律师。他不仅承办该案，还担任杀死女童案辩护人，为何屡接如此惨绝人寰案件？

他说："要理解李晓明犯案动机的背后脉络，才能预防类似事件再度发生""政府为了消除民怨或其他政治因素，随时会处死李晓明！要探究李晓明到底在哪个环节出了问题……"

他不是为了利，因为法律扶助基金会给的酬金，少到仅够支付阅卷费和几趟车资而已。既不是为利，难道为了名？然而承办如此惊悚的案件，招致自己被无止尽地咒骂与攻击，甚至波及家人，谁想争这种恶名？他只是一个本于良心为社会安全找答案的人。

书中死者家属代表人物乔安，她与恶就站在对立面吗？

除了被害者身份，乔安同时代表媒体——所有社会大众对于正义的转述者，双重身份让她有无法被挑战立场的资格。但书中很巧妙地安排她与属下大芝，也就是加害人李晓明的妹妹共事，擦出不少火花并点出一个问题："媒体杀人"。乔安说："我们就是无良媒体……从小到大你跟哥哥相处，他是怎么样的人，你觉得你们家庭教育没有问题……你们有没有想过如果早一步了解他，他可能不会犯下这种滔天大罪……"而大芝回应："我哥是杀了很多人，但我们一家人连活下去的权利都没有吗？""你们杀的人没有比我哥少。"乔安与恶有绝对的距离吗？

罪人李晓明是恶人吗？

二十年前美国科伦拜高中发生校园枪击事件，其中一名加害者迪伦的母亲苏·克莱博尔德（Sue Klebold）多年后在 TED 演讲，她说："这么多年来我不断探问自己究竟做错了什么，这听起来很简单，却至今没有答案。"她在《我的孩子是凶手》一书中写道："他是邪恶的吗？我花了很多时间思索这个问题。"

我试图把随机杀人事件的判决书中关于郑捷[2]日记的只字词组，和苏·克莱博尔德书写的《我的孩子是凶手》中引用的迪伦日记稍加比对，发现两人的措辞语气相似，而科伦拜校园事件的心理师认为："一旦走投无路，他们就会寻找解脱之道，他们看不到其他选项。他们根本不在乎""迪伦自己想寻死，不管他人死活"；郑捷案的鉴定报告则提到他的人格具有不在乎社会规范之特质："其对于自己遭遇不公平对待（自恋特质遭到伤害）时，反应尤其强烈（忍无可忍），因而产生类似杀人誓言。"

他们生病了吗？因为迪伦和郑捷都已死亡（前者自杀，后者则是执行死刑），因此我们欠缺更多的答案，但他们究竟为恶人还是病人，我们无法清楚标注。这本书对李晓明案件同样没有给出答案，却明确地探讨更多关于思觉失调症[3]患者、更生人[4]及其家人遭到社会歧视的议题，似乎隐讳地指出邪恶本质，那就是社会的偏见，以及迫不及待的排挤、隔离，呼应了陀思妥耶夫斯基所说的犯罪源自对社会组织不正常的抗议。

不过，我认为这本书藏在最深处的意涵是：邪恶来自欠缺思考的危险。而你我都可能正在走向邪恶，却毫无所知。

---

1 编注：指任何犯罪事实一旦经检察官或警察知悉后，就一定会依据相关法律法规进行公开侦查办理。
2 编注：2014年台北地铁杀人案加害者。
3 编注："思觉失调症"指的是一种关于大脑思考、知觉功能障碍的精神疾病，常伴有幻听、幻觉、妄想、抑郁、思考流程障碍等症状。
4 编注：指受刑后出狱的人。

导读推荐1		
马　欣	通往地狱之路，常由自命良善的人所铺成	2

导读推荐2		
赖芳玉	邪恶来自欠缺思考的危险	6

编剧自序		
吕莳媛	写剧本是每天跟自己打仗的工作	14

SCENE 1：制作团队的写实剧使命

制作人　林昱伶	学会与恶和平相处，找回有温度的力量	24
导　演　林君阳	这是一个非拍不可的故事	28
监　制　于蓓华	台剧新写实运动，开启多方对话空间	32

SCENE 2：与恶共处的演员群

贾静雯X宋乔安	只有伪装，她才有活下去的勇气	46
温升豪X刘昭国	原谅太难，但不要放弃对话的可能	52
吴慷仁X王　赦	即使备受质疑，也要为人权燃烧	58
周采诗X丁美媚	恐惧，往往来自不理解	64
林予晞X宋乔平	安抚一个人，原来并不容易	70
曾沛慈X应思悦	她的开朗，是不得不的选择	76
陈　妤X李大芝	就算改了名，寂寞仍如影随形	82
林哲熹X应思聪	他们不危险，请不要害怕	88

分集剧本　　　　　　　　　　　　　　　　　　101

编剧自序

写剧本是每天跟自己打仗的工作

吕莳媛

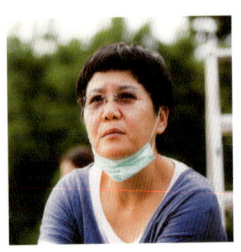

开始田野搜集资料是到相关的领域（律师、法官、精神鉴定医师、精神科医生、康复之家、新闻从业人员、犯罪防治、犯罪心理、委员、初中老师……）做人物采访，不停地买世界各地关于无差别杀人与思觉失调症的书（以为买完就做完田野的症头[1]，相关领域工作的脸书追踪，搜寻网络上能找到的论文、报道。然后这些书、论文根本没看完过，或是看完就忘得差不多了（阿婶的记性）！

第一次的采访应该两到三小时，能力范围内找到有关的人物跑一圈之后，再找有兴趣的职场待个几天。梦想是待七天或更久，真的生活才能一窥那个行业的眉眉角角，不过多被婉拒。也能理解，毕竟身边突然多个莫名其妙的阿婶，很难解释，而在这些行业里多有保密原则必须遵守。

一轮采访田野、听打逐字稿过后，其实我花了很长的时间想忘掉这些人、事，尽力看同类型的剧、好口碑高人气的剧，看别人怎么说故事，去找不一样切入故事的角度，想人物背景、故事结构，历经滚来滚去不停靠天[2]抓上帝衣角想退休转行当仓管的阶段才会挤出人物大纲。有了大纲，就能判

我们与恶的距离

断很虚的部分是哪些，再边写边田野，听相关人物的座谈演讲，跟完两个庭的审判，勉强理解死刑刑事审判的过程，继续滚来滚去靠天造口业拉上帝衣角写十集剧本。

确定自己才华无法写出十集十个关系人的角度之后，决定剧本的两大主线应是社会所知的无差别杀人类型里的两种，一是不确定原因但已经发生（李晓明有诚戏院枪击事件），律师与家属在寻找真相的过程；另一条主线就是罹患精神疾病的病患与家属的困境（应思聪家族）。

在没做田野功课之前，听到精神病我铁是闪得老远，但做了功课之后，我才想我的闪也许就是所谓的恶！

听过某个精神科医生说：遇到类似思聪这样大学毕业、有专业技能、家族有能力支持的病患，他们会努力地救，因为比较有机会能回复到正常的生活，反之则很可能徒劳，浪费时间。

听到的当下是极度傻眼震撼的！

十集初写完一版时，思聪这条线常被念不好看，似乎脱离主线，观者找不到可以认同思聪的点（明明就很感人，自己一定要这样说XD[3]），事实上他一直是我的主线，后来修本的时候，大幅修改思聪家族的整条线，本来演员就太多，又加了一些（制作单位都要赔钱了还加），但我真希望观众看完之后，能理解罹患思觉失调症的苦、难。若我们不能接受持续治疗中的精神疾病患者走入社区与人群接触，他们只能缩在角落，病患与家人都一并困在家中了！极度压抑后反扑力道之大，大家是可以想象的！

写剧本时，还是设定了晓明肇祸的原因，但一开始就决定我不会写出来，那是一个我猜测的标签，做了这些田野看了资料，并不表示我理解人性。作为一个编剧，我只是希望这部戏能让大家试着了解跟我们不一样的人，不能认同他的行为，但是我们可以试着去了解背后的原因，我相信任何人都不愿意看到这些伤痛在周边发生。如果不愿探索原因，我们是真的无法预防这样的悲剧再度发生！

看过我剧本的人就知道，我是个文字能力极度贫乏的编剧，我的"△"常是"××眼眶红、泛泪、泪流、泪滚落、大哭、崩溃大哭……"，错字又多，剧本顾问常帮我校稿（谢谢），常滚来滚去拿死线跳绳（对不起老板们），只要写字就开始烦躁（洒精油），光写这个序就阿杂[4]了好几周，从年前拖到年后，修了好几版，应

该也不是因为这个序,其实我跟"焦家三兄弟"(焦虑、焦躁、焦头烂额)是莫逆。这样的人也能成为编剧,是个相当励志的故事(吧)。

写剧本是个每天跟自己打仗的工作,对我最难的是"静心";要静下来,很静很静才能进入每个角色!在《与恶》(简称)的过程中还有更难的是采访田野的时间(永远)不够、专业知识的匮乏,刚开始地院、地检都分不清楚,看判决书总是脑子与眼睛都失焦。虽然这些体验最后都不一定会出现在剧本中,但对我来说好像是个必经的过程。很难给想从事这样类型故事的年轻编剧朋友什么建议,毕竟每个人的背景资历都不同,只能分享我一路摸索的历程,希望能有更多的编剧朋友勇于开创新的戏剧类型。

写文的时候,《与恶》官方脸书的一分钟预告已经突破七千人次的分享,这个结果让工作团队(我 XD)惊呆了,猜想观众期待很久社会写实戏剧的出现吧!希望各个平台多给编剧们机会,不要一直打枪[5]编剧改剧本(疑)!电视剧很明显已经走入分众市场,观众的选择那么多,若是没有新的视野,台湾戏剧很快就会被淹没了!

16　　我们与恶的距离

　　谢谢所有认识、不认识的顾问朋友，在撰写剧本过程中容忍阿姗的无知与叨扰。谢谢公视团队百般包容阿姗的难相处、玻璃心，才能"顺利"挤出剧本。

　　谢谢制作人昱伶与汤 Sir、君阳导演带领着美好、优秀、认真的年轻团队，把《我们与恶的距离》制作规格在预算内拉到极致（过年前已经确定超支惹），才能吸引境外平台的注意，让《与恶》走向国际，这真是一个编剧最大的福分。

　　谢谢麦田出版社在书市寒冷的此刻决定出剧本书！（你们叫我做什么我"应该"都会答应，只是会挣扎一阵子 Orz）

　　谢谢买剧本书与看剧的观众，你们让制作团队相信只要想做好剧，就会被看见、被支持、被鼓励。

---

1 编注：闽南语，毛病。
2 编注：网络象形文字，表示大笑；下文"orz"表示五体投地或垂头丧气的样子。
3 编注：同"哭天"，闽南语，小孩因肚子饿而哭喊，引申为无理取闹、大声嚷嚷。
4 编注：闽南语，表示心情烦闷。
5 编注：闽南语，表示拆台、斥责。

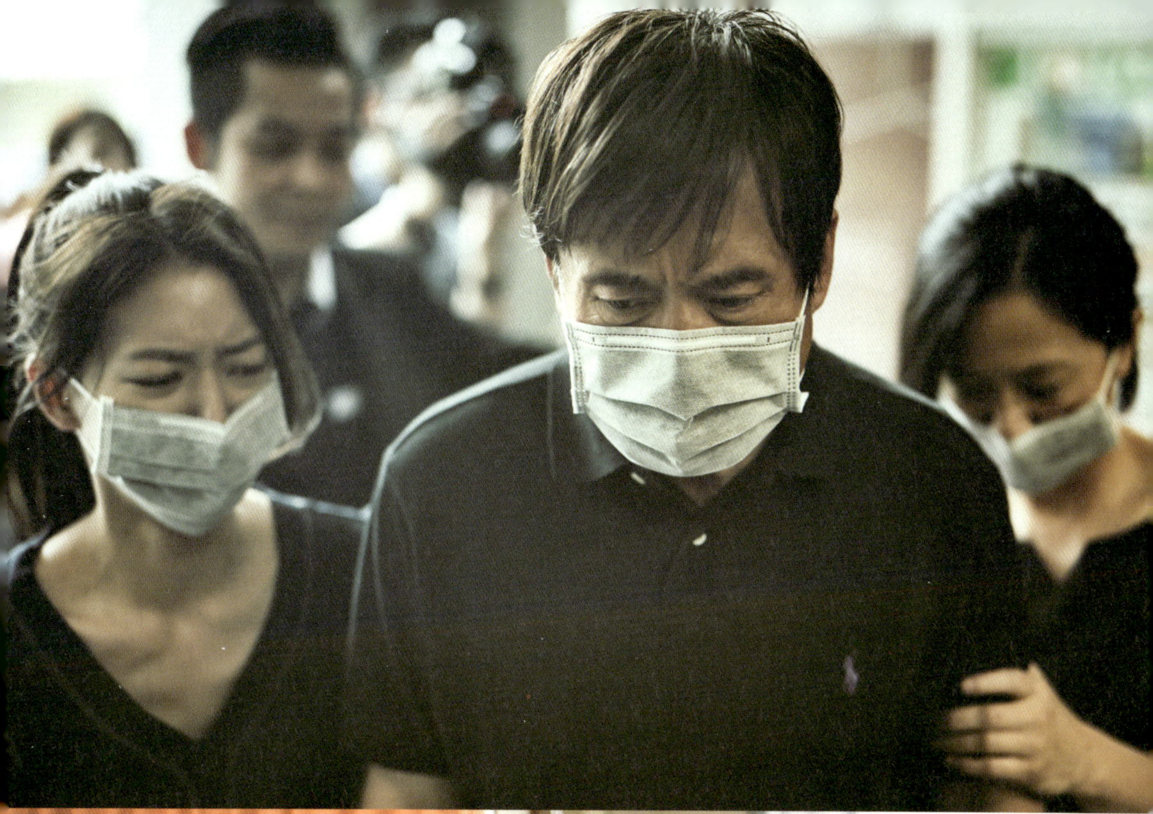

SCENE 1

制作团队的写实剧使命

我们与恶的距离

学会与恶和平相处，找回有温度的力量

制作人　林昱伶

林昱伶，大慕影艺国际事业有限公司负责人，致力于戏剧制作及电影、电视剧项目开发与投资。已投资出品的作品有电影《红衣小女孩》系列、电视剧《麻醉风暴2》等；《我们与恶的距离》为大慕影艺第一部戏剧制作作品。

在剪接室一次又一次地看着剪出来的影片，我以为自己应该看到麻痹了，却总还是在某些点忍不住泪流满面。剧中的几个角色，都是如此努力想往有光的地方走，努力往有光的方向攀爬，但现实却是一次又一次地离梦想远去。我可以体会他们背后的那种无力感，有些事也不是努力就可以改变的，尤其主角之一李大芝，她想办法让自己勇敢走入人群，却因为社会的标签化而不断被推挤远离。

潜意识的改变：主动突破同温层

这是一种社会氛围，我们常常看到无差别杀人事件后面的那些故事，当事者周遭的人们或者被效应波及的非当事者仿佛在这个社会上就该是被边缘化的。那种无力感若没有通过不同角度去体会，任何人可能都无法想象。然而，《我们与恶的距离》提供了不同角度让观众去体会和理解。我也是在这部剧中慢慢意识到自己曾经对很多事情关起门，有时候为了让自己坚强，会主动对外切割，让自己转过身刻意不去理会，因为，不碰触就不会心软。但随着戏剧完成的过程，我发现那个情绪开关开始松动，开始想要主动去突破某种同温层，不再把自己关在一个安全的范围里面，那是潜意识里的改变。很奇妙的，戏剧竟能有这样微妙的动能！

会想去争取公视《我们与恶的距离》制作征案，是因为剧本的故事真正触动到我的内心。头一回看剧本时，除了被剧名吸引，其前两集关于媒体现况的描绘很打动我。当时看见剧本中担任新闻部编辑台主管的宋乔安，既是被害者家属又在高压的媒体环境工作，真是太过瘾的角色。编剧十元姐在前两集就已经把角色人物都和盘托出了，紧凑的故事线在未看完全部集数的情况下，已对此作品种下肯定。

拿到全数剧本后，我看到了这部戏的全貌，也对每集的开场相当有感，因此花了很多时间讨论如何呈现片头的动画特效能对看戏的观众有提纲挈领的功用。这出戏的每一集都从一则新闻事件衍生出可讨论的议题，因此，我们设计了很多人在社群软件里的讨论串发言，它所呈现的是我们现实生活中可能被媒体交错繁杂而日渐麻痹的现象，而说是麻痹，倒不如说是忘了同理心。

"去标签化"是故事的核心之一

《我们与恶的距离》除了可看到受害者家属难捱的心情，同样的，也从加害者家属出发，让观众可以看到他们在社会与自我观感中如何崩解与放弃的过程，同时也看到哪些人哪些事哪些现象造成了标签化。而制作这出戏的初衷，"去标签化"该是故事的核心之一，期望观众能够学习在事件发生时，先不去预设立场，而是寻找更多对话空间。

身为制作人，我期望能把故事用最接近剧本的方式呈现给观众，前制期最困难的部分就是如何拟真新闻台，因为实际上各媒体的新闻台都是自家重镇，谈及商借相当不易。为了解决这出戏的重要环节，我决定先不去在乎预算而是真实地去建构还原。整个新闻台从台标、办公室环境、人事组织到副控室都花了不少心血，尤其为了剧中新闻事件的拍摄，我们也特别花了时间做功课，模拟新闻报道的方式，考

虑镜头的角度。有一两场新闻大事件发生后媒体蜂拥而至的场面，几十台摄影机，还有不能缺席的 SNG 车[1]，调度起来就是大工程。事后看片觉得，在台湾能这样拟真做起来其实蛮酷的，我们从无到有建了一个品味新闻台呢。

我们每天都在跟自己的"恶"相处

　　因为做了这部戏，我最常被问的关键字就是"恶"，尤其在戏剧的宣传期。其实认真想来，我们每天都在跟自己的恶相处，不说别的，常常当外界觉得我们在职场领域或生活上充满积极前进状态时，其实消极的心态也是在内心并存的，只是我们常浑然不知。然而，这些消极的心态常常会慢慢地啃噬掉我们身而为人的温度，产生一种自我保护的机制，开始对世界冷漠。就像剧中思聪的角色，他是个有思觉失调症的人，这样的精神疾病常常因为单一面向的报道而被人误解，我们的冷漠也让我们不想去理解。然而任何一个人不自觉的冷漠都可能对这些人和这些人的家属造成很大的伤害。那么，有没有机会能够通过一部戏来跟观众沟通呢？我期望能够通过这出戏让观众对这样的疾病多一点理解和同理心，把冷却的温度找回来，让爱

的力量扩大。

　　讲爱或许过大了，但人和人之间的关系会是《我们与恶的距离》的根基，用一个有血有泪的故事，去理解，去重新思考，也可能学会与心中的恶和平共处，找回温度的力量。

　　最后，想在这里谢谢公视，没有你们的眼光就没有这个题材的诞生；谢谢另一位制作人汤哥，给予我精神上非常大的支持，也实质提供了新闻资源上很大的协助。谢谢编剧十元姐，写了一个那么好的剧本，是做了多少功课和多少人生的历练才能产生这样感动人心的故事，希望我们没有让你失望；也谢谢导演，整个过程一起并肩作战，你的才华、认真、执行度都让人感动；也谢谢所有台前幕后每一位参与的专业工作者，你们无私的付出成就了这部戏。期待播出时，我们能得到观众给予满满的反馈。

1 编注：卫星新闻采集（satellite news gathering）车。

这是一个非拍不可的故事

导演　林君阳

林君阳，毕业于台北艺术大学电影创作研究所。专擅导演与摄影，数次入围金钟奖最佳摄影奖。曾执导电影《爱的面包魂》《爱情算不算》，并参与《风中家族》《流氓蛋糕店》等影视拍摄工作。

初见

2017年12月，我第一次读到《我们与恶的距离》这个故事，那是一纸十二页的分集大纲。

很多年的工作经验让我养成的看剧本习惯是，用理性拆解的角度去判读一个剧本被影像化的各种可能性——写实或非写实？戏剧的类型为何？对表演调性的想象？剧情结构的冲突、转折节奏的分配是否合理、紧凑？……诸如此类的问题萦绕脑海，让阅读剧本是工作而非享受。这样的习惯已经接近本能，以至于在阅读这个故事的初版大纲时，当我被自己并没有预料到的共鸣撼动得红了眼眶，我知道自己遇到了一个非拍不可的故事。

看到这个故事，我想起好几年前，曾经看过一部美剧——《新闻编辑室》(Newsroom, 2012，Aaron Sorkin 编剧，HBO 出品制作)。我被那剧中的理想主义深深打动，一部分原因是我自己也是认同理想主义的，人性的价值在于人类集体可以因为对现实的不满和追求更好未来的向往，而产生利他的行为，人类社会依靠这样的精神不断进步至此。我爱看戏剧中为了信念而战、不怕奔波折磨的角色，那往往也给予了现实中的我们在生活里往前迈进的勇气。

而我喜爱这部讲述新闻编辑室影集的另外一部分原因，是我自己也是读传播出身，转战电影、戏剧的媒体人。大学里上的第一堂媒体识读相关的课程就是比报，也从厚厚的传播社会学课本上读到媒体工作要有的作为守门人的职责与使命、第四权、无冕王……毕业多年，我当然知道，那些只是象牙塔里的学问，现实世界的媒体环境其实没有那么尽如人意——权势、金钱、个人私德与种种人际关系的网络，让书里那样理想中的媒体环境看起来那么幼稚和不切实际。但也就是如此，让我们的戏剧有了说故事的舞台。

尽管讨论的题目不尽相同，但那对人性怀着善意的信念、对媒体抱持深入理解且批判的态度，都让我在初读《我们与恶的距离》时，想起当年看那部影集的感动与省思。

说出现实世界并不美好的勇气

随机杀人、媒体乱象、法治人治、死刑、加害者与被害者……我们一般人，在遇到这些题目大得难以回答的问题时，除了谩骂，通常的处理方式可能是尴尬地笑笑、互看一眼，知道彼此的无能为力。

"那就这样吧，这是环境的问题，我们这样的小人物又能做些什么呢？"我们会这样低语着告诉自己，然后回到自己的小日子里继续卑微地活着。然而戏剧里的英雄和我们的编剧不满足于此。

我们经常以"英雄的旅程"来讨论戏剧角色的经历，因为剧中的这些人物都是英雄，他们在生命的关键时刻做出重要的决定，他们因此受苦，他们因此醒悟。这些都是虚构的人事物，但他们的改变却能给看故事的人面对现实的勇气。我很爱这样的说法。

在《我们与恶的距离》中，我们的英雄是王赦，他为杀人犯罪者辩护，寻找着自己都不一定相信的答案；我们的英雄是乔安，她把工作当作避风港，女强人的风光背后背负着失子的痛与家庭失和的困境；我们的英雄是大芝，她对新闻工作的新

生活充满向往，但面对要她离开的家人终究无法割舍；我们的英雄是李妈妈，在遭逢儿子成为杀人犯的打击之下，一无所有的她还想着让女儿有新的人生；我们的英雄是思悦，她努力开店创业，面对家中的巨变和弟弟的患病，原本简单的人生变得好难；我们的英雄是美媚，即使和老公王赦有很大的分歧与争执，最终还是希望深爱着的他能变成自己想要成为的人……每个人都是在荒谬的人生境遇里不断做出抉择的勇者。

创造出这些英雄的编剧吕莳媛姐，也是勇者。她曾在访谈里提到写作题材是恐惧。面对这些令人不快且心生无助的议题，能起心动念地去深入田调、理解问题的各方说法（我在确定执导本片时收到莳媛姐一年多来的田调资料、访谈逐字稿，我花了快一周的时间阅读，都还谈不上消化），然后用戏剧的人物关系去处理这些材料。我想，她想要说的是现实世界并不美好，但我们不应视而不见，大家跟着这些角色去理解他们各自的难题，然后体会那同时也是我们这个社会遇到的问题。

他们是英雄，我只是说故事的人，我期待的是人们看了戏喜欢，而且因为看戏的感动而能让某些人的真实人生有好的改变，哪怕只是一点点，我想那就是我们做戏的人最大的荣光了。

翻译

　　文字的想象空间是很大的，作为导演，在剧本影像化的过程中，我有选择诠释观点的任务——镜位的选择、影像的色调、剪辑的叙事逻辑、时序的措置、表演的调性……这些都有观点。

　　这影像化的过程很像翻译——不同语言的语法，在翻译成另一种语言的过程中，不免会改变原版文字的意义与逻辑，为了尽量贴近原著的内容，不得不增删修剪自圆其说。实际拍戏的时候，是一群人的工作，更要面对各种现实的条件，例如天候与时间的压力，演员对角色的理解与诠释也各有观点，广义来说，和本剧有关的每个人都在创作。于是剧本的一些细节会被微调，有增、有减。

　　我希望最终呈现在观众眼前的影片，尽可能完整传达了这个剧本被写作而成的初衷。希望那些体贴的善念、那动心想念的初衷，都能在荧幕上被看见。希望我最原初看到剧本的感动，也能好好地传递给观众。

　　而不管我做得如何，不管你喜不喜欢这部影片，剧本书的出版还原了这个剧集最原初的模样，有些被我在影片中因为各种原因删减的篇幅应该也能看到。文字的想象空间还是最大的，剧本也是这个故事的文本最完整的样貌，很值得一读。

台剧新写实运动，开启多方对话空间

监制／公视节目部经理　于蓓华

于蓓华，毕业于辅仁大学大传系新闻组。曾任公共电视新闻部记者、公共电视节目部企编，现为公视节目部经理，并监制《麻醉风暴》系列、《魂囚西门》等剧。

这两三年公视推出过去少被触碰的写实议题剧，目的是希望让台湾的戏剧更贴合生活，同时抛出一些问题，增加社会大众对话的空间。我相信观众是饥渴的，会想看见更接近自己真实生活的故事。此外，这几年台剧面临内忧外患，多种OTT平台[1]兴起，台湾若没有制作精良或具台湾特殊性的好戏去衔接，就有被世界影视浪潮淹没的可能。

够真实亲近，才能激发感动

为了提供好戏，我们邀请了几位颇具分量的编剧开发题材，吕莳媛亦是其中之一。她跟公视多次讨论后，决定了无差别杀人事件的相关内容。除了吕莳媛花了很多时间做田调，公视也邀请资策会结合大数据资料提供给编剧一般大众对这个事件的各方说法与观点，最后完成了《我们与恶的距离》剧本。这个剧本一开始就非常打动人，光看剧本就让人流泪。因为里面的人物就是那么鲜活地生活在我们周遭，那个"活"是非常立体的。拿首集贾静雯饰演的宋乔安来说，过往的电视剧里，酗酒的人多是脱离常轨的刻板角色，在车上喝酒甚至得打警语提醒是负面示范，观众立刻出戏，但是宋乔安这个角色在职场上是理性且具有专业能力的，只因工作压力与丧子创伤纠结心中，需靠酒精麻痹。编剧完全不回避角色需要酒精作为情绪出口，让观众能感受宋乔安快满出来的痛苦。而描述媒体职场也因为做了扎实的田调，新闻台里各种职人角色形塑具体，也替许多媒体工作者道出心声，让观众产生强烈的共鸣。

很多人认为台湾观众对写实且谈议题的戏接受度不高，但我并不这么想。否则为什么我们能接受韩国的《未生》《我的大叔》，日本的《半泽直树》呢？会有这样的说法，是因为写实剧很不容易做，它是无法速成的。除了一开始要给编剧充分的时间与资源搜集资料，把角色的生活、世代价值、职场氛围等都掌握到位，才能将人物塑型立体；后续制作上也都必须根据田调让场景真实，演员也要事前到不同职场实习，这些投资对于商业操作都是很高的成本。

编、导、制作、演员四足鼎立

让编剧在足够时间和空间中发展剧本、做好田调资料，完成一个好故事，这是《我们与恶的距离》的开始，吕莳媛选择这个题材，我觉得非常有勇气，也相信这是一部既具备社会意识、也可以满足观众的作品。写实剧的影视产业行之有年，我们目前仍处在转型阶段，拼出一档戏就铆足全力到快断气。而《我们与恶的距离》，在制作、编剧、导演、演员四方面，就像四只脚稳稳站在地上，没有向任何一方倾斜，这和过往戏剧可能倾向导演制，可能备受制作方限制，或编剧和演员各有难处的状态不同。这个剧组的四大面向是互相协助彼此、补位、给予对方空间，进而让整出戏产生一个非常好的平衡。根据我的观察，剧组的每个成员都有强烈的企图心：我们不想输。

不让恐惧捆绑，不怕踩下红线

这出戏播出后应该会引起一些话题，但是公视不应该害怕挑战。公共电视本就该带领观众思考问题和做多方的讨论与沟通。当然我也发现，身在台湾，很多人做事说话都会恐惧先行——"我说这句话你会不会不高兴？""我这样表态会不会被扣帽子、会不会被抗议？""恐惧"好像一组 DNA 内建在我们这一代人的体内，并自外延伸成无数条红线。有些隐形的红线我们无法辨识它的存在，有些红线明摆在眼前，于是人们就避开它或直接跨越。例如，政治是一条红线，死刑是一条红线，性别是一条红线，只要踩下去、警报响起，人们就开始急着把脚收回，再也不敢去碰了。对我来说，这才是最恐怖的事。我认为不管是看得见或看不见的红线，唯有去踩，才能辨识并看清它的存在；唯有去踩，才有消除它的可能。毕竟踩过后才能产生对话，否则人与人之间就像无数条平行轨道，各方不同立场也难有交流的机会；一旦沟通被阻断，身边就只剩下一张张撕也撕不完的标签。

　　一部戏不可能立即带来改变，也无法立刻撼动主流价值，但它提供了一个可能，触动观众思考讨论，也可能让人穿越同温层，去倾听另一方的声音。对我而言，《我们与恶的距离》就是一部勇敢且具备对话空间的好戏。就算争议让人害怕，但我始终坚信，越是公共媒体，越要勇敢地去碰触社会上争议的事情，这是我们的信念，也是我们的责任。

---

1 编注：over-the-top 的缩写。通过互联网向用户提供各种应用服务的平台，典型业务如互联网视频，终端可以是电视机、电脑、机顶盒、智能手机等。

SCENE 2
与恶共处的演员群

我们与恶的距离

宋乔安

贾静雯 饰

「品味新闻台」副总监，事业心重却也努力当个好妈妈的电视新闻部主管。生活却随着小六儿子在戏院枪杀事件中过世而变色。乔安埋着伤痛拼命工作，想借由事业来填补空缺，白日她全副心力冲收视、抢新闻，夜里却总是需要酒精才能入睡。与先生昭国本来就有理念上的差异，儿子走后，两人关系更是水火不相容，她对自己的不谅解与怨怼转为对昭国的泄恨……

贾静雯 × 宋乔安
只有伪装,她才有活下去的勇气

一个强势干练的新闻台主管,一个通过酒精麻痹艰困时光的母亲,这都是宋乔安。在生活、在职场面对各种压力侵扰,面对让人难以想象的崩溃边缘,也是我这次演出的极大挑战。

我在与导演讨论这个角色时,总觉得乔安在失去小孩这么大的创痛之后,工作就是最大的依靠;只有靠着工作和酒精,她才能感到时间过得比较快,才有办法逃离无法面对自己的时光。在我的认知中,乔安的强势是刻意的,她不想对这个世界认输,即使内心脆弱到一碰就垮了,但她仍伪装得很好;只有伪装,她才有活下去的勇气。

所有冷漠，都源自愧疚

　　乔安埋怨先生，忽略女儿天晴，对同事与下属严厉到咄咄逼人，她乍看变得冰冷，连 News 哥都说很想叫以前的乔安回来。但"以前的乔安"到底是什么样的呢？在家庭照中，可以看到乔安仍有温暖的笑容，职场上她虽是一个主管，需要表现得有威严，但基本的微笑还是会给；我在想，以前的乔安软硬兼施，绝不会只有强势那一面。经过这起无差别杀人事件后，她痛失孩子，才对人性感到失望，让她变得冷漠、对周遭不信任。这些状态的诠释，对我本身为"贾静雯"来说都是相对困难的。我是一个不容易生气、习惯跟大家互动的人，而乔安的伪装和冷漠让我花了许多时间适应。有段时间晚饭后，我需要暂时离开与孩子玩耍的欢乐时光，倒杯红酒一个人躲到厕所的空浴缸中看剧本，那是我最放松、最能专注的时刻，所以读剧本时花很多力气把属于贾静雯的"我"拉出来，进一步去探索：宋乔安会怎么想？宋乔安会有怎样的反应？

　　剧本有场戏，描写先生昭国带她回到命案现场——乔安失去儿子的那个电影院。就我对乔安的理解，心中所有的痛都来自愧疚："我应该在他身边的""我怎么可以不在？"……这种种罪疚，都让她站在一个极度自责的位置面对整件事情；而昭国这么做看似残忍，却也是逼她面对，哭也好，崩溃也好，只有释放出来，这段婚姻才能继续下去。自此之后，乔安开始改变了，不论是她面对自己，或是人与人之间的关系，她都得到了某种程度的救赎。这场戏对我而言意义很重大，但我不会在事先做太多设定与准备；应该这么说，这出戏在开拍前，我的心情与状态已准备好要怎么投入乔安这个角色里面，因此在拍摄过程中，就尽量让自己顺着感觉走，与当下环境、与对手演员碰撞交流，释放最真实自然的情绪。也因此，我一开始仅以"释放"两个字设定这场戏。拍摄前不知道自己会怎么做，当下面对昭国的情绪会有怎样的反应，现场只能跟着戏走，让情绪真实地释放出来。就像面对李大芝这个我很欣赏的下属，当知道她是害死我儿子的凶手的妹妹时，真是天旋地转，我也是在拍摄那当下才确切感受到，原来这里头有"恨"，有"痛苦"和"无奈"交杂的强烈情绪。

预防和改变，都藏在细节之中

我常说这部戏的导演有一双"鹰眼"，他总是可以察觉我们在表演上任何一个微小细节。记得有场戏顺完，我内心才想到："糟糕，刚刚不该笑的，宋乔安这时不会有笑容出现。"念头才迸出，导演就跑来提了同样的想法！就是这样与演员之间的共鸣和提醒，对我诠释角色的帮助非常大。除此之外，我也一定要称赞整个剧组真是非常可爱，对细节用心无所不用其极，甚至在 line 上建立一个真实"品味新闻台"群组，工作人员充当同事，平时在里头就跟我展开"下属与上司"间的对话，辅助我更容易进入乔安的工作状态。

为了这部戏，我特别看了非常多无差别杀人事件的资料。作为父母，我当然会忧心、会害怕自己的小孩受到伤害。但老实说，在这样信息爆炸又高压的大环境下，许多意外都很难避免。但我相信，所有的预防与改变都藏在细节之中，人与人之间少一点冷漠、多一些理解与关心，或许就能减少悲剧发生吧！

每个人与恶的距离都是忽远忽近的。我想决定这距离的最重大因素，应该就是"诱惑"。诱惑让我们面对人、面对事件时做出不同的反应和选择，而心中该如何拿捏这把尺，正是应该深深与自己对话的部分。

SCENE 2：与恶共处的演员群

刘昭国

温升豪 饰

宋乔安的先生，一心想改善恶质的媒体文化，但在主流媒体工作常常得罪老板而感到不得志，儿子死后决心集资开创新媒体《先驱报》，重振第四权记者的士气与地位。努力两年渐受瞩目。待人一向和善，唯面对心高气傲、耳朵又硬的乔安，总压不下脾气；也放不下一直走不出来的她，终于答应离婚后，看着女儿天晴越显孤寂的叛逆，却又一再犹豫……

温升豪 × 刘昭国
原谅太难，但不要放弃对话的可能

在做刘昭国的角色功课时我从报纸、电视新闻找了很多素材，包含被害者家属的论述、记者采访内容与当下受访者的回应和神态，这是非常沉重的一段过程。毕竟类似案件不断发生，同样的无奈和眼泪仿佛从未缺席过。

新闻喂养的选择

考虑到台湾社会的新闻自由状况，所以大家对新闻的解读、采样可以有非常多种面相，甚至为了收视率，过度渲染和加油添醋更不在少数。刘昭国应该算是新闻界的一股清流吧！他坚持自己的有所为、有所不为，因此离开"品味新闻"，与身在商业电视台的妻子分道扬镳，许多冲突也在不同立场的两人之间蔓延开来。当无差

别杀人事件爆发，所有新闻和舆论不断发酵，甚至已有模仿事件产生，昭国开始厌恶新闻处理的方式。他选择用深度报道来呈现，甚至通过个案分析来查找背后的真相。他无法认同乔安，无法认同欺骗观众点击率，为了多那零点零一就觉得开心；而以乔安立场来看，这是在打仗，严格来讲就是保住员工饭碗，你可以讲理想、讲态度，那就辞职自己去干啊！其实，这两种立场没有谁对谁错，他们都只是选择一个让自己觉得好过的方式而已。

但可能我不是媒体经营者，无法完全理解其中压力，就我自己私下身为人父来说，确实替孩子忧心，对于现在普遍实时新闻抓了通稿就发，以耸动标题来抢点击率是不能接受的。当然许多媒体被收视率绑架，有实际经营难题，不过往另一个方向想，如果观众的新闻喂养是因为媒体，而媒体手上明明握有社会公器，却归因于观众的选择：因为你们想看，所以我这么做。我认为有点倒果为因，媒体应该教育观众、提出适合喂养的新闻，而不是你一直喂观众吃毒药，再归咎于"因为他们想吃"。这或许是我们都该进一步深思的问题。

立场的和解与共生

乔安与昭国的冲突除了工作上立场相悖之外,也存在于意外丧子后无能为力的伤痛。就我解读剧本的感受,这对夫妻在伤害爆发后的心理反应是截然不同的。昭国他第一时间不在现场,当然失去孩子非常痛苦,但他可能不像乔安心底藏有那么强烈的自责。昭国选择的方式,是必须往前看而不沉溺于悲伤;他的理性,同时也带着自己寻找事件真相。妻子则是相反,那身在现场却无能救子的愧疚,让她难以原谅自我,只能通过工作忘掉伤痛,甚至无法与丈夫沟通而冲突不断。昭国在这即将崩坏的夫妻关系中,一直是愿意努力、不放弃修复的那个人,就像咨商师提醒他的:一定要试着去接纳。

难道在这起意外里昭国心中没有怨恨吗?我想就角色而言,第一时间一定是错愕的,太突然、太戏剧化了,所以戏里我们用了两年时间消化它。我自己给昭国的设定是,这两年他试图用理性视角来处理伤痛,去设想加害者身上可能有的精神问题;然而他没有以暴制暴,而是倾向理解真实原由,主要还是因为这样做才能让自己比较好过,这是他选择回应悲伤的方式。但老实说,我无法想象类似事件发生在自己身上时会有怎样的反应。我可能无法像昭国这么理性,也很难相信社会制度能完全预防犯罪。印象最深的一场戏是最后和家属碰面的对话。要真心接受他们的道歉太困难了,于是拍摄前和导演不断沟通,让这场戏持平、自然地走,不要做太多、给太绝对的答案。在这里头,我们两造之间情绪不断攻防,加害者家属同时也是被害者,哭着向我们道歉……但站在昭国立场,他只能理解,无法真正原谅;不是无法原谅对方,而是无法原谅整件事的发生。那场戏很重,大家也通过旁人不断进行心理修复;原谅太难,但至少跨进一步,彼此之间有了对话,这是相当重要的一件事。

每个人与所谓的"恶"其实离得很近,因为立场不同,所以容易产生批判。这部戏要讲的就是立场的和解与共生:换位思考,才能看清楚事件的不同面貌,与生而为人可能有的局限;但这也是最困难的部分。我建议大家在看戏时,不要太沉浸于受害者的悲伤里头,换个位置思考加害者,他可能家庭支离破碎,可能也走到一个无法突破的窘境;再看看为其辩护的法扶律师,他的坚持、他的人权理想是什么?我想充分了解各方为难,再看待我们身处的社会,一定会有更客观的同理与判断。

王赦

吴慷仁 饰

自小在育幼院长大，初中以前都在街头厮杀，因一次意外没赶上当时的帮派斗殴，当他看见幼时好友不是被杀就是入狱，开始发愤读书，考上法律系成为律师。个性冲撞天生反骨，认为律师的职责是站上权力的对面，法扶案子来者不拒，还全力以赴，常让生活捉襟见肘却仍乐观坚持。法庭上能言善道，家事却是一窍不通，生活上的低能儿，有点大男人，但也疼惜在家照顾幼儿与怀孕的太太。

吴慷仁 × 王赦
即使备受质疑,也要为人权燃烧

作为一位法扶律师,王赦有个美满家庭,极度捍卫人权,他为许多争议性被告者进行辩护,不但赚不了大钱,还被社会民众唾弃,戏一开始就被泼了满身粪便……王赦就像个独行侠贯彻自己的意志。我会用一盏油灯来形容他,不管外面风雨多大,就算芯蕊要灭了,他也一个劲地往自己身上添油,维持焰火的燃烧。而妻子美媚,则是永远支撑着他,不让他熄灭的人。

最难的是,理解王赦的坚持

《我们与恶的距离》写在律师身上的戏,不着重法庭的针锋相对,我演的王赦也非一般律师那样刻板、凛然的形象。莳媛姐剧本厉害之处,就是她根植于人性的深刻，进而铺展的场面调度。因此每场戏出发点都是以"人"为主，任何法庭戏多半都回到被告与家属。表演诠释上，我刚开始看剧本也有一些设定，有时觉得演得极端点还不错，过两天又推翻自己的想法。"到底要如何诠释王赦这个人？"成为我开拍前蛮苦恼的一件事……最后，我决定不要过于形塑王赦的特别之处；因为他所做的事、身为法扶律师的坚持就已经够特殊了。

这个角色重要的不是外显表象，而是内心挣扎的处理与转折。开拍前我看了许多吕媛姐提供的书，也和曾为郑捷辩护的律师黄致豪聊过。对我来说，准备这个角色难的不是演一个律师，而是通透理解他背后的坚持与所做的事情。王赦是一个不支持死刑的律师，这点就与我的立场有所冲突。坦白说，我支持死刑，对于现在的社会加上目前司法环境我没有太大信心，甚至有时觉得在某个层面上，以暴制暴是可行的。但这是我个人单一的想法，我们非常容易受到情绪所挑动，不是每个人都拥有法律、社服资历。我只是一个演员，顶多有的是同理心，但无法轻易支持废死；在这样的状态下诠释王赦，老实说相当艰难。

与不同立场的人对话

准备角色过程里，曾数次和相关团体聊过，在这当中我甚至希望可以把自己的偏见拿掉，试着去理解他们为什么要帮助在大家眼中十恶不赦的人，那些人伤害了小孩、伤害了无辜的路人，以我们无法了解的心境和手段，甚至那么残暴……但我相信多数人真的很难做到完全理解，所以只能直白地把情绪投射出去：你伤害了不该伤害的人，你侵犯了我对道德的标准，所以我怪你，加上身处被愤怒与伤痛淹没的混乱时刻，最直接快速的做法可能就是——把他处死吧！

直到后来，不管是和致豪、和废死团体的朋友几次深度聊过，才有更进一步的了解。坦白说，刚开始和他们接触，真的无法立即进入对方言语沟通的频率中。但我发现主要是基于观点不同，他们所坚持的立场会让我匪夷所思。但随着几次交流，我慢慢可以感受到，他们争取的不是保护这个人，而是争取生而为人的基本权利。我们一般人可能会觉得：这些罪犯凭什么有人权？但不管是致豪或是相关团体的朋友们，都致力于爬梳被信息媒体忽略、简化、从未深度报道的犯罪者背景，他

SCENE 2:与恶共处的演员群

们希望让社会重视背后潜藏的问题：可能源自精神疾病，可能来自家庭的养成，这些所谓的被社会统称的"加害者"，他们的行为都是有原因的。借由不断追寻"为什么"，理清这些人的家庭、求学过程等脉络，他们的重点不在于帮助犯罪者脱罪，而是更希望凸显背后的原由；找到它，拉出来被大家检视与讨论。毕竟这不会是唯一的案例，未来还是可能有其他类似案件发生，因此，如何"预防"或许更需要被重视。

不知为谁而流的眼泪

艰难的是，这样的理想状态很难马上安抚到任何一个愤怒、伤痛的旁观者，对我而言也是。我可以相信他们所坚持的信念，但相信的过程确实很痛苦。私下我曾询问过致豪许多问题，比如他和犯人谈话时，当下的心情是什么？记得他曾说过，当他亲耳听见犯人作案的细节、如何行凶、动用了哪些武器，曾经手在颤抖，甚至微微作呕……听他形容的画面，我甚至可以感受当下的氛围和呼吸。诠释王赦这个角色，我常演一演忽然冒出了眼泪，不知道是为谁而流，就是有种莫名的情绪在某些场次跑出来，可能是因为被害者，也可能是因为加害者……其实很多时候让我感到无所适从。而这样的"无所适从"，尤其和致豪聊过后，面对犯人时内心纠结的心理层次，确实一度让我不知道该怎么表演，我很少会有这种感觉。

准备表演的过程，一次又一次和与自己立场相反的人交流沟通，有些观点即便不能完全感同身受，但终有一份理解在无数次对话中流泄出来；我想，或许这就是这部戏所要传达的核心意义吧。

丁美媚

周采诗 饰

王赦太太，大学时在百货公司促销打工，认识来买西装的王赦，因为爱看美国律师影集，以为律师都是生活优渥、帅气英豪而与王赦交往，爱上王赦发现真相已来不及。家境不错也备受父母宠爱，偶尔接受企业经理人的父亲与百货公司采购部经理母亲的赞助，但不会让王赦知道。她希望自己成为所爱男人背后的支柱，就算那样的支持会让她开始不知所措……

周采诗 × 丁美媚
恐惧，往往来自不理解

　　美媚的成长过程可说是一路平坦，从小生活环境不错，很得爸妈疼爱，没有正式出过社会，与王赦结婚后就安心当个家庭主妇。她擅长操持家务，在婚姻关系中是属于比较强势的一方；但另一方面，美媚更像是家里的支柱，当外表坚毅的王赦回来，裸现被舆论抨击的软弱，她始终照顾着他，以相当程度的包容和理解隔绝外在风雨。

　　像是第一集，王赦在法院被泼粪后回到家，"裤子脱掉，我帮你洗""不要乱动！"……好像在跟孩子讲话一样，美媚对王赦的心疼和照顾就表现在她的言行上。许多场戏里，可以发现美媚的独立，不会太依赖王赦，甚至成为先生的依靠；但反过头来，美媚遇到无法处理的困境，角色强弱立刻对调，换王赦提供她得以凭依的厚实肩膀。

只要在角色状态里,做什么都是对的

　　对我而言,美媚是一个相当贴近真实人生的角色,所以我在准备时,没有花太多时间去"想象"她是怎样的人,反而花很多心思去过美媚的生活。比方较频繁地做家事,开始每天参考食谱设计菜单,花很多时间采买、煮饭;另外,美媚的人际生活不怎么丰富,拍摄期间我也比较少出门应酬,只靠网络与朋友联系。会这么做,主要是很想知道在这种生活形态底下的人,会有什么心境变化,我想去揣摩这个部分,去过这个人的真实人生。但厨艺倒是没有因此精进,哈哈,有时候自己吃了也觉得不是很行(笑)。

　　这部戏可以跟慷仁合作觉得超开心,他之前的戏我大部分都看过了,这次开拍时就把自己当成全新的新人,有很多事情得要向他学习。慷仁在情感的解析上很细腻,除了不断跟编剧讨论,也对所有演员的剧情走向充分了解,以宏观的视野研读剧本,几次收工后甚至陪我一场一场对戏,讨论表演的各种可能性。他曾跟我说:

"你要相信你一定做得到,只要人在角色状态里,做什么都是对的。"这点我非常感谢他,因为我一直不是个很有自信的演员,但和慷仁合作带给我很大的力量。这部戏里,美媚和王赦因观点相左,彼此之间充斥着争吵与不谅解,到了戏的尾声,双方把自己的想法立场真心地吐露出来。那场戏非常重,为此我和慷仁、编剧莳媛姐讨论很久,最后决定站在美媚的角度来创造新的台词。那阵子很频繁地和慷仁讨论剧本,希望能如实传达我们想呈现的效果。因此在那场戏拍完之前,我几乎都是失眠的,甚至想到就心悸……它的重要性,在于把两人之间的感情羁绊呈现出来:两人要怎么互相扶持走下去?美媚如何卸下王赦层层包裹的心防?都会在其中有清楚的描述,不论是过程或表演当下,都让我印象非常深刻。

自以为善的恶意

因为人生都走在正轨,当美媚遇到像思聪、李晓明爸妈这些人,她无法设身处地同理，所以感到害怕与恐惧，甚至萌生歧视。直到她得知丈夫早年遭遇、曾经也差一点失序，美媚才发现，原来这个跟我如此亲近之人，有一段过去是我完全陌生的。面对诉说往事、流着泪痛说理想的丈夫，一路走向溃堤的情绪，美媚没有看过这样的王赦，在那之间，我觉得她是有一些动摇的。王赦不断灌输给美媚一个想法：这些人不等于完全的恶人，就算是他犯了罪，但不代表我们可以否定、抹除他整个人生！这对美媚来说是一个震撼弹，但也无形中潜移默化了她的观点。

此出戏一开始有个英文注解是"No Outsiders"，没有人是局外人。之前我们的法务顾问有过一篇演讲，内容大抵是说人可能在许多不同状态下变成怪物，或者是被变成怪物。在这社会上，大家常常凭着自己的情感投射，或者是大众意见、媒体风向，轻易地去论断一个人。但我们可曾想过，光是利用非黑即白的感性正义来评价他人，是不是就掉进一个"恶"的陷阱之中了呢？也许，在某些时刻，人并没有自以为那么"善"。这世界可能有某一群人，就这样跌撞到悬崖底下去了……但在"失序"和"犯罪"之间应该是要有一条界线的，到底是什么原因让人跨过这条线成为大家口中的恶魔呢？我们或许可以再思考一下。

社会越高度发展，人际网络越扩大，其中的疏离感也更趋强烈。我不敢说靠个人努力就能阻止一个重大刑案或悲剧发生，谈这些都太理想化了……但我们在评断一个人时，是不是可以稍微停下来，理性思考，做一点点逻辑上的判断，再去看清楚事件全貌，而非轻易听取谣言就判人死刑？也许，我们就有机会接住那个坠下悬崖的人，实时拉他一把……是吧？

宋乔平

林予晞 饰

乔安的妹妹乔平是精神科社工师,嫁给精神科医师一骏,两人是乔安和昭国眼中的神仙眷侣,也是乔安一家人冲突之后的避难所。在一次次协调病患的事故中,工作态度不同的两人,感情也起了波澜……

林予晞 × 宋乔平
安抚一个人，原来并不容易

乔平的职业是个社工师，刚接到这个角色，我找了蛮多资料，不管是心理治疗、社工相关，临床也好、理论也好，大量阅读与她差不多年纪作者写的书籍，揣摩他们的逻辑与说话方式。

当家人无法给予支持，就由我们来做吧！

正式开拍之前，我和施名帅也到了八里疗养院见习，记得里头有个社工师，她很乐观，笑称自己就是鸡婆、爱管闲事，有时候病友都说没问题了，她还是会尽量帮忙。我观察她和大家相处时，每个人看到这个社工师都很放松，甚至会出现各种有趣、可爱的打招呼方式。但院内也有另一位截然不同的职能治疗师，留着一头短

发、站得很挺，表情有些严肃，病友见到他就会比较紧张，很像看到教官一样。职能治疗师虽然严厉，说话口吻却非常具有生命力，甚至会激发大家的生存意志。在那里，我发现给予协助的方式有很多种，观察到不同互动，他们还会利用自己放假的私人时间，带着病友一起去逛街，"因为这些人还是有需求，当家人无法给予支持时，就由我们来做吧！"听他们说话的口吻，有的亲切，有的严厉，不管是社工师或职能治疗师，都有种想把自己献身给弱势的使命。

  直到正式演出，我才明白"安抚"人有多么不容易。记得乔平有场跟思聪在办公室会谈的戏，她察觉思聪对世界的愤怒，并尽心安抚他。这场戏里，我发现安抚人最困难的点在于自己要保持冷静且不被挑衅，因为对方的言语可能随时无意间戳中你，或是你被卢[1]到一个程度后，心里会不禁翻个白眼："OK，fine，是要打一架是不是？"安抚到这个绝境，就变成你跟对方认真了。可是对乔平来说，她要让事情走向一个好的结果，就必须耐住性子，迂回地和思聪沟通，于是她让自己冷静下来，和思聪分析现下的难题。这场戏原来是很有难度的，但哲熹实在演得太精湛，

完全就是思聪上身！虽然是很有挑战的一场戏，但当我们都进入状态，难度就变小了；只要你演出的时候够相信自己，观众也会跟着相信。

感性之人虽辛苦，但也容易有所成长

乔平在戏里多与丈夫一骏和姐姐乔安对戏。她和一骏在工作上尽管有所冲突，但那样的冲突对乔平来说是有吸引力的，虽是明着不对盘，但又能互相制衡。换作是其他男人，可能会觉得乔平一意孤行；但一骏不怕，他摆明着"老婆你好棒棒但我是不会同意你的"，有种耍赖感。他们就是一对欢喜冤家，这种感觉也延伸到他们私下的相处。但在生小孩这个问题上，两人起初都有"不生"的共识。乔平父母过世得早，加上天彦意外死去，"生命无常"的感受不断影响着她，所以她才致力于社工工作，希望借由帮助别人让自己内心得到平静。乔平很聪明，但对于要不要有下一代总感到惧怕，天彦事件让她画下一条界线：或许不要有小孩比较好，幸而这个想法也得到一骏的支持。但人的观点总是会变，乔平比较感性，感性之人虽然辛苦，却也容易有所成长。她在不断助人的过程中反刍自我，最后想要有小孩了，又拉不下脸跟一骏坦白。要怎么沟通呢？我觉得乔平内心很希望一骏自己说出口，一起迎接新生命，但逃避的一骏总是歪理很多，乔平则是不断引导他勇敢面对的那个人。看到这里，真觉得这剧本够写实，尽在细微处显露了伴侣沟通的为难和挑战。

每个人都有需要帮助的时候

至于协助姐姐的家庭问题，我感觉乔平是矛盾的。职场上遇到亲人理应有回避原则，像我以前当空姐时，在飞机上送餐遇到爸妈就觉得超别扭，自己的不耐烦也会显现出来。我觉得乔平也是，面对其他病友她都能"hold 住"，可是面对自己的姐姐，她心中可能会想：搞什么鬼？怎么会有这么难沟通、冥顽不灵的人啊？对乔安而言，若与其他咨商师会谈，她可能不会摆这副臭脸，也可能不会耍赖，但面对乔平，能卢能赖的，她都做了。只是，虽然有亲人回避原则，那么大的伤痛就在姐姐身上发生，乔平怎么可能坐视不管？所以我感觉她在这中间也相当拉扯，只是仍严守分寸，该自己帮的就尽量帮，但需要让乔安自己感受、处理的，就一定要踩刹车，放由姐姐去尝试经历。

每个人活在这个世界，一定都有需要别人帮助的时候，只是各自的需求不同，或是有些人隐藏在心，不轻易说出口。这部戏的每个人，包含罹患思觉失调的思聪，都有各自脆弱及需要协助的一面。记得我在疗养院曾看过病友诗文比赛的作品，那字里行间满溢着无奈、被歧视的心情，就像是一种求助讯号；倘若，我们更能辨识其中的伤口而予以关怀，也许这世界的误解就能少一点，也能多一些包容了。

1 编注：闽南语，惹恼。

应思悦

曾沛慈 饰

李大芝的二房东，个性温暖、爱笑、正向，家境小康，不愿给军职的父亲带来压力，自小半工半读，终于开了一间自己的饮料店。与男友凯子哥交往多时，对未来有美好的憧憬。直到弟弟搬来同住，没想到弟弟却成了她此生最难学习的课题……

曾沛慈 × 应思悦
她的开朗，是不得不的选择

　　看完剧本后，我把应思悦定位成一个"陪伴者"角色，不管是对生病的弟弟思聪，或是夹缝中生存的大芝，她都无条件给予陪伴。记得当初接演这出戏，编剧莳媛姐有说她是想着我来写这角色的，我超开心，也不断跟莳媛姐说你太夸张了啦！确实应思悦绝大部分的开朗个性跟我很像，但我也察觉到她在这种三三八八的乐天外表下，有很多隐藏的悲伤与彷徨，甚至直到最后一刻，她的崩溃才被大家看见。

观察"大姐"的形象

　　"姐姐"这个角色对我来说很有趣。实际生活中，我是家里的第二个小孩，上头有姐姐，底下有弟弟妹妹。我不是一个需要扛责任的大姐，但应思悦是。所以

开拍前有段时间我常观察周遭身为长女的朋友,仔细研究她们一切言行举止。后来得到的结论是,作为大姐,她很少慌张,处事干净利落又独立,甚至常常"妈妈上身",有种闲不下来的病,一直在找事做(我姐也是这样,行动力超快还会催促别人,哈哈)。但以上都跟我本人有很大落差,现实生活中的曾沛慈就是常常让人觉得在放空、流露出不知所措的样子。而"闲不下来"也跟我完全相反,因为我本人就是可以坐着就不想站起来的那种(笑),所以花了很多心思观察、拿身旁的人当模板,并时常叮咛自己"不要慌张",让自己更趋近应思悦的"大姐"形象。

开朗之下的脆弱与坚强

应思悦这个角色很有趣,她看似狂发圣光、无条件接受全世界,没有什么脆弱或阴暗面,但她还是有的啊!尤其弟弟发病,在那么强大的刺激面前,不管有多坚强,你都会傻住吧!我觉得要演一个开朗的人蛮难的,不只是表面上活泼,而是面

对弟弟发病那样的僵局，要如何保持开朗？如何呈现脆弱中坚强的一面？同时要让观众感受到这几种不同层次，的确相当有难度。尤其外显的开朗一不小心就会太过用力，这也是我在同类型角色揣摩上不断摸索的地方。

　　平常的思悦看似三八天兵，你会觉得她好像是个没什么烦恼的阳光女孩，但其实她一直不断接收身边包括爸爸、小妈和思聪袭来的压力。而亲生母亲从小就离开自己，我觉得这件事对她来说一定有相当程度的伤害与缺憾。或许她在照顾爸爸和弟弟上，不自觉地套上妈妈的角色，视其为自己无法回避的责任。但再怎么闷，路还是得往前走，于是她努力撑起嘴角，告诉自己"笑开来，好运就会来！"听起来好像有点唬烂[1]，但人生中遇到这些事情能怎么办呢？也就只能面对吧……很谢谢导演愿意给我一些空间去表现自己对这个人物的设定，思悦从小失去妈妈，面对流离的家庭和弟弟，她的开朗是现实中不得不的选择，我希望在自己的表演上，能够让观众察觉其中的细微层次。

只有在大芝面前,才能毫无防备地释放脆弱

戏里思悦和大芝看起来有种特别的革命情感。我自己所做的设定是,在思悦眼中,大芝就像是年轻一点的自己,早早离家工作赚钱,希望能成为一个可靠的人。这些感受让思悦不知不觉就和大芝特别亲近,尤其在大芝面对生活的催逼时,思悦成了最温暖的倾听者。我很喜欢思悦陪伴的方式,她总是用行动默默支持,不曾以强势逼问来表现关心,最后也是大芝主动坦白自己的真实身份。但对思悦来说,就算得知大芝是李晓明的妹妹,她的关心也没变过。"我就是想对你好啊!"这是我揣想的思悦的心情。而当思聪的新闻上了媒体,大芝在新闻台工作,让两人产生误会,但也因为这层误会,才有沟通的机会,更建立彼此之间的信任。对思悦而言也是,无法跟爸爸、阿姨诉苦,思聪更是自己烦恼的来源,她能倾诉的对象也只有大芝了。大芝是最能让思悦展现脆弱的人……一个是加害者家属,一个是"可能"即将成为加害者的家属;在我看来,她们就是一对具有革命情感、彼此同理的好姐妹。

另外,演这出戏的最大心得就是我看待照顾者的想法不同了。以前看到照顾失智长辈的亲戚,失去耐心,言词较为锋利,常会想说"有必要这样吗?"我眼睁睁看到一个人从有耐心到不耐烦是非常短的过程,这在旁人眼中完全无法理解,甚至会想要指责:"你为什么要这个样子?"演了这部戏的最大收获就是能稍微理解照顾者的心情,面对外人质疑,我想他们最想回应的应该是:"照顾的人是你吗?你可以体会这种感觉吗?"

面对自己的"不理解",我们更应该学习谦卑,不让自己的随意批判,加深他人生命的艰难吧。

---

1 编注:闽南语,说大话,骗人。

李大芝

陈妤 饰

大芝是「品味新闻台」刚任职两个月的助理编辑，因缘巧合下成为乔安的手下。乔安严厉的工作态度与采访部News哥的温暖搞笑，让过往在新闻部如同隐形人的大芝受益良多。只是当大芝开始觉得人生有希望、有愿景之后，却发现乔安竟是自己最不想认识的人……

陈妤 × 李大芝
就算改了名，寂寞仍如影随形

李大芝在这部戏中，是一个经历和性格都极复杂的角色。本来无忧无虑的小康家庭，因哥哥犯下杀人案一夕崩毁，爸妈为了保护仅存的女儿免受舆论抨击，将她从李晓文改名为李大芝，狠下心逐出家门断了联络……生活剧变，对哥哥的行为也完全不理解，李大芝由开朗走向愤怒、冷漠、封闭。为了保护自己，她收起情绪，更多时候与她为伍的，是旁人怎样都无法意会的孤寂。

理解角色转折，让情绪有了层次

这个角色非常难演，还好导演与其他演员给了我很大协助。就我们的内在设定，她只有从思悦姐身上感受到温暖，可能因为有类似处境，也让大芝对她敞开心

房。一般来说,李大芝的个性非常倔强,在外人面前不轻易掉泪,内心愤怒却不外显。但有场戏,大芝必须跑到新闻台发飙,将所有怒气和委屈抓狂式地表现出来,这段表演过程非常令人印象深刻。在我的人生里,从来没有那么生气过,拍摄前看了人类"情绪图"的资料,知道人在生气时,拳头、眼睛和胸口的温度最高,我很专心想象那种愤怒,把怨气一股脑地吐出来,后来整颗头都在发麻!但没想到,我对角色的原始设定还是经验不够,很直接地只联结"抓狂"二字。直到与我对峙的静雯姐,在李大芝一阵宣泄后掉下了眼泪……那时从她的表情、泪水与反应,我才自单一的愤怒转向百感交集,"天哪,她才是被害者,才是失去小孩的人耶,我凭什么对她发脾气?"这个矛盾情绪是我没有想过的,但静雯姐的表演激发我体会到之前从没预料的转折,也让这段宣泄有了层次。在那当下,我更理解很多事没有办法用道理说得通,大芝当然委屈,但她又有什么立场对乔安发怒呢?

以前我演戏比较直,难以体会角色的复杂面向,这次拍摄经验真的让我学到很多。以另一场戏来看,在思悦姐手摇店前被受害者家属砸鸡蛋,也让我有了不同体

悟。本来这场戏是我被家属为难,再把思悦姐推进店里,只剩我一人在店外面对他们。原先想的演法也是较为单一,后来经过导演不断调整,他要我意识到角色内心的迂回,也很直接地说,他还无法看出李大芝传达出的情绪和态度……后来再走一次戏,我把思悦姐推进门之后,一阵欲哭的感觉突然涌上,萌生出一股先前没有的心情:"思悦姐是唯一陪伴我的人,我居然还把她推走,李大芝,是你选择要让自己这么惨的!"在这之后,道歉,被砸鸡蛋,眼泪啪嗒啪嗒落下;身在其中,我好像更懂李大芝的悲伤一点。

即便犯罪的不是我,但我还是脱不了关系

然而面对哥哥李晓明的犯案动机,李大芝不解,她甚至跟社会大众一样,都是从媒体上得知哥哥的相关讯息,所以她对哥哥感到愤怒、不能原谅。但我觉得大芝在事发之前和李晓明的关系是不错的,小时候在学校被欺负,哥哥还为了保护她回

呛同学。但事发之后，大芝对哥哥的想法又是什么呢？

记得有一次，导演传来一个无差别杀人事件的新闻，内容是采访加害者妹妹。新闻中记者问她对哥哥的看法，妹妹直接回答："我希望我哥被判死刑。"就我们理解的她的心态，若没有判哥哥死刑，她就无法转身面对世界。这是我和导演为大芝做的基础设定。在华人文化里，你跟家人流着同样的血、一起长大，他犯了大错，你还是会觉得脱不了关系；即使什么都不知道，但你仍得为这件事负责。这也是我认为大芝心中可能有的无奈的压力，对她而言，哥哥若一直活在世界上，她就没办法拥有幸福，甚至无法继续过下去；因为这件事会一直尾随她，成为人生的梦魇。但是，就算哥哥被处以枪决，我想大芝一定还是会难过的，会想到小时候美好的记忆，会思考"到底是从什么时候开始失去哥哥的爱了呢？到底是从什么时候……"于是，当全民压着政府对李晓明处刑，这也成为大芝一个非常大的转折点，她开始去面对自己是谁的问题。她心想，我哥都死了，你们还要怎么样？自此之后，大芝酝酿出一股气势：我跟你们拼了，我跟媒体拼了！

这次可以有幸参与《我们与恶的距离》这部戏，感谢是说不完的。关于大芝这个角色，有很多难题、很多复杂层面需要去解决。虽然我历练不多，也没有经历大芝如此多舛的生活，但我尽力了，自己刚好也处在对人生有些彷徨的阶段，所以出演这个角色，有点像是跟着她从一路茫然、挫折到重新蕴蓄出勇气，愿意进一步回答生命中的各种诘问。这是大芝所带给我的力量，我想若命运要再降下什么挑战，我应该可以带着大芝的勇气去回应了。

SCENE 2：与恶共处的演员群

应思聪

林哲熹 饰

在校活泼、开朗，一心想从事编剧和导演工作，得过国际学生电影奖，但退伍后递案不断碰壁，越显沉默。在老派父亲眼中成了不思上进的啃老族，与父亲常争执，后搬来与姐姐同住，幻听、幻觉日益严重，终被姐姐与大芝发现不寻常。药物的副作用让自视甚高的思聪难以接受自己的改变，更难堪的是拖累家人……

林哲熹 × 应思聪
他们不危险，请不要害怕

应思聪是一个思觉失调症患者，为了饰演这个角色，我到了八里的疗养院见习，也与许多病友进行访谈，了解他们对疾病的想法，以及在社会中可能遇到的一些困难。深入和他们聊过后，发现精神疾病不是我们想的那样单一，包括发病与服药前后会出现的症状，以及病者心底的挣扎与冲突，那种艰难，更非常人能想象。

病者的无奈与压力：我到底是怎么了？

部分精神病患者一开始都不会意识到自己生病，只会觉得情绪起伏很大，不时感到外界的恶意。大家的历程都很像，先是经历没有病识感的阶段，等到急性发病强制送医，后又因药物副作用仿佛情绪都被抽离了，接着才会思考自己为什么会变

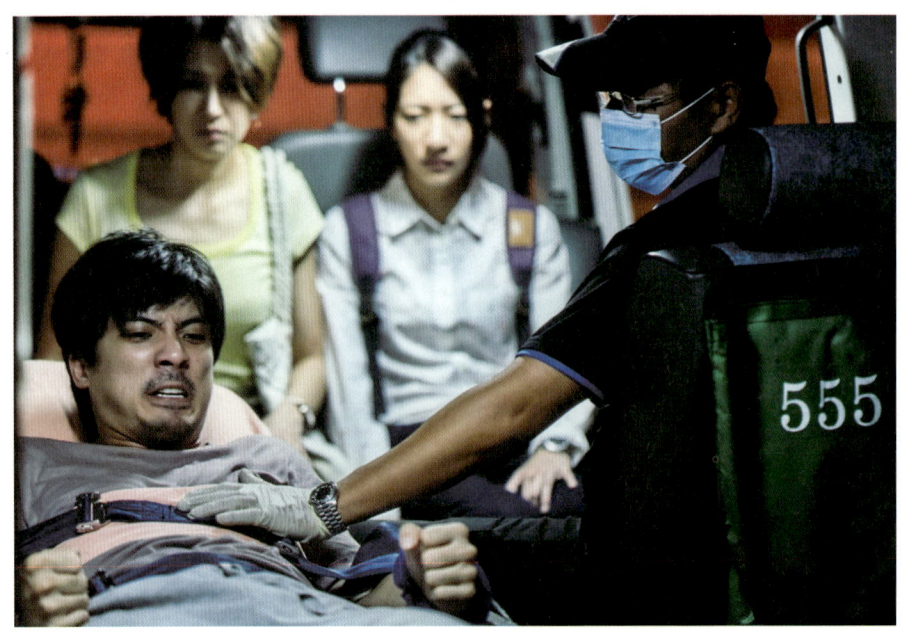

成这样。记得有个病友跟我形容,吃药后你并不是没有情绪,那种感觉就像一滴水落在池子里,却无法激起任何涟漪;药物让人思绪变得迟缓,他们脑中明明接收到讯息,却无法如实做出反应。当这些感受和疑惑累积在体内形成一个压力锅,他们会去思考自己究竟怎么了,只是"发现"和实际"接受"之间却有一段很长的距离。

我曾经看过一篇文章,病友提及他生病后最无法接受的一件事,就是周遭人开始用"低标准"要求他。思聪在戏里也是这样,他去打工了,本来是意气风发的导演,但现在只能做一些简单的事,像是帮忙换电池(甚至还做不好),他的自尊因此严重受损;所以思聪觉得是药物影响自己,开始抗拒治疗,后又再次发病……这是一个很矛盾的过程,你在治疗,但治疗没办法让你更好,只能避免恶化。但要一个人接受自己的人生止步在这个安全范围,是很难受的。仔细想想,当你的自由被剥夺,连感觉都压在心底没办法发泄出来,这样的负担,我们承受得起吗?

需要高度专注力的表演

我将思聪的精神状态设定为发病前、发病中产生幻觉、服药经历副作用、停药后再度发病等四五个不同阶段，也找了许多相关纪录片与导演讨论，希望区分出细节，让表演更贴近写实。因为一开始就做好功课，仔细分析各个阶段可能呈现的样貌，他在意的、被影响的关键是什么，实际拍摄起来就自然在那个情境当中了。另一方面，诠释思聪的难度在于要比平时演戏更考验专注力。尤其对思觉失调的病友来说，药物的影响让思绪反应时间变得更慢，感受力被副作用延迟，信息虽传达到脑中却无法立刻表达。要演出这种状态，只要稍不注意，感觉就会被分散掉，所以我需要专注于每一个当下，不能有任何闪神，否则"演"的痕迹就会过于明显、不自然。

这出戏的每场演出都很难，尤其在疗养院接受治疗的思聪，他看起来必须呆滞，但不能放空，要让观众感受脑子里有很多东西在转，只是反应不出来。因此我坐在那里不动时，没有肢体语言去表达脑中的紊乱，这样的表演是最耗精神的；不是体力的累，而是脑力的疲惫。因为我得让意志力高度凝聚，还必须不断观察现下的环境状态，甚至和乔平对话时要给出反应，那反应又不能太过、太迅速；其中的拿捏很微妙，这类表演可以说是一种"低调的华丽"吧！我每天都拍到筋疲力尽，有种快晕倒的感觉。演完后只能说自己尽力了，虽然有难度，但诠释角色的过程是开心的，好像开启了身体另一种可能性。

不要表现出"害怕"

另外印象深刻的是，有位病友跟我分享他很高兴我们到访，至少可以让他知道外面的世界是什么样子……"其实我们不会攻击别人，通常都是别人来招惹，才会有一些失控的情形。"听到这里还蛮难过的，与思觉失调患者相处时一般人要怎么面对，我觉得很难有标准答案。就像我们这部戏的剧名《我们与恶的距离》，恶是什么，如何掌握和它的远近关系，其实都取决于个人认知。这次我去见习的疗养会所，用一种非常新的方式经营，里头的病友可以共同决议很多事情。刚开始与他们互动，我也不知该怎么拿捏距离，讲话很小心，怕他们受伤，但我观察到那里的社工与病友们讲话直接，就跟和一般人互动没什么两样。刚开始我还被吓到，心想：可以这样吗？后来觉得这是最好的方式。每个人可以自行决定和他们相处的距离，但绝对不要"怕"，因为你一旦害怕、表现出多心，就会树起一道隔阂，伤害也就由此而生了。

记得在会所，有位病友一直来找我聊天，当下真的很累，我就如实告诉他自己的状态，让我休息一个小时后再找他聊，而他也欣然接受。我觉得这就是跟平常人的相处模式，彼此间的距离什么时候该进、什么时候该退，每个人分寸自然不同。但重要的是，我们无须先入为主地拿刻板印象限制自我，进而投射出畏惧的眼光，这是我认为与病友们相处最重要的事。

我们与恶的距离　　　　　　　　　　　　　分 集 剧 本

The World Between Us

剧本体例说明

数字： 表示拍摄场次，如第 1 场戏

时： 表示该场戏的故事时间，如日（白天）、夜（晚上）

景： 表示该场戏的发生场景、地点

人物： 表示该场戏的出场人物（不一定出场或幻觉中出场的人物用括号标注）

/： 表示另一组"景"或"人物"的切换

△： 表示场景说明或人物动作指示

***： 区隔同一场次中的不同场景

( )： 编剧的补充动作提示或特别说明

◎： 简体中文版编辑注释（为方便读者理解，对剧本中出现的术语、闽南语等内容进行随文注释）

注：为完整呈现剧本作为影视制作中特定流程阶段的功能性样貌，忠实展现编剧的写作特点、写作思路，人物的地域背景、性格色彩，剧本台词中的口语化表达内容、动作指示中的简化用语都按照原样予以保留。

第一集

1 时｜日　　景｜新闻画面／法院外

人物｜新闻画面制作／记者众、王赦、家属 A、环境人物

△ 一排 SNG 车在法院外，众多摄影机、记者在门口拍摄
△ 品味新闻播出：连线画面，记者在法庭外拿着品味 mic 牌说明

阿社： 两年前犯下令全台震惊的戏院枪杀案的冷血杀手李晓明，台湾"最高法院"在今天早上驳回李晓明律师的上诉要求，维持二审判决，死刑定谳。

△ 新闻画面：两年前李晓明被警察逮捕时的资料照片
△ 新闻画面：（过去的画面：地院审理时）李晓明戴手铐、脚镣被法警带上楼梯进法院的画面，镁光灯闪不停

阿社：（OS）过去大家关注争议的李晓明是否有教化可能的部分，由于李晓明拒绝所有的精神鉴定，即使法院开出鉴定留置票强制李晓明接受精神鉴定，但李晓明始终保持沉默、不配合相关的测验，无法查出李晓明犯案的原因与当时的精神状况，所以台湾"最高法院"以犯罪事实确定及犯案当时李晓明确实是有刑事责任能力，驳回律师上诉，判李晓明十个死刑定谳。今天李晓明的辩护律师王赦在宣判后走出法庭接受记者访问时，发生一段意外插曲……（◎ OS：off screen 的缩写，画外音）

△ 王赦走出台湾"最高法院"，记者群们蜂拥而上拦住王赦去路

记者 A： 维持二审宣判你的看法是……

王赦： ……要理解李晓明犯案动机的背后脉络，才能预防类似事件再度发生……我们会详细研究台湾"最高法院"的判决理由，继续尝试确定后的救济……

家属 A：（大喊）让开……

△ 一堆摄影记者们回头看，让出一条路
△ 家属 A 拿着一水桶冲过来，摄影记者们纷退，但机器还是拍着
△ 众文字记者正想拿 mic 对着家属，感觉味道气氛怪异

△ 一坨屎尿喷向王赦，记者们惨叫闪开，王赦被洒个正着
△ 新闻画面变成品味新闻网页上的缩图
△ 网友留言：这家伙还没死，我们要花多少纳税钱养他（5000 赞 / 怒）
△ 网友留言：屎尿人渣代言人（4234 个赞之类）
△ 网友留言：大快人心（1997 赞）

2

时｜日　　景｜思悦大芝家

人物｜思悦、大芝

△ 大芝房的笔记本电脑放着新闻，准备上班的大芝走入房，看见新闻跑马：冷血杀手李晓明台湾"最高法院"判死刑定谳
△ 思悦从房门口经过，看大芝呆站着

思悦： 怎么了？

大芝： （回神）没有……

思悦： 就跟你说不要一直看新闻啊……大家都说现在新闻看了会变笨。

大芝： （为难）思悦姐……

思悦： （笑）开玩笑的啦！

△ 思悦从厨房拿了个自制便当盒给大芝

大芝： （推辞）思悦姐……哪有房东这样的……什么日用品都准备好，不要我买……又常请我吃宵夜……

思悦： 反正都要用也要吃……我是练习贤妻便当！你活体试验，风险很高！

大芝： （些微意外）你要结婚了？

思悦： （喜）……六月新娘喔……

大芝： 恭喜……我要搬家吗？

思悦： 不用啦……结婚我们家凯子还要回广州……我想要继续开我的店。

△ 思悦手机响，思悦蹦蹦跳跳开心去接视讯

思悦： ……我要去跟凯子视讯……你赶快去上班！

△ 大芝看思悦雀跃背影，回头看新闻，已经换别则新闻了

3

时｜日　景｜街头

人物｜王赦、大芝、环境人物

△ 王赦骑 YouBike 在红灯前停下，众骑士觉得臭，纷滑离王赦
△ 王赦全身还是屎尿，故作神情泰然
△ 大芝骑着车，骑到王赦附近，大芝戴着口罩，挡不住臭味扑鼻
△ 大芝将口罩鼻翼处压紧，全罩安全帽的罩压下（没看到王赦脸）

王赦： （略搞笑反应）真的臭喔？

△ 没人回应，王赦无所谓，绿灯，率先骑出；骑士们落后或绕开王赦

4

时｜日　景｜王赦美媚家／浴室

人物｜美媚、王赦

△ 小康、简洁的家，怀孕六个月的美媚正在厨房拿手机拍照 po（◎上传）上网，听到开门声，开心去开门

美媚： 今天这么早就回家了……等下要跟我去接小斐吗？

王赦： 等下还要上班！

美媚： （莫名闻着）……什么东西这么臭？

王赦： 我掉在马桶里！

美媚： 齁……你快点把衣服脱下来……齁！（心疼）就这套像样的西装耶……

王赦： 我穿什么都帅……外包装是浮云。

△ 王赦走进浴室前还放话说着
△ 美媚找着垃圾袋之类，想想拿了个水桶，走到厕所打开门看着

美媚： ……到底发生什么事啊？

王赦： （脱衣服）……到处都在修马路……然后……我不长眼掉进去化粪池……

△ 美媚本还认真听，听到最后觉得被唬，恼得把水桶丢进浴室

美媚： 衣服你自己洗……

5

时｜日　　景｜品味新闻台新闻部办公室

人物｜乔安、News 哥、大芝、环境人物、编辑 D

△ 四处挂满监看新闻显示器的办公室，进出人潮忙碌着
△ 编辑会议室里乔安的声音传出

乔安： 标题又上错字，你初中语文课都在睡觉还是智障？

编辑 D： 对不起……

乔安： 对不起能解决你脑子的障碍吗？……你给我滚出去……明天不用再来。

△ 编辑 D 眼红走出会议室，News 哥拉着乔安安抚着，走出会议室

News 哥： 昨天时间赶……人力都不够……你何必……发这种脾气……

△ 乔安与 News 哥往主管位置走，经过监看电视

△ 快讯新闻画面：李晓明羁押画面 / 字幕：戏院狂魔李晓明十个死刑定谳，坚持不向家属道歉。
△ News 哥看了眼乔安，乔安没表情地走回位置，盯着电脑

News 哥： 受这畜生新闻影响？

△ 乔安没回答，继续 key in（◎用键盘输入）给编辑阿玲：阿玲你刚的意思是什么？第二十八条来了？

乔安： （边打字边问 News 哥）阿玲什么时候生？

News 哥： 下个月吧！

△ 乔安分机响，乔安接起

乔安： 宋乔安……

△ 乔安面色凝重地挂电话，起身四处张望（看有没编辑，想想算了）

News 哥： ……怎么样？

乔安： （镇静）阿玲破水了……

△ 乔安往外走去，News 哥小惊，焦虑跟着（哈？破水？）

乔安： 你跟着干吗……

News 哥： 这么刺激的事怎么能错过……我都想 live 连线！

△ 乔安白眼瞪 News 哥，两人快步地往办公室另一端走去
△ 乔安、News 哥经过坐在剪辑区正在收拾东西的大芝

News 哥： 大芝，你工作结束了吗？

大芝： （赶紧起身）目前告一段落。

△ News 哥招手叫大芝跟上，大芝快步跟在 News 哥与乔安身后走着

6

时｜日　　景｜副控室

人物｜乔安、News 哥、主播、导播、AD（◎助理导演）、阿玲、大芝、环境人物

△ 多数人盯着进来的乔安与 News 哥

导播： 二十秒！

△ 阿玲大着肚子站着，脚分开，正跟乔安苦笑着

乔安： （冷）你连自己什么时候生孩子都不知道？

阿玲： （紧张）乔安姐……on 完这节还来得及啦……二十八条电梯坠落来了！

导播： 阿玲你别闹了……快点去医院，在副控生小孩……没有奖金……拜托！

News 哥： 快去医院，让你老板 on，她好久没被操练了。

△ 荧幕上的主播对着镜头问，关心副控的状况

主播： 阿玲真的破水了？

AD： 不要在副控生啦，没这么壮烈吧？十秒……

导播： 十秒……

△ 阿玲看着乔安没吭声，一直没敢有任何动作

乔安： 现在——去……医院……

阿玲： （慌）那我把时间算好……就去！

△ 大芝在后面已经拿着计算器与桌上 rundown（◎流程）在计算

大芝： 玲姐！算好了……剩三分三十秒，可以抽 item35 酒驾撞民宅！

△ 众人看着大芝，这谁？

AD／导播： 五——四——三——二——一——

△ 在倒数进主播现场声中，News 哥拉着阿玲往外走

乔安： 李大芝是不是？你 on 剩下的……抽 35！

△ 乔安示意，让大芝上座当编辑，大芝只能赶快坐下，忐忑地盯着荧幕

7

时｜夜　　景｜品味新闻台乔安办公室

人物｜乔安、News 哥、大芝

△ 夜空景，品味电视台外观还是灯火通明，乔安与 News 哥看着大芝

乔安： 你为什么差半学期就毕业，会休学？

大芝： （有点心虚说得小声）……家里有事……

乔安： 哈？

大芝： （豁出去，大声）爸妈车祸过世。

△ News 哥意外，也有点心疼

News 哥： 跟你乔安姐一样……

△ 大芝意外看乔安，乔安还是僵脸看大芝（私事没什么兴趣让人知道）

乔安： 新闻系，为什么会选择做助理编辑不当记者？

大芝： ……记者看到或关心的比较单向片面，编辑可以让观众看到事件、世界的全貌……（大芝不自觉地投射自己经历，并不是热血沸腾的样子）

News 哥： 是不是！曾镜传老师介绍的保证敬业优秀态度正确……跟我一样……

乔安： 你觉得现在的新闻可以让观众看到事件的全貌？

大芝： ……这是编辑……应该努力做的！

News 哥： 有理想有抱负的新鲜肝脏……（拍手）

乔安： 为什么觉得可以抽 35？

大芝： 那则是通稿，15:00 播过……而且只有屋主访问，没有肇事者……

乔安： （已知道大芝逻辑，打断后续）你讲话大声有困难吗？

△ 大芝愣了一下，不知该怎么回应

乔安： 先做阿玲的工作，对我负责。

News 哥： （看呆的大芝）……说谢谢啊……大声点！

大芝： （小声）可是……我才当助编两个月……

News 哥： 这是机缘……有贵人命。

乔安： （冷）敢不敢踏进现实世界？

△ 大芝怂但兴奋地点着头

8

时｜夜　　景｜品味新闻台大厅

人物｜昭国、警卫（接待）、资深记者两位（如阿社）

△ 刘昭国在柜台换证，出来的两个新闻部资深记者意外见昭国

记者 A： 昭国哥！好久不见……

△ 昭国拿贵宾证，刷证进入口栅栏，笑跟两人道别

9

时｜夜　　景｜品味新闻台办公室

人物｜大芝、编辑小A、助理编辑两三位（多女生）

助编B：　哇！李大芝破助编升编辑最快纪录！

　　　　△ 大芝走回位置上，听到编辑同事们的小欢呼略尴尬

小A：　（对助编B）羡慕喔？你敢吗？

助编B：　不敢！（狂摇头）

大芝：　为什么？

助编B：　我有三条命都不配跟总裁……玲姐连产检都没空去……累到破水……

大芝：　玲姐因为太累才早产？

　　　　△ 众人手机跟电脑同时 line（◎即时通讯软件）讯息响，众人互看一眼

助编C：　（小惊）今天收视率下来了？

助编B：　对！（头晕）希望我不要写检讨报告……

　　　　△ 众人开手机或电脑视窗检视

小A：　（拍大芝）……下班了就早点回家睡觉……手机不能关静音，随时回总裁的指令，然后总裁早餐喝美式，午餐只吃三明治，晚餐看天晴有没有来决定帮她们订什么便当……然后……皮绷紧点。

大芝：　为什么叫乔安姐"总裁"啊？她不是新闻部副总监吗？

　　　　△ 众人群组讯息又叫，众人忙着回手机，没人理大芝

10　时｜夜　　景｜品味新闻台长官办公区（◎长官，即主管、上司）

人物｜新闻部总监、News哥、乔安、昭国

△ 新闻部总监带着昭国过来看在主管位置上的乔安与News哥
△ 乔安看见昭国，没好脸色撇开视线，看总监，News哥开心揽昭国

News哥： 哎呀！《先驱报》执行长昭国哥……什么风可以把你吹回品味啊？

总监： 以后我们跟《先驱》就是……同业结盟，他们的专题报道跟我们独家合作……

昭国： 但是不能修剪我们的长度，标题、内容都不能改！

乔安： （冷）你有没搞错？

△ 总监跟News哥看着乔安脸色变，决定避开雷区

总监： 那细节你们谈……（跟昭国握手，小声）好好谈。

News哥： 总监你太不够意思了……

△ 总监快步离去，News哥看乔安、昭国两人快开杠

News哥： （推两人进乔安办公室）进去谈……进去谈……

11　时｜夜　　景｜品味新闻台乔安办公室内外

人物｜乔安、昭国、News哥

乔安： （立刻开炮）媒体明灯、良心《先驱报》怎么会选择跟品味新闻这种快餐不求长进的新闻台合作呢！

News哥： （看乔安）你这样讲就不对了，我们去年也得了三个巅峰新闻奖！

我们与恶的距离

昭国：非要吵架就是……

乔安：谁跟你吵架，要收视率、点阅率就直说，我还比较甘愿合作……什么叫不能修剪长度，标题、内容不能改，不能改你就不要来。

昭国：不能改，你才能了解观众是不是吃这种新闻，每个新闻都做得肤浅表面没重点……靠腥煽色骗遥控器……骗那个 0.01 的收视率有意义吗？

News 哥：昭国你这样讲也不客观……这是生存之战……我们现在坐二望一！

昭国：跟我们《先驱》合作，至少可以让观众看到品味……不是口味……

乔安：你跟我讲品味……你在这里的时候有什么品味？坐七望六？观众遥控器根本不转到这，谈什么品味？

△ News 哥决定悄悄退出办公室

昭国：那是因为要给记者时间做采访！

乔安：都在打仗，你还要时间……离职你时间最多……

△ News 哥走出关上门，瞪外面（全部的人耳朵都朝这边）= 上班

12

时｜夜　　景｜品味新闻台电梯外

人物｜天晴、News 哥

△ News 哥从厕所走出来，洗了脸逼自己清醒清爽

△ 一小女孩背着书包走出电梯，News 哥看到小女孩喜 = 救星来了

News 哥：天晴！你钢琴课下课了！

天晴：（看见 News 哥）News 阿伯！

13	时｜夜　　景｜品味新闻台乔安办公室外
	人物｜乔安、昭国、News 哥、天晴

　　　　　△ News 哥跟天晴走往乔安办公室，依稀听见乔安与昭国大吵声

乔安：　（OS）刘昭国……当初有本事走，现在就不要来找你最不屑杀人不眨眼的电子媒体谈什么合作！

昭国：　（OS）……谈合作是你长官主动找我们……要发脾气要改长度……麻烦你找你长官……搞清楚对象再开炮。

　　　　　△ News 哥捂着天晴的耳朵，大喊着

News 哥：　天晴来啰……

　　　　　△ 乔安门打开，乔安与昭国两人温暖、慈祥、亲切神情

乔安、昭国：（灿烂笑容）宝贝下课了！

14	时｜夜　　景｜品味新闻台外
	人物｜大芝

　　　　　△ 大芝走出办公室，升职了，难得的开心事，拿手机边走边拨着 Mom
　　　　　△ 接线生声音：对不起，您拨的电话未开机
　　　　　△ 大芝略忧心走到机车旁

15

时｜夜　　景｜思悦大芝家客厅

人物｜大芝、思悦、思聪

△ 大芝开门，看见思悦正与思聪搬着几袋行李箱与纸箱，进另一间空房，思悦回头看见大芝

思悦： 大芝回来了……跟你介绍，这我弟弟……应思聪……思聪这就是我们室友……李大芝啦，她在品味新闻台上班……你们也算是同行。

△ 大芝怕见陌生人，轻轻地点着头

思聪： （脸色也冷）……根本就不同行！不懂装懂！

思悦： （笑笑）对！我不懂装懂……反正以后大家相逢正是有缘，互相照料。

△ 思悦试图缓解气氛，思聪露出思悦有够无聊的神情，转头搬东西进房
△ 大芝只好傻笑，对略尴尬的思悦

16

时｜夜　　景｜大芝房

人物｜大芝、思悦

△ 思悦跟着大芝进来

思悦： 不好意思啦……（小声）我也是两个小时前才决定让思聪搬来！（关上房门）……我弟最近心情不好，你不要生他气……

大芝： 没有生气啦……只是不熟……

思悦： ……（低声）……他当导演拍电影拍到一半，被换掉……

大芝： 电影导演？

思悦：　对啊！他大学的时候得过好几个金什么电影奖……反正就年轻人拍的短片……还出国比赛得过欧洲……的什么奖……就很多电影公司找他，他当完兵就开始准备，搞了两年结果老板还是什么监制，拍到一半就把我弟换掉……说他进度慢、超支又拍得很烂！

大芝：　直接跟你弟说啊？好伤人……

思悦：　我是听我爸说我弟没上班整天摆死人脸，就偷偷问他同学……大概是这意思，所以他就一直蛮闷的。

　　　△ 大芝也不知该说什么，是人家的家务事

思悦：　在家一直跟我爸吵架，我就想反正多个房间一时也找不到看得顺眼的房客……我们女子宿舍有个男生入住，安全很多，可以吓阻一些变态、小偷……是不是……

大芝：　会住很久吗？

思悦：　我是想等他工作稳定，有了工作交了女朋友自然就想搬走，哪个男人想跟姐姐住一辈子？

大芝：　喔……（也是）

思悦：　房租、水电我们就三个人分……我弟付不出来我会负责。

大芝：　思悦姐，你店的生意有很好吗？

思悦：　夏天来就旺季了，而且我是姐姐……趁还有能力照顾一阵也是应该的！

　　　△ 大芝听到兄弟姐妹神情有些异样

思悦：　你有兄弟姐妹吗？

大芝：　（犹豫）没……

思悦：　独生女喔……那你小时候一定很无聊。

　　　△ 大芝苦笑

我们与恶的距离

大芝：……我……邻居……都是被哥哥……被兄弟姐妹吓大的……一个人也顶好的……

17

时｜晨　　景｜大芝幼时李家面店外（回忆）

人物｜大芝哥（小学四年级）、大芝（小学二年级）

△ 大芝的哥哥背着书包往外冲，大芝从店里也背着书包走出来

大芝：等我啦……

△ 大芝的哥哥一路跑着不回头，不见踪影，大芝边追边哭边喊

大芝：哥——等我——为什么不等我……

△ 大芝哥跳出来吓大芝

大芝哥：哈——哭屁啊——

△ 大芝被吓到傻，又大哭，大芝哥拿手帕给大芝擦眼泪鼻涕

大芝哥：快点啦……鼻涕虫……脏鬼！

大芝：你才鼻涕鬼！

△ 大芝哥又跑，两人一路追跑嬉闹、咒骂着

18

时｜夜　　景｜大芝房

人物｜大芝

△ 大芝窝在床上，一旁笔记本电脑播着品味的新闻画面，大芝心不在焉监看着，大芝看手机上与 Mom 的对话，都是自己的留言（吃饭了吗？）（有看医生吗？）（有吃药吗／脸好点没？）（爸好不好？）未读

△ 大芝对着手机上的 line 说着

大芝： 为什么都不接电话，也不看 line？你把网络停了吗？……这样会让人担心耶……我要跟你说……我升职了，跟了一个很严厉的长官……可是应该可以学到很多……你最近有睡得比较好吗？我领薪水了，明天汇八千给你，去申请个网络啦……

△ 大芝躺在床上，叨叨絮絮说着

19 时｜夜　景｜昭国乔安家／天晴卧室

人物｜乔安、昭国、天晴

△ 乔安拿着联络簿进来，昭国上前抱准备睡觉的天晴道晚安

乔安： 联络簿，我放书包上！

昭国： 那我去上班了……晚安！

△ 昭国往外走去

天晴： 你们要离婚吗？

△ 乔安昭国回头，意外

乔安： 你怎么知道？

天晴： 你们常在吵架啊……所以爸现在都不睡在家里……

乔安： ……我跟你爸的个性、理念都不合，分开对大家都比较好。

天晴： 大家是谁？

△ 父母看着天晴，不知道该怎么接下去，天晴蛮咄逼人

昭国： 你怎么讲话跟你妈一样……

乔安： 跟我讲话一样，你有意见？

△ 昭国懒得理乔安，走到天晴身边坐下

昭国： 我们本来想先讨论出一个对三个人都好的做法，再跟你讲……因为你妈跟我还没有共识……

天晴： 这种事情为什么不跟我讨论！

△ 天晴气到眼泪掉，昭国歉意，乔安寒着一张脸，怒气都对着昭国

昭国： 对不起啦……宝贝！

△ 天晴眼泪汪汪看着昭国

天晴： 所以爱会消失，对不对？

昭国： 父母对小孩的爱是不会消失的……

天晴： 骗人……你们以前也是有爱才会结婚的啊……为什么现在就没有了！

△ 父母两人看着天晴，语塞

20 时｜夜　　景｜昭国乔安家／天彦房

人物｜乔安、昭国

△ 两人在客厅两头，离得远，都在想怎么开口
△ 乔安倒了酒喝，率先开口，音量低，怕吵到天晴

乔安： 不管怎么样，我不会让天晴跟你住。

昭国： （也小声）……你的工作根本没空照顾她……到底在争什么？又不是不能探视……想看想约，随时都可以……又没要跟你当仇人！

乔安： ……女孩子长大了，需要的是妈妈。

昭国： ……需要的是健康的妈妈……

乔安： 什么叫健康的妈妈？一直外遇的爸爸很健康？

昭国： （烦）……我没有一直外遇，我现在不想跟你吵架……（耐着性子）天晴反弹这么大……我不睡公司，先睡天彦房间……

△ 昭国走进天彦房间，关上门
△ 天彦房间还是个小六男孩房的样子，两年来没有改变
△ 昭国坐在书桌前，看着旁边的超人贴纸海报。书架上一堆天彦的柯南书、侦探书籍、钢弹超人之类，昭国看着角落一张一家四口的照片，眼眶红，深吸一口气，擦拭着上面灰尘
△ 客厅的乔安大口喝着酒

21　时｜夜　景｜王赦美媚家

人物｜王赦、美媚

△ 王赦拎大公事包进门，看着美媚从房间走出，关上房门

王赦： （小声）小斐睡了？

△ 美媚看着王赦，表情不善

王赦： （检查身上）……哪里不对？

美媚： （拿手机滑手机画面，递给王赦）……自己看……

王赦： 小斐正不用告诉全世界吧？你又在脸书说什么？还是谁又称赞你？

△ 手机画面：王赦被（网友 kuso）屎不停砸脸上的 gif 档：我错了！
（© kuso，来源于日语，现常作为网络用语，意为恶搞）

王赦： 哈哈……有创意……

美媚： 这种时候你还说有创意？万一丢的是石头怎么办？

王赦： 被害人家属没地方发泄情绪，是可以理解的……

美媚： ……万一你抱小斐走在路上呢？万一我们一家人走在路上呢？

王赦： 是有必要这样吓自己吗？

美媚： ……这是……防患未然好不好？

王赦： 万一有这种事你要相信你帅气老公……一定会挡在前面……保护你们。

美媚： 你耍赖！

△ 王赦把美媚揽在怀里，啾了嘴（◎ 亲吻）

王赦： 我耍帅！

△ 美媚在王赦怀里，感觉还是有臭味，推开

美媚： 有没洗干净啊……你就不能回去事务所上班？非要做这种人的律师？

王赦： （表情瞬间严肃）这我们讨论过了……而且他有名字叫……李晓明……

△ 美媚看着王赦严肃神情，不情愿地闭上嘴

22

时｜晨　　景｜昭国乔安家

人物｜乔安、天晴、昭国

△ 屋内有着英文晨间新闻的播报声，乔安将做好的早餐包好放便当袋

乔安： 天晴要迟到了！快点！

△ 天晴在房里收拾书包，往外走，乔安递便当袋给天晴

乔安： ……你今天下课还是到办公室等我……悠游卡里面钱还够吧？

天晴： 今天我去爸比办公室……

乔安： ……为什么？

△ 昭国从天彦房走出，用力开心地说

昭国： ……宝贝生日快乐！

△ 乔安恍然想起，一丝歉意的神情

乔安： ……你怎么没提醒我……晚上我们一起吃饭……

天晴： 你又不一定可以下班……

△ 天晴穿鞋上学，直接走出门

乔安： 今天一定可以跟你吃饭……Happy birthday！到妈办公室等我……

△ 天晴没回头一路走出家门，乔安看着昭国还是不爽（装什么好人），但不想浪费唇舌，径自走入书房，书房内三台电脑之类的，分别几家外电及自己家的新闻播报画面，乔安打开手机传着讯息

昭国： ……你最好说到做到。

△ 昭国转头走进浴室，乔安专心地盯着电脑传讯息

23   时｜日   景｜"矫正署"律见场所

人物｜王赦、李晓明

△ "矫正署"空景
△ 王赦坐在李晓明对面

李晓明： （轻蔑淡笑）为什么还要花力气在我身上？

王赦： 我跟你说过了……律师的职责是保护当事人的法律权益……在诉讼过程中……不让我的被告被妖魔化。

李晓明： （冷）不用跟我说屁话……诉讼已经结束了！

△ 王赦看着眼神不屑的晓明

王赦： ……如果说……我想要让我的孩子将来能够平安、快乐地活在这个世界上，不要再遇到有人做你犯过的罪……这个答案你可以接受吗？

△ 李晓明看着王赦，没说话，也许这答案他比较能够理解也比较相信

王赦： 从你一直不想牵扯到家人，坚持不要让他们生活受到影响……我就不觉得你是外界认为……所谓泯灭人性的人……我虽然反对死刑……但目前还是使不上力……即使死刑判决正如你所愿达成了。

△ 李晓明眼神瞥向其他地方，并不想听王赦说的话

王赦： ……我是来跟你说两件事，一是我会跟被害者的家属做接触，希望……

李晓明： （打断）只要不要烦我家的人……随便你……

王赦： ……另外……执行死刑的时间谁也说不准，建议你……跟家人碰个面，好好地跟他们说再见。

△ 李晓明不想听，起身往外示意监所管理员会谈结束，开门，王赦无奈

24

时｜日　　景｜邮局外

人物｜大芝、思悦

△ 大芝低头从邮局走出，意外见思悦在前面笑眯眯

思悦： 我还以为你还没起床，正想回家弄活体实验便当给你，今天这么早？

△ 思悦拎着手上几袋菜、肉给大芝看

大芝： 要汇钱……（吞下话没说）……因为换工作内容，想早点到办公室去练习，思悦姐你不用管我啦！

思悦： 汇钱给谁啊？

大芝：　　　……育幼院……

思悦：　　　你好有爱心喔！

　　　　　△ 大芝尴尬说谎还被赞美低着头，整个脸几乎要被头发遮住
　　　　　△ 思悦从手提袋拿出个发饰

思悦：　　　送你！

　　　　　△ 大芝抬头莫名
　　　　　△ 思悦放下手上的菜，把发夹别在大芝前额，大芝露出脸庞

思悦：　　　……多清秀多好看的脸，干吗遮起来……刚看到这发夹就想到你，我还有两支我们家凯子送我的口红，颜色我不喜欢……可我觉得适合你……晚上拿给你。

　　　　　△ 思悦的动作让大芝想起自己母亲，眼眶红

思悦：　　　眉头别老皱着……一个人出门在外的（想想）也没什么，年轻人是要勇敢绽放出青春……要笑……笑开来好运才会来……这我的座右铭！

　　　　　△ 大芝看着思悦有点想哭，骗一个对自己这么好的人，觉得自己很糟

思悦：　　　我回家弄饭给思聪……多个人可以活体实验，厨艺绝对突飞猛进……你工作那么辛苦，自己要吃得健康均衡点。

　　　　　△ 思悦拎着大包小包跟大芝道别
　　　　　△ 大芝看着思悦离开的背影，感触也感动

25　时｜日　　景｜《先驱报》会议室

人物｜王赦、昭国

　　　　　△ 王赦坐在先驱报社的会议室里，看着不大的办公室人声鼎沸，年轻人居多，几组人分头讨论有笑有争辩，对比电视台新闻部办公室显得生气蓬勃

△ 昭国端着一杯咖啡进来

王赦：（起身）谢谢你抽空跟我碰面……

昭国：……哪个媒体人不想认识你……我们咖啡豆不错，试试。

王赦：本来想请你喝咖啡的……真不好意思……还让创办人泡咖啡？

昭国：……大家都在忙……有什么事就直说别客气。

王赦：我就直说了……希望《先驱报》做世界各国随机杀人案例的分析报道，还有司法体系对司法心理学的忽视，从法律程序来看，现在的刑事诉讼程序不管是对被告或是被害人都有很多盲点……

昭国：（不解还有点啼笑皆非）你不知道我是受害者家属？

王赦：知道……所以更觉得你会想找到真相。

昭国：（不以为然）找不到精神疾病就换找真相，你就是要让……李晓明逃过死刑！……你良心过得去吗？让纳税人养他一辈子？

王赦：税金早就在养成千上万各种刑期的受刑人……若是不找到真相不想办法阻止只怕以后还会出现类似的事件！

昭国：……我没兴趣……

△ 昭国起身准备离去

王赦：所以你认为杀戮电玩加上家庭教养的问题就是李晓明犯案的原因……杀了李晓明可以解决所有的问题……你们的伤痛就可以抚平？

△ 昭国难掩情绪，但知道王赦说的没错，王赦看出刘昭国有被打动

王赦：……政府还没废死之前，就他犯的罪，死刑没什么争议……我是真的希望舆论能有些影响力，否则政府为了消除民怨或其他政治因素，随时会处死李晓明！要探究李晓明到底在哪个环节出了问题，真的需要时间，当然这是我一厢情愿的想法，对你来说不公平，你可以拒绝我。

昭国： ……我没办法……对不起我还有会要开……你……自便……

△ 昭国决定往外走，王赦坐在原处，喝着咖啡

王赦： ……咖啡豆真的不错……

△ 昭国难掩情绪走到自己办公桌（也只是一角，开放的办公室）
△ 王赦喝完咖啡，起身

王赦： ……（深吸口气）……至少省杯咖啡钱……

△ 昭国开门进来，王赦意外，昭国关上门

昭国： 李晓明精神鉴定都不配合，他的父母、家人一出事就躲起来！你怎么探究怎么去找真相？

王赦： 我推测……李晓明是不想拖累家人，所以一直不跟家属会面，李家的人也卖掉房子希望能尽量赔偿受害者，只是媒体没兴趣报道……你叫他们怎么出来面对这个社会的眼光？死刑定谳我觉得是最后的机会，面对生离死别也许李晓明会愿意打开心防……

△ 昭国表情严峻，也没坐下，两人就这么对立站着

昭国： ……平常我是不愿意让别人告诉我该做什么专题的，不过我相信解决伤害的重点应该放在预防跟善后……（苦笑）是也太官方说法……

王赦： 官方说法？

昭国： 他死了也换不回天彦……（忍不住情绪翻腾）但是我……要知道为什么！

△ 昭国看着王赦

26 时｜日　景｜品味新闻台办公室
人物｜乔安、大芝、环境人物、News 哥

　　　　　　△ 乔安跟 News 哥对着今天工作的内容

News 哥： 不要大清早就传讯息啦！是有没有睡觉？我的记者每天都来跟我哭天……工作超时……领不到加班费。

乔安： 你不是爱讲你以前应酬跑新闻跑到半夜十二点边吐还边写稿……

News 哥： 现在讲这就被吐槽吐口水……一天要跑三条，还要应付突发新闻，谁跟你半夜十二点……

乔安： ……花时间跟我抱怨不会解决问题。

　　　　　　△ 大芝拿乔安的美式咖啡走来，放乔安桌上

大芝： 乔安姐，有时间可以请教吗？

乔安： 什么事？

News 哥： 你今天这么早上班？

大芝： ……早点才可以练习……这我（动乔安电脑看 iNews 画面）看今天新闻试做的 rundown……想请乔安姐帮我看……有什么该注意跟修改的……

　　　　　　△ 乔安难得有点欣赏地看着大芝，颇难得的新人，看一眼电脑

乔安： ……头条放主计处薪资新低？……重排……我去开会。

　　　　　　△ 乔安起身出去开会，大芝愣在当场

News 哥： （笑）昨天头条是什么？

大芝： 店员被客人泼奶茶砸头……

News 哥： 是不是？

大芝： ……但薪资新低才是年轻人关心的啊！

News 哥： 重点新闻是七点的……六点的新闻是让观众进场。

△ 大芝思索着，News 哥拍大芝

News 哥： 欢迎来到 daily News 哥的现实世界……

27

时｜日　　景｜品味新闻台主管会议

人物｜乔安、新闻部总监、品味新闻副总、总经理

△ 桌上放着新闻台收视率报告

总经理： ……上礼拜 18：00（时段新闻）我们输快讯两次！

乔安： 我们四岁以上还是收视最高……

总监： 最近通稿多……应该也是有受些影响。

总经理： 我们不能放弃年轻族群也要抢中高龄的族群……业务部现在很难做……

乔安： 年轻族群已经不看电视……业务部什么时候说他们好做？他们永远都难做。我们新闻部还不够配合业务部吗？不要得寸进尺！

副总： 不是……乔安你太过谨慎……要赢就是抢快……没有抢先，观众马上就转走了……我们输快讯就是慢而已。当然谨慎也是很重要……上次问卷调查，我们是七家新闻台里信任度最高的……多亏你跟 News 把关。

△ 副总看乔安脸色难看，开始安抚

28 时｜日　景｜品味新闻台会议室

人物｜News 哥、乔安、大芝、生活组组长、国际组组长、其他编辑、各组长官

△ News 哥坐主位，生活组组长正在报稿，大芝等编辑对电脑打字记录

生活组组长： 因为前阵子下雨，康乃馨的产量受影响，今年康乃馨贵到一百块一朵……有采访一些民众……要怎么因应过母亲节……还有一条是母亲节最热门的餐厅，每年都要半年前先预定……玉兰百货公司周年庆……只要是名字有"玉兰"的妈妈进场都可以八折……

△ 乔安站在组长身后

乔安： 你们要不要替那些没有妈妈的人、没有小孩的妈妈着想……

△ 众人愣，大芝看着乔安（是在为我着想）

乔安： 生活组只剩消费新闻了？

News 哥： 有追那个……黑心豆腐……还有正太诊所母亲美容可以打折……

△ 乔安白眼，乔安手机响，乔安看着来电显示

News 哥： （看一眼乔安手机）业务部……不要接！

乔安： （深呼吸接起）宋乔安！……整形要七点十分播？……好！那只能播一分钟……八点进广告前才能两分半……你自己选，（声音轻松，表情冷）我哪有为难你……好！八点前。

△ 大芝看着乔安从容应付，蛮佩服

29 时│夜 景│副控室／办公室

人物│导播、AD 众、大芝、乔安／News 哥、国际组、天晴

△ 众人正在 on 新闻，乔安站在大芝身后看着（监督新人）
△ 乔安视线飘向快讯的监视新闻画面，众人都看到了
△ 快讯主播（无声音）念着干稿；标题：据传晚间 5：34 泰国普吉岛酒店发生爆炸，台籍旅客多人伤亡（背后只有一张假合成照片）

导播： 编辑……所以现在要怎么样？

△ 大芝愣回头看乔安。乔安拿起手机拨着走到门口（拨给 News 哥）

导播： ……所以我现在要调泰国地图？还是跟泰国办事处连线……喂，发什么呆？

AD： 五秒——四——三——二——一……

导播： 主播要先干稿吗？先把跑马字打出来……

△ 大芝傻呆不知该打什么，怎么办。副控室一团混乱

新闻部办公室

△ 办公室整体忙乱，国际组组长跟 News 哥报告

国际组： 旅行社的人……还在求证……剩下两个有普吉岛的团收不到讯号……国祥还在追……我曼谷的朋友没听说……外电都还没看到……

△ News 哥拿手机，在可扩音（录音）电话拨电话号码
△ 电话语音系统：Taipei Economic and Cultural Office in Thailand（◎ "驻泰国台北经济文化办事处"），后段是泰文：现在下班时间……News 哥按掉，继续拨其他电话

News 哥： （对手机跟乔安讲）还在查证……等一下……（又挂，再拨桌上电话）只能确认普吉岛那边收讯不好……很多人联系不上……

乔安：	（电话音吼）三民台也跑马了！还查？
News 哥：	那你就播啊！怕输就播！

　　　　　　△ News 哥怒摔挂手机，对着扩音电话

News 哥：	陈总好久不见……我品味廖纽世啦……你还在带泰国团吗……是……

　　　　　　△ 天晴站在乔安办公室外看着众人忙碌样
　　　　　　△ 天晴拿出自己手机，拨着

副控室

　　　　　　△ 乔安凝重地看着监视画面上的快讯电视跑马跑着普吉岛酒店发生爆炸事件，传有多名台籍旅客受伤。品味的普吉岛相关画面已经做好

导播：	乔安姐！怎么样？普吉岛地图调好了……有没有人可以连线……

　　　　　　△ 乔安手机响，乔安看着号码，有点犹豫，还是接起

乔安：	副总（脸色沉）还在查证……我知道有两家播了……我看得到……

　　　　　　△ 乔安看着现场所有人的目光都看着自己，乔安手忍不住抖，挂电话

乔安：	（深呼吸也没用！）播！

30

时｜夜　　景｜品味新闻台办公室走道

人物｜大芝、乔安、天晴、News 哥

　　　　　　△ 乔安快步地走回，大芝在后面跟着，天晴正背着书包往外走

大芝：	（还在查手机）外电、CNN 实时也没有……
乔安：	（看天晴）你去哪？
天晴：	爸比在楼下了……

乔安： ……我等下就可以回去了……

天晴： 不要说你做不到的事。

△ 天晴赌气地塞了一张卡片给乔安，看着电梯来了就跑进电梯

△ 乔安站在原地不知该如何回应，一旁的大芝看着有些尴尬

News 哥： （画外音大喊）……妈的——

△ 乔安、大芝快步奔入办公室

31

时｜夜　　景｜品味新闻台办公室

人物｜大芝、乔安、天晴、News 哥、其他记者

△ News 哥气呼呼地打电脑 iNews，现场在忙碌之后呈现一种真空状态

乔安： 怎么样？

News 哥： 泰国办事处刚发声明没有这回事……我跟副控编辑讲了……搞死人……

△ 乔安坐在座位上，脸色难看，News 哥看着乔安神情，决定算了

News 哥： ……到底是谁这么闲弄这种假新闻……妈的……要下班被搞到胃抽筋……

△ News 哥看着乔安脸色越来越阴

乔安： 这么大的事件过两小时……都没有任何人上传 IG、FACEBOOK，想也知道不合理……智障才会播！

△ 大芝看着乔安自损还是很抑郁的神情

News 哥： 反正……播错新闻也不是头一次……习惯就好。

大芝： ……乔安姐，你去追天晴还来得及……

△ 乔安坐在位置上，还在紧绷状态，也是一种逞强

News 哥： （看一旁卡片）天晴给你的卡片？现在有哪个小孩自己生日会送妈妈卡片……太懂事……太感人了。

△ 乔安这才认真看着手上天晴的卡片，乔安打开
△ 天晴手制的卡片：我知道你不爱我，如果哥哥还在，你应该比较高兴吧～母亲节快乐！刘天彦！
△ 乔安瞬间内疚与悲伤同时涌来
△ News 哥、大芝看着乔安的情绪转变

News 哥： 天晴写什么？

△ 乔安不能在众人面前露出软弱的样子，拿起包包往外走去
△ News 哥跟大芝看着乔安离去背影

大芝： 乔安姐怎么了？

News 哥： ……这两年母亲节啊……乔安一家人情绪就很糟……

大芝： 是因为爸妈车祸过世？

News 哥： 爸妈十几年前的事了……她儿子是母亲节前一天在有诚戏院被李晓明枪杀的罹难者之一……急救无效，在母亲节那天过世，叫她怎么过母亲节……

△ 大芝如被雷击，愣在现场

32

时｜日　　景｜殡仪馆大众灵堂一角内外（两年前）

人物｜乔安、昭国、天晴、众被害者家属、大芝、李母、李父

△ 大芝跟父母一起三人戴着口罩，在外面犹豫着

李父： 不管怎么样，我们一定要跟人家上个香道歉……你们不进去没关系……

△ 李父摘下口罩，李母眼眶红着不知哭多久的神情

李母： 我跟你一起……（看大芝）……没你的事情……你在外面就好了……

大芝： ……我陪你们……

　　　△ 李母摇头把大芝推远，拿下口罩跟着李父
　　　△ 李父跟李母往室内走去，大芝犹豫一阵还是跟上去
　　　△ 大芝看到父母脚步停下，大芝也停下，愣看
　　　△ 有诚戏院罹难者临时牌位区的大字，诵经声不停
　　　△ 九个年轻人的牌位，前面站满哀凄的家属，上香、准备蔬果

家属A母： 母亲节啊……你答应要带妈妈吃饭的……你怎么可以放妈妈一个人……

　　　△ A母哭倒，家属赶紧上前搀扶着
　　　△ 一位师父摇铃带捧着天彦牌位的天晴与后面执幡的乔安、昭国走进来
　　　△ 乔安如槁木死灰神情，昭国眼眶红
　　　△ 师父把天彦的牌位放上去
　　　△ 李父、李母即便已知道儿子犯滔天大祸，但看到这么多的罹难者牌位也是一阵鼻酸、腿软，大芝跟在后也傻眼
　　　△ 李父握紧拳头转身往外走
　　　△ 李母腿软，差点站不住，被大芝扶着

　　　　　　　　　　　　＊　＊　＊

　　　△ 李父在外面拼命地用拳头捶墙，捶着流血不止，大芝冲来阻止

大芝： （哭）爸……不要这样啦……

　　　△ 李父推开大芝，拿头撞着墙忍不住哭起来，怎么赔？怎么道歉？
　　　△ 李母在一边蹲缩在墙角，眼泪直流，大芝也止不住泪

33

时｜夜　　景｜街头／便利商店

人物｜乔安

　　　△ 乔安阴森脸，在街头疾走着，痛恨自己周遭与自己犯错的无力

△ 乔安在便利商店（外）的休息区，喝着酒，努力把自己灌醉

34

时｜夜　　景｜品味新闻台顶楼

人物｜大芝

△ 大芝站在顶楼边缘，看着都市夜景
△ 大芝心情复杂

35

时｜日　　景｜乡下李家（两个月前）

人物｜李母、李父、大芝（晓文）

△ 晓文蜷曲床上，房内凌乱。白天的房内，窗帘让屋内几乎不透光
△ 李父在客厅喝得烂醉，摇摇晃晃点着烟，室内也是一片暗

李父： 晓文啊……没酒了……去买酒！

△ 门开，一线光进来，李母戴口罩、斗笠，捧着一大木桶（饭）入内，关上门，放下饭桶，摘了口罩、斗笠
△ 李母摘下口罩，颊边一堆红疹，累得坐下，屋内一盏小灯照着角落

李父： 水某（◎闽南语，大意为"漂亮老婆"）回来啰……我没酒了……

△ 李母看着屋内的不堪，颓败甚至觉得腐味，烦躁

李母： 晓文咧？晓文起来吃饭没？

李父： 阿哉（◎闽南语，大意为"我怎么知道"）！你去买酒……快啦……

△ 李父起身推李母出门，李母一把火推开李父

李母： 现在不要烦……

△ 李母往晓文房间去，李母打开晓文房间，看着晓文烂在床上
△ 李母看着晓文、看着屋内败坏阴暗，晓文宛如死人

李母：　李晓文你去洗澡……

晓文：　（懒）……干吗啦……

李母：　你不洗，我帮你洗。

△ 李母把晓文拖起床拉进浴室，莲蓬头打开直接把晓文整个泼湿

李母：　洗干净再出来！

△ 李母走出浴室，关上门
△ 晓文愣站在浴室里

36

时｜日／夜　　景｜乡镇户政事务所外（两个月前）／品味新闻台楼顶

人物｜李母、大芝／大芝

△ 李母拉着不耐的晓文与大行李箱从内走出，走到外面角落

大芝：　……这有什么意义？

△ 李母把新身份证塞到大芝手里

李母：　……从此以后你就叫李大芝。

大芝：　难听死了……

△ 李母看着不耐的大芝，李母捧着大芝的脸拨开头发到耳后

李母：　……以后任何人问，就说你爸妈哥哥都出车祸死了，你家只剩你一个人。

大芝：　（眼眶瞬间红）干吗这样啦？

李母：　……你本来大学毕业想做什么，就去……

△ 李母塞了一叠钱（大概两三万），到大芝口袋

李母： 妈妈没能耐，只存到这样……以后你要自己想办法……

△ 大芝眼泪直流，说不出话

李母： 家里死三个人就好了……不能把你也葬在这里！你一定要重新开始……

* * *

△ 大芝站在顶楼，泪盈眶

（待续）

第二集

1　　时｜日　　景｜康复之家／新闻画面／社区公园

人物｜记者、里长、里民若干、刘名天

新闻：　某康复之家附近挂了布条：我不敢上学、不敢出门玩耍，谁要负责／一些居民拿着"保护社区　捍卫家园"的布旗杆到"市议会"抗议

记者：　（OS）棋烟社区的康复之家预计于下周落成启用……今天棋烟社区的一群里民在里长的带领下到"市议会"抗议……

里长：　我们不是歧视，是因为这里是交通枢纽，附近初中小学幼儿园都有，四处都是小孩在出入……设立在这里，大家都不敢到公园去玩，真的影响居民的权益，这么热闹的地方，根本不适合他们啊！

　　　　　△ 字幕：棋烟社区新群里里长
　　　　　△ 社区公园的状态／老人与小孩的散步／附近小学、初中

公园带着小孩的妈妈：我是不知道真实跟他们接触会怎样啦，但是若是看到还是希望小孩不要太靠近……总是会担心他们的情绪突然失控……

某大叔：　我不希望在我们这个社区设立……地价房价都会跌……但这不是重点，是这里的环境不适合啊，他们应该到适合安养的地方吧！

刘名天：　我想是因为不了解而导致的害怕跟恐惧吧！会到康复之家的住民都是经过医生转介的，而且康复之家的设置本来就是让我们的住民在社工跟治疗师的陪伴下逐步地跟人群、社区接轨，走回人群，之后我们会办一些活动，希望能让彼此多些了解跟对话的空间……

　　　　　△ 字幕：康复之家负责人刘名天
　　　　　△ 新闻缩成品味的网页上缩图：390 赞／也有怒
　　　　　△ 网友留言，市议员林阿财回应：建议他们可以搬到山上，比较安静清幽的地方适合静养（223 赞）
　　　　　△ 网友：他们只是生病了，给他们一个机会好吗？（80 赞）
　　　　　　　这则回应：搬到你家旁边做邻居，好吗！（80 赞）

2

时｜日　　景｜大芝房

人物｜大芝

△ 大芝趴在桌上写信，开始写着："哥，我……"就停下来
△ 大芝不知从何写起

3

时｜日　　景｜可爱餐厅

人物｜乔安、乔平、一骏、昭国、天晴

△ 一家人唱着生日快乐歌给天晴
△ 乔安戴着墨镜神情淡漠，乔平切着自制蛋糕给天晴，再分给大家

乔平： 虽然晚一天，但是还是生日快乐啊！

一骏： 你阿姨……早上特地为你做的喔……这是我的礼物……（递小礼物给天晴）

天晴： （抱乔平）谢谢阿姨姨丈。

昭国： 差别待遇喔，昨天我送你礼物……你也没抱我！

天晴： （转身赖在昭国身上）……你天天可以抱啊！

△ 一骏对天晴指着乔安：抱妈妈啊？母亲节耶
△ 天晴装作没看到，一骏还想说，被乔平示意别多嘴

昭国： （找话题）什么时候要……生孩子啊两位……

一骏： ……没这回事啊……我们人生追求的是无忧无虑活在当下。

△ 昭国与一骏乱聊着，天晴与乔平闹，乔安寒着脸

4

时｜日　　景｜思悦大芝家厨房

人物｜大芝、思悦

△ 大芝在厨房做着卤肉拌面，但神情落寞

思悦：（探头）好香……怎么今天有心情下厨啊？……是妈妈的味道吗？

△ 思悦笑眯眯看大芝，意外，大芝泪流满面

思悦：（意外）怎么了啦？想妈妈？

△ 大芝有苦不知如何说，也不能说

大芝：……我妈煮得比较好吃……

思悦：（想让大芝放松）……你还有妈妈可以想，我都快忘记我妈长什么样子……（试吃）你煮得很好吃耶，我还把你当活体试验……真丢脸……

5

时｜日　　景｜思悦大芝家客厅

人物｜大芝、思悦、思聪（OS）

△ 大芝、思悦端了三碗拌面与青菜出来

思悦：思聪……出来吃饭……今天大芝下厨！

△ 思聪开门走出，拉开椅子，把桌上杂物排开

思悦：……爸打来说……晚上要跟阿姨吃饭。

思聪：……不去，要去你自己去！

思悦：我排班了啊！今天大家都要回家吃饭……

思聪： 那我为什么要去？

△ 思聪端着面走回房，嘣地关上门
△ 大芝看思悦，怎么回事

思悦： ……我阿姨是我爸再娶的啦……

大芝： 对你们很坏？

思悦： 也不是……她一讲话我就想翻白眼……母亲节麻烦死了……我这辈子最讨厌就过年、中秋节……什么节都烦……不说了……要开心！顶多被我爸念两句而已。

△ 思悦挤出笑容，吃饭最大

6

时｜日　　　景｜豪华餐厅

人物｜王赦、美媚、丁父、丁母、小斐（四岁）

△ 蛮贵气质感的中餐厅包厢，王赦家与美媚父母吃饭，菜吃得差不多

丁父： （想到）……王赦啊……我跟美媚讲了……我们公司法务要离职……

△ 美媚跟丁父使眼色＝我还没跟他讲

王赦： （了然）……谢谢爸……我目前还不想待在办公室。

丁父： 第二个小孩都要生了……你真的……很自（私）……

△ 丁母看王赦神情略僵，美媚看王赦担心，丁母立刻笑眯眯打断

丁母： 台湾第二大律师事务所王赦都不待了，他喜欢帮助弱势……这是难能可贵的天赋使命……你就别操心……但是我帅气的女婿……我是想说……你西装……正好……（沾到屎）公司母亲节特惠……请相信你岳母的眼光。

　　　　　△ 丁母起身从一旁拿来两件崭新、有气质的西装

王赦： （赶紧起身）妈……您当这么多年采购经理，我当然相信你的眼光，从小到大小斐衣服都你买的……这西装一定我要自己付钱喔……等下美媚给你……这您不能再……破费！

　　　　　△ 丁父白眼＝死爱面子的臭小子

丁母： 当然——我一定跟美媚算的！

王赦： （对丁母）……真的谢谢您为我操心，辛苦两位母亲了……

　　　　　△ 王赦拿茶敬丁母与美媚，丁母、美媚笑举茶回应
　　　　　△ 美媚看丁父神情不满，赶紧把小斐送阿公身上

美媚： 小斐给阿公抱抱……祝阿公母亲节快乐……

7

时｜日　　　景｜豪华餐厅结账区

人物｜王赦、美媚、丁父、丁母、小斐

　　　　　△ 王赦牵着小斐往外走，美媚跟在后

王赦： ……西装的钱不能让妈付啦……母亲节没送礼，不能让他们请吃饭，我们一定要付账！

美媚： 早就说好了你请大家吃……你先带斐去外面公园，我结完账就来！

　　　　　△ 王赦点头带着孩子往外走，美媚走往柜台，正准备掏出信用卡

丁母： （从旁拦住美媚）别演了……早就买单了。

美媚： 我哪有演……我是认真的……要请你吃饭啊……

丁母： 好啦好啦，我心领了。

美媚： 西装钱多少？

丁母： 你付不起……算我们欠你……你欠那小子……

△ 美媚上前抱老母，灿笑

美媚： 爱你啦……我妈又漂亮又有 sense（◎风度）又大气啊！

8

时｜夜　　景｜大芝房

人物｜大芝

△ 桌上一旁还是摆着信纸依旧：哥……我……
△ 大芝对着电脑，word 文档上有"辞呈"两字，大芝不知如何继续

曾老师： （画外音先入）……你确定想进新闻台……

9

时｜日　　景｜曾老师家（两个月前）

人物｜大芝、曾老师、师母

△ 大芝坐在老师家客厅，大行李在一旁

曾老师： ……现在媒体环境那么恶劣……你的状况又特殊……

大芝： ……所以想……听老师想法，那……还是……先找快餐店之类的工作……

△ 师母拿着水果、点心过来

师母： 为什么要为家人放弃梦想……现在媒体那么多类型，不做抛头露面的记者就好了……妈妈连名字都让你改了，就是要你重生啊！现在委屈自己，老了就被自己的怨恨纠缠，更苦……想做就去做！我支持你！

　　　　　△ 曾老师看着大芝的表情，戴起老花眼镜拨着手机
　　　　　△ 大芝犹豫地看着师母，师母一脸鼓励

师母：　多吃点水果，这袋点心你带回去，好好补一补……要对自己好点！

　　　　　△ 大芝摇头想推辞，却听见老师说

曾老师：　喂！请问是廖主任纽世吗？（笑）我是曾镜传……无事不登三宝殿，我有个很优秀的学生，想拜托你……我就把你电话给她！感谢感谢……

　　　　　△ 大芝意外老师动作的迅速
　　　　　△ 曾老师挂了手机，边在便条纸上写着廖纽世的电话，边说

曾老师：　在学校就看得出来你是个好学也好强的人，对自己有要求……这点很好，但是应付日常生活、工作上的学习，就够消耗精气神的……不要花力气去挑战人性。

　　　　　△ 大芝接过纸条，不解地看着老师

师母：　（对曾老师）转弯转半天……难怪人家听不懂你讲什么，（对大芝）他是说：绝对不要让人家知道你的真实身份……觉得不舒服就辞职……工作多的是……后面两句是我的意思。

　　　　　△ 大芝懂了

曾老师：　你愿意走出来，就是好事……你们后来搬家，我就没再打给你，有时候我们自以为是的好意，也会增加别人的负担……前两天还在跟你师母说，好久没你的消息。

　　　　　△ 大芝眼眶红，有人关心在乎的感觉，还是备受感动！

师母：　……有想到住哪里吗？我们小书房冬暖夏凉……不嫌弃我们老人话多，住下来跟我们两老做伴。

大芝：　……谢谢师母……我刚有找房子，等下就跟房东碰面。

10

时｜夜　　景｜大芝房

人物｜大芝

△ 大芝看着手机 line 讯息，还是未读，大芝按着录音钮

大芝： 妈！母亲节快乐……

△ 大芝下一句如鲠在喉，千头万绪不知如何往下

11

时｜夜　　景｜昭国乔安家客厅／书房

人物｜昭国、天晴、乔安

△ 昭国正在讲电话

昭国： 我等下传王教授电话给你……你可以说是我的同事……是！鉴定李晓明的医生愿意接受访问当然更好……等下再说……

△ 乔安拿着绿茶色饮料进书房，听到昭国的话
△ 昭国挂了电话，经过书房前，忍不住问

昭国： （低声）你跟天晴是怎么回事？一天都不讲话……

乔安： （冷）……这我跟她的事。

昭国： 宋乔安……你不要以为我跟你争抚养权，会抢输你……

乔安： （冷看）现在是恐吓吗？

昭国： 现在是跟你讲理！

乔安： 所以是你都对的……我都错的道理？

昭国： 不可理喻……

△ 昭国气得走去敲天晴房门，打开

昭国： 天晴……爸现在要去开个会，晚点就回来！你早点睡喔！

△ 昭国温柔地跟天晴说完，转身寒脸走出家门
△ 乔安听见门关上的声音，缓缓地整理自己情绪，一口喝光饮料

12

时｜夜　　景｜昭国乔安家天晴房

人物｜天晴、乔安

△ 乔安推开房门，坐在天晴床边，正在看书的天晴想闪

天晴： 我要睡觉了……

乔安： ……你想要什么礼物……

△ 天晴没回应，放书，躺床上，盖被子。乔安也挤上天晴的单人床上

乔安： 我跟你睡！

天晴： 不要！你都会乱踢……（生气吼）……出去啦……你喝酒臭死了……

△ 乔安难堪，起床往外走去

13

时｜日　　景｜品味新闻台会议室

人物｜大芝、乔安、News 哥、编辑们、社会组组长、主播

△ 社会组组长报稿

社会组组长： 去年有个教授性侵邻居七岁小孩，结果今天地院判决只判四年，而且还说合意……我们有当时教授被移送的画面。

△众人眉头皱

主播： 真的恐龙法官耶，七岁小孩怎么可能合意？

News 哥： 见鬼了合意？有家属的说法吗？

社会组组长： 家属不肯接受采访，有拍教授家外貌跟邻居的回应，小莲也访了一些路人……大家对现在法官都很不满……有钱判生没钱判死……

乔安： 就照《美丽世界》周刊出刊的内容念稿？

社会组组长： 我……我们会再……去追有没有教授家属其他的人……目前是这样……

△ News 哥走到门口喊：生活（生活组进来报告）

大芝： （直觉）为什么没有法官回应？

News 哥： （听见回头略好笑）你以为现在法官还会出来接受访问？法官躲记者躲得跟看到鬼一样！

△ 其他人觉得好笑看着大芝，大芝微愣，尴尬不敢说话

乔安： "司法院"不是觉得台湾法治教育不足……趁这机会让他说明啊……承办法官不接受访问，没有别人可以问吗？

△ 乔安看 News 哥，News 哥无言
△ 大芝旁边编辑群的目光射来，大芝觉得自己话好像说太快

14

时｜日　　景｜品味新闻台会议室

人物｜大芝、编辑们

△忙碌的办公室，编辑们在会议室里边画稿边嘻嘻哈哈聊天
△大芝从外面拿着资料进来，屋内突然安静

大芝： 怎么了？

小A： 以为是总裁走进来临检……吓死……

△ 其他人爆笑，大芝却笑不出来

15

时｜日　　景｜大学教室（约两年前回忆）

人物｜大芝（晓文）、大学同学若干

△ 晓文戴着口罩，鼓起勇气踏入教室
△ 本来纷扰的教室突然变得安静，晓文走向角落位置坐下
△ 几个相熟同学互看，还是围过来

同学女： 晓文……你还好吗？

△ 晓文不知该怎么说，点点头，拿下口罩，拿出笔记、课本之类

同学男： 真的是你哥喔？

△ 同学女推着同学男，干吗说这个

同学男： 拜托你是跟晓文不熟吗？何必装没事……

晓文： （淡）也是……何必装没事……

同学男： 枪真的是你哥自己做的？太有才华……那天我们看到新闻的时候还想说……你家还有吗？借一把来，先毙了传播社会学老师咧……

△ 同学笑闹着（不是霸凌、欺负晓文，而是不知道怎么面对晓文只好瞎聊，晓文也了解同学不是恶意，不过听来每句都是刺）

同学女： （看晓文的反应，岔开话题）结果后来卯帅学长有再约你吗？

同学男： 卯帅在追晓文？

同学女： 你竟然不知道，戏院喋血那天……他们两个也在看电影……第一次约会！

同学男： 同一间戏院喔？

同学女： 当然不是……

△ 同学们叽叽喳喳，晓文神情越来越阴暗

16 时｜日　景｜晓文家面店街道（两年前）
人物｜大芝（晓文）

△晓文戴着口罩，边走回家边发讯息

晓文： 学长！你的传播社会学笔记还在我这，什么时候方便还你？

△ 一连串的讯息都是晓文发给卯帅：学长你有空吗？我想找人聊聊 / 学长你是不是很介意我是李晓明的妹妹 / 学长你现在在社办吗？

△ 已读讯息跳出没回应，卯又新（卯帅）的大头贴转眼变成没有图像，卯又新（卯帅）变成没有成员 ＝ 大芝被解除朋友关系！

△ 晓文站在自家面店门口，铁门拉下，门口被丢满垃圾、死老鼠，还有血色油漆乱洒：狂魔一家人搬走、人渣家族、滚、去死、×……

△ 和协里里长办公室的牌子已被砸烂

△ 晓文愣站在店门口，不是第一天看到垃圾，但喷漆、死老鼠是新的

△ 李母从门缝看见晓文，赶紧拉开铁门让晓文进来

△ 晓文进门，铁门再度拉下，屋内一片幽黑，剩里面的小灯

△ 李父醉醺醺从里面拿刀冲出来，李母挡着李父

李母： 你要干吗？

李父： ……砍死那个阿不拉（◎来源于日语"油"，引申指游手好闲的人）……要不是我找钱给他爸爸办丧事……他爸还躺在路边等人收尸啦……昨天还跟我说……有代志找伊，伊给我靠（◎闽南语，大意为"有事找他，他一定帮我"）……现在竟然带人来泼油漆丢老鼠叫我们去死……

△ 李母夺下李父的刀

李母：拜托……哩麦沟乱……哩沟乱哇就死给你看（◎闽南语，大意为"你别乱来……乱来我就死给你看"）……

李父：到底为什么？为什么？……为什么会变成这样？

△ 李父拿头去撞墙，李母丢下刀，也茫然颓坐
△ 电话响，晓文回神，转身去接

男子：（电话音）××××……你们这家烂人还敢留在这……一定要让你们死得跟你们门口的老鼠一样……

△ 晓文拿着听筒不停尖叫，无奈、无解、对周边世界崩坏的呐喊

17　时｜日　　景｜品味新闻台会议室

人物｜大芝、乔安、News 哥、编辑们、社会组组长、主播

△ 大芝脸色有点惨白，努力听着社会组组长的更正与打字

社会组组长：地方法院发言人说（念笔记）依"刑法"222 条两项加 224 之一条性交未遂跟猥亵行为各一次……

主播：所以不是性侵？

社会组组长：因为无罪推定原则……没证据证明违反小孩意愿，也没有证据显示小孩被强制性交！

△ 乔安、News 哥听着组长的回应

主播：七岁小孩吓都吓傻了，怎么反抗？……怎么搜证？

社会组组长：总之，地院表示就现行的法律规定来说，这已经是在法定刑期的范围里很高的刑度，实在不是轻判……

　　　　　　△ 大芝边打字，不舒服的感觉实在忍不住，起身

大芝：　　……我上洗手间……

18

时｜日　　景｜品味新闻台洗手间

人物｜大芝

　　　　　　△ 大芝在洗手间洗脸，拼命想让自己清醒
　　　　　　△ 大芝频频深呼吸

19

时｜日　　景｜品味新闻台乔安办公室

人物｜大芝、乔安、News 哥

　　　　　　△ News 哥与乔安意外地看着前方的大芝

News 哥：　什么叫适应不良？你明明适应挺好的啊！为什么要离职？

大芝：　　……觉得……觉得会辜负长官的期待……

乔安：　　你觉得我们对你有什么期待？

大芝：　　……（说不出来）

乔安：　　有人挖你？你就直说……（不悦）这圈子很小……

大芝：　　真的没有……

News 哥：　有同事看你升得快为难你？还是哪里的特派给你难看？刚开会我说你两句，你就……不想做？

大芝：　　没有！……不是真的不是……

News 哥： 有问题你要说出来，我们才能帮你解决！家里有事？……家里都没人了？家里还有事……

　　　　△ 大芝眼眶红，不想说谎，也不知该怎么回

乔安： 重排几次 rundown 你就不做了？……现在的小孩是真草莓了？

（◎草莓，形容人抗压性差）

大芝： 不是……我……怕……会让你……失望……对不起……

　　　　△ 大芝这算说了实话，但眼泪忍不住，看来十分可怜

乔安： 你是忧郁症休学？……忧郁症就去看医生啊？……躲起来是有用吗？

　　　　△ 大芝看着两人，有点想摇头，又想就这样承认是不是干脆点，僵！
　　　　△ 乔安 News 哥互看，现在是怎么样？

乔安： 想走就走！……你就做到月底……想要让观众看到世界的全貌、报道的全貌……你连电视台、你自己的全貌都还没看清楚就要辞职？

大芝： ……对不起……

乔安： （气）我最讨厌说对不起的人，有本事就不要犯错。

大芝： ……（懦懦点头）先去工作了……

　　　　△ 大芝往外走出去

News 哥： 你是又早上五点传讯息叫她检讨收视率？

乔安： 我哪有闲工夫特地传给她……她跟着我做，收视率差也是检讨我自己……怕辜负期待？我都还没期待咧，莫名其妙！不负责任……

　　　　△ 乔安不停地碎念，走出办公室，News 哥觉得怪

20

时｜夜　　景｜大芝房／客厅／思聪房

人物｜大芝／思聪

△ 烦躁睡不着的大芝，感觉有奇怪声音，在床上翻来翻去
△ 大芝起身看手机，凌晨三点，找声音的来源，好像在隔壁
△ 大芝在思聪门口听着，音乐吧？悄悄走开

**　*　***

△ 思聪房内音乐开得大声，窗户关着，窗帘拉得很紧
△ 思聪专心画分镜，内容多是幼童嬉闹，还有小手拿着枪支玩
△（OS）思悦与大芝的对谈传来（思聪幻听）

大芝：　（OS）这年轻就可以当导演喔？我不信……

思悦：　哈哈，其实我也不信……不然怎么会被换掉（嘘）小声点……

△ 思聪坚毅貌

21

时｜日　　景｜思悦大芝家客厅

人物｜大芝、思悦

△ 晨空景
△ 思聪的音乐还是很大声，大芝精神不好，在厨房泡咖啡装到保温瓶
△ 思悦走出房门，皱眉敲思聪房门

思悦：　应思聪拜托你音乐小声点啦……早晚被邻居抗议！

△ 里面没回应，思悦无奈，看大芝频打哈欠走出

思悦：　对不起啦，吵得你整晚没睡？

大芝： 不是思聪的声音啦……是我自己有事……

思悦： 怎么了？

大芝： 我要上班了……晚上再跟你说。

△ 大芝拿着包包跟思悦道别往外走，思悦走到思聪门外，敲门

思悦： ……你还没睡觉？……你有没有吃饭？……饿不饿？

△ 思悦一直敲都没反应，思悦觉得怪，思悦想想往后阳台走去

22

时｜日　　景｜思悦大芝家阳台

人物｜思悦

△ 思悦走到思聪房窗外的阳台，看着玻璃完全看不到里面，猛摇头

思悦： 应思聪……你吸血鬼喔？见不得光……

△ 思悦试图拉开玻璃窗，但窗已拴，思悦敲着玻璃

思悦： 开窗透点新鲜空气！你吃饭没？……有没有睡觉？你戴耳机不行吗？……应思聪……拜托你……等下被邻居抗议，房东不租，我们去睡路边喔？

思聪： （画外音大怒）……你……走开啦……吵死人……

思悦： （也火）你才吵死人啦……凶屁喔！戴耳机啦！

△ 思悦气呼呼往外走

23	时｜日　　景｜思聪房
	人物｜思聪

△ 黑暗的屋内，思聪收拾着分镜资料，整理着拍摄用具

思聪：　　这次一定会拍完……相信我……

△ 暂时不带到思聪房间的其他部分，看似跟别人说话又像自语

24	时｜日　　景｜品味新闻台办公室、会议室内外
	人物｜大芝、编辑们、News 哥、乔安

△ News 哥在门外打着手机

News 哥：　　……没有！她表现很好……很认真……只是突然想辞职，所以问一下……嗯……老师什么时候有空给我请吃饭啊……（笑）好！哪有应酬啦……再见！

△ News 哥看会议室里大芝等编辑正在画发 CG 的图卡，走到乔安旁
（◎ CG, computer graphics 的缩写，计算机图形）

News 哥：　　（低声）……曾老师说大芝就家里有事……但什么事他不是很清楚……应该不是忧郁症。

△ 乔安看着电脑，头都没转

乔安：　　（冷）你有心思关心她，不如好好训练你手下记者。

News 哥：　　宋——总裁——多关心一下你身边的人……不要每天跟冷冻库一样……把每个人都裁光光！

△ 乔安正视 News 哥，眼神冷冽又带些哀伤愤怒

乔安： 你觉得我可以留住谁？我……连儿子、先生都留不住……

News 哥： ……这老天要谁走……不是你能控制，昭国都说他……一时……被迷惑……

乔安： 所以……关心有什么意义？

△ News 哥看乔安冷样起身离开，无奈，也有些理解的心疼吧

25 时｜夜　　景｜"小确悦"手摇店

人物｜思悦、大芝

△ 大芝陪思悦打烊，清洗打扫手摇店，两人边收拾边聊着

思悦： 你是换工作内容不习惯喔？才想辞职？

大芝： ……不是啦！有很多该学的……就是……害怕吧！

思悦： 怕什么啊？

大芝： 怕……有一天我没有长官想得这么好……

思悦： 你是暗恋你们长官吗？

大芝： 不是啦，是女的……

△ 思悦把东西都定位，拉下店门

思悦： ……你上班的那天……有没有给自己一个期限还是什么目标，至少要多久才能离职？

△ 大芝摇头，两人一路往大芝的摩托车走去

思悦： 我都跟来应征的人说，正常年轻人没有人会想在饮料店做一辈子，但是我希望他们能定一个期限……比如半年、一年……这一年你要做到

什么程度再离职……可以一小时调两百杯？可以设计你自己的创意饮料……不是为我工作，是为自己。

△ 思悦回头看着自己的店

思悦： 就像我开店的时候……跟房东签五年合约……不管发生什么事，我都要给自己五年的时间……才可以离开，才能知道自己合不合适……就算我结婚也一样……怀孕了也不可以放弃。

大芝： 好有毅力喔……

思悦： 所以啊……干吗害怕老板怎么想你……重点是你自己怎么想吧？

△ 大芝听着思悦说，好像也有点道理

25A 加场　时｜夜　景｜思悦大芝家

人物｜思悦、大芝、思聪

△ 大芝、思悦进门，思聪扛着两大袋像摄影包又像器材包的东西，正好打开自己房门，看着屋内脸色难看

思聪： （回头瞪两人）谁进过我房间？

思悦： （莫名）谁要进你房间啦？我们刚回来耶！

大芝： 怎么了？有东西不见了？

△ 思聪瞪两人，转身进房

思悦： 你神经病？被害妄想症啊你？

大芝： 搞不好东西忘了放哪里……我以前也常这样……被我妈念……

思悦： （受不了）怎么拍个电影，人变成这样？

26

时 | 日　　景 | 街头

人物 | 思聪、（幻想）女友小欣

△ 街头人车疾驶，思聪拿着摄影机在街头拍着，女友帮扛着东西

小欣： 那我去上班了！你一个人可以喔？

思聪： ……一定会让你骄傲的……

△ 女友上前抱思聪亲，在他耳边喊着：我对你有信心！

27

时 | 日　　景 | 品味新闻台会议室／办公室

人物 | 大芝、乔安、News 哥、生活组组长、众编辑

△ 众人在开（下午第二次）编采会议、社会组组长入内

社会组组长： ……阿社打回来说有精神病患带枪闯进西海幼儿园，有一班小朋友被锁在里面……现在警方正赶去……他跟摄影已经快到现场。

News 哥： （思考）西海幼儿园？是南区靠晨美桥的吗？

△ 社会组组长点头

News 哥： 一台 SNG 正好在附近！

△ 乔安、News 哥走出会议室，News 哥打着电话
△ 乔安看各台监视新闻，一片祥和
△ 乔安正想转头到电脑工作，眼尾发现不对，又回头
△ 快讯主播干稿对着镜头说着：西海幼儿园遭不明男子闯入，挟持多名幼童，警方准备攻坚，字幕：西海幼儿园多名幼童遭不明男子挟持

乔安： 绑架挟持可以这样上 live？

△ 编采会议室里的众人也跟出来看着，一片骚动

News 哥： 快讯新老板钱多不怕被罚啊！

△ 乔安跟 News 哥对看，分分秒秒都是抉择

News 哥： 不连线？

乔安： 阿社到了吗？SNG 还多久？

△ News 哥打电话，大芝走到乔安身边

大芝： ……乔安姐，我去 Google 先做周边地图 CG……跟幼儿园外观……

乔安： （点头）小 A 你跟大芝一起去……

△ 小 A、大芝快步往资料室走去

28

时｜日　　景｜品味新闻台会议室

人物｜乔安、News 哥、社会组组长、阿社（电话音）

△ 乔安、News 哥、社会组组长正与阿社电话连线（扩音电话）

阿社： （电话音）听说是附近康复之家病患跑进幼儿园，但警方不愿意证实，我们被围在封锁线外面，电视的记者只有我们到……SNG 刚到……

News 哥： 听谁说？

阿社： （电话音）有个邻居说看到那个人扛两大包东西，看起来像枪支，在附近徘徊，碎碎念……一看就是肖仔（◎闽南语，疯子）……从后门跑进去。

News 哥： 现场没有老师？

我们与恶的距离

阿社： （电话音）有一个老师，里面只剩一些等家长来接的小朋友，大概还有八个小朋友，大班中班小班都有，老师跟家长在外面聊天，那个人从后门进去，把所有门窗都锁起来，不准任何人进去。

乔安： 怎么会只有一个老师在？不可能吧？

阿社： （电话音）我再去了解……

News 哥： 你去问，先访问几个家长跟那个邻居，随时准备连线。

△ 阿社挂了电话，众人看到墙上监视器 SNG 讯号已经传过来，警方拉起封锁线，现场有一些家长慌乱在封锁线外等候询问（另外两台 SNG 画面是黑的，有一台是 color bar）（© color bar，彩条画面）

社会组组长： 巧巧跟摄影也过去了……应该快到了……（喊另一位记者）Maggie！台北市警局回应了没？

△ Maggie 拿着电话讲着，边跟组长摇手：还没回应，正在找人

News 哥： （对社会组组长）另一台 SNG 去康复之家……先去问清楚是不是他们家的病患跑进去幼儿园！

29

时｜日　　景｜地方法院某法庭

人物｜王赦、另两位被告律师、陈昌、受命法官、检察官、工作人员若干、书记官

△ 受命法官正坐法庭，对着众人

法官： 王律师对联平大学心理系教授高贤德鉴定报告有没有什么意见……

王赦： 证据能力的部分不争，内容部分于交互诘问时表示……

陈昌： （打断）为什么不问我？我不是神经病啦，跟你们讲又听不懂。

法官： 陈先生等一下！……

　　　　△ 书记官打着字，投影荧幕上随着众人的说法，记录如实呈现

法官： ……被告陈昌先生，你对……这份……鉴定……

陈昌： 我觉得出入实在太多了……报告写得好像自传……我杀第二个小女孩的时候她跟我讲的那句话啊……没有用！其实她是回头跟我说：杀了我也不能解决问题……我舅因为怕我关太久，又怕我妈被我爸打……所以把我症状说得严重……我不喜欢那个高教授啦……跟我说五十八分钟屁话。

　　　　△ 书记官听到"回头跟我说，杀了我也不能解决问题"，略迟疑神情

法官： 说慢点……给书记官时间打字。

　　　　△ 手机的振动声传来，王赦伸手进口袋，按掉振动的声音

陈昌： 是！我杀……第二个小女孩的时候，她回头跟我说：杀了我也不能解决问题……那个教授跟我讲五十八分钟屁话，我爸是爱喝酒打人……没有常……骂我，就是爱碎念……

　　　　△ 书记官打字：（荧幕显示）……我杀第二个小女孩时，她回头跟我说，杀了我也不能解决问题

　　　　△ 王赦等律师甚至法官早已习惯陈昌言不对题的滔滔不绝

30　时│日　　景│幼儿园外

人物│美媚、警察众、记者数、家长众、阿社、邻居

　　　　△ 美媚拿着手机一直拨（王赦），在幼儿园外晃来晃去，四处被赶

警察： 抱歉……麻烦先退到封锁线之后……旁边有家长等候区。

美媚： 到底发生什么事……为什么不能接小孩?

警察： ……先退后……小心……

△ 警察让美媚离开，美媚差点被绊倒，美媚看现场警备森严的状况
△ 阿社与摄影正在访问邻居

邻居： 我出来遛狗就看到那个肖仔啊，脏分分的，背很大包很像枪还是什么武器，一直在那边晃来晃去碎碎念……一看就是精神有问题……我们家狗看到他一直叫……康复之家来之后我们这里就很多很奇怪的人啦……我的脸不能露出来喔，你要给我打马赛克……

△ 救护车驶来，光影与声音，美媚越听越看越慌，狂拨王赦电话

31

时｜日　　景｜品味新闻台办公室／会议室／康复之家／幼儿园现场

人物｜News 哥、乔安、社会组组长、副总／环境记者众／小莲／环境人物满满

△ 办公室里忙成一团
△ 乔安、News 哥盯着墙上 SNG 讯号，阿社还在访问邻居
△ 另一台 SNG 画面传送回来：小莲在康复之家跟刘名天说着话，小莲对镜头整理仪容，准备连线

乔安： 开临时棚……找亲子专家谈小孩可能造成的心理伤害……还有幼儿园的安全问题……再加个精神科医师。

News 哥： 现在?

△ 副总已经下来，看着两人

副总： 我们第一个到现场耶，你还在想开临时棚……

△ 乔安压抑手的颤抖，瞪着副总

乔安：　我跟你说最后一次，不要来教我怎么播新闻，小孩没有确定安全前我就是不直播！

　　　△ SNG 画面故意 zoom in（◎变焦推近）：快讯电视台摄影与文字已经到了现场
　　　△ 副总看着乔安，现在怎么办，乔安不妥协神情＝这是场硬仗

32

时｜日　　　景｜幼儿园外

人物｜美媚、警察众、记者数、家长众、阿社、媒体记者众

　　　△ 王赦赶到，四处找着美媚，终于找到家长等候区
　　　△ 一些家长看着快讯手机的新闻台直播

家长 A：　竟然没有先通知家长……媒体比我们还早知道。

家长 B：　刚园长有说好像是……附近康复之家的病患。

　　　△ 王赦安抚着急躁哭出来的美媚

美媚：　都是我……小斐早上说想跟成小隆在教室玩晚一点，我早来接就没事……怎么办啦……听说里面是有精神病的……

王赦：　先别慌……现在应该都还没证实吧？精神病患也不一定会暴力攻击。

家长 A：　……之前那个在公园砍两个小朋友的陈昌就是……精神病啊！而且这个有带枪耶！

　　　△ 众家长慌

王赦：　你现在说这个对整件事情有什么帮助……台湾哪有那么多枪支弹药？

家长 A：　李晓明就是……

　　　△ 家长 A 还想说话，被王赦瞪着，转头要出去，阿社正好过来跟家长们攀谈，跟家长 A 谈了起来

我们与恶的距离

33

时｜日　　景｜品味新闻台会议室／康复之家／幼儿园现场

人物｜生活组组长、News 哥、乔安、社会组组长／小莲

△ News 哥跟生活组组长在讲话

生活组组长： ……没有精神科医生愿意来……现在什么都不确定……

News 哥： 再试，要强调就是怕我们记者说明的内容不够明确，才需要精神科医生厘清啊……现在才是最好去污名化的时刻，说话技巧会不会……

△ 乔安拿着桌机电话，边监看现场画面，注意着两人对话
△ 四个现场画面，小莲已经准备好面对镜头
△ 幼儿园现场的画面还是有些混乱，只有阿社还在跟家长 A 攀谈

乔安： （对电话另一端副控的小 A）……先连康复之家。

34

时｜日　　景｜康复之家／副控室／品味新闻台会议室

人物｜小莲、刘名天、住民众／大芝、导播、AD 等／乔安、News 哥

△ 小莲采访着刘名天

刘名天： 二十五个住民，有十八个在这里，另外五个回家，还有两个请假外出，我们还在跟家属联系，但我们的住民不太可能……会闯入幼儿园。

小莲： ……所以另外两位住民失去联络？

刘名天： 还在联系当中……

副控室

△ 众人盯着荧幕，棚内主播看着小莲现场的画面
△ 小 A 脖子夹着连手上一共四部电话，大芝坐在编辑位置紧盯着 iNews

小A： 　幼儿园导播你等我一下……对！

　　　　△ 另一台幼儿园门口的 SNG，已看到阿社站在摄影机位置等待
　　　　△ 快讯监视画面：记者开始在现场 STAND 说明（快讯已经播了）
　　　　　（◎ STAND，待命）

品味新闻台会议室／办公室

　　　　△ 品味播出画面：康复之家刘名天跟工作人员打电话，联络失联的住民
　　　　△ 乔安看着阿社已经站好，捂着耳机等待指令画面
　　　　△ 旁边的快讯记者画面说得口沫横飞
　　　　△ News 哥看着画面心情沉重，News 哥挂了电话

News 哥： 除了精神科医生，其他都在赶来路上！先不要精神科吧……

　　　　△ 乔安看着画面没吭声

35　时｜昏　　景｜医院停车场／品味新闻台会议室

人物｜一骏／乔安

　　　　△ 一骏走向自己车，手机响

一骏： 　（接起）啊哟！安姐姐！什么风吹来……（脸色一变）……我等下值班！……宋乔平怎么知道我没班，我看会诊难道还要跟她报告……

乔安： 　她说已经穿好性感内衣在 HS HOTEL 等你了。

一骏： 　那你还叫我去上……我们好不容易乔到空档！（◎乔，同"撨"，闽南语，商讨）

乔安： 　这种时候牺牲一下会怎样？我妹都答应了！

一骏： 　什么都没确定，我要说什么？患者被污名就是你们这些（忍住没讲"烂"）媒体……造成的……媒体一搞……明天病人家属、社区邻居全部把没问题的病人强制住院……我到晚上八点都下不了班！

乔安： 明天做两则康复之家受到不平等待遇的新闻……
一骏： （心动）哎！安姐姐……你也太下流了……
乔安： 烂媒体也需要有人帮忙才能矫正……做三天专题……？
一骏： 一个礼拜。

36

时｜夜　　景｜幼儿园外

人物｜美媚、王赦、众家记者、警察、家长等

△ 夜幕低垂，现场还是一片混乱
△ 突然幼儿园内传来一群孩子的尖叫声、呐喊声
△ 外围混乱现场突然一片寂静

37

时｜夜　　景｜主播台／副控室／办公室

人物｜主播、一骏／大芝、小A、导播、AD、环境人物／乔安、News哥、环境记者

△ 预备棚，一骏对着另一位主播记者与另两位来宾说明
△ 监视荧幕字幕：美和医院精神科主治医师林一骏

一骏： 没有经过诊断以及相关的心理衡鉴，不能随便判定是不是罹患有精神疾病，也不能保证有或没有危险，但是国外的精神医学期刊曾经研究过……精神疾病患者和暴力犯罪的相关性，在伤人的案件中，只有百分之五的犯人患有精神疾病，百分之九十五是正常人……而且在这百分之五的人里面极少数是攻击陌生的人……多半是家人。

主播：　是……所以您认为在这情况下，警方应该怎么样地……面对精神病患者？

一骏：　……这根本都还没确定……我连当事人都没看过，又不会隔空诊断……

△ 办公室乔安拿着电话看着现场 SNG 的众画面与预备棚的画面
△ 幼儿园现场的画面突然一阵骚动

乔安：　连幼儿园……

38　时｜夜　　景｜幼儿园外

人物｜美媚、警察众、记者数、家长众、救护车、阿社、摄影记者、幼童们七位、小斐、王赦、流浪汉

△ 家长们大骚动，张望，喊着：出来了吗？
△ 小孩们被几位警察带出来，王赦注意到小孩们的神情，看似平静
△ 小孩们看着外面的大阵仗，本来没事，反而有些紧张大哭
△ 家长们蜂拥而上抱自己小孩，检查是否有受伤，记者们也赶紧跟拍
△ 美媚激动地冲上去抱起小斐大哭，小斐莫名其妙，王赦上前安抚
△ 后方两三个大汉警察押着挣扎的思聪出幼儿园
△ 思聪暴躁不停地扭动着

思聪：　我在拍片……为什么要抓我……我又没怎么样？……你们太过分了……摄影机还我……摄影器材很贵……我要报警……我要告你们……拍屁啊！不准拍我……

△ 一堆摄影记者，分头转向抢拍着大叫的思聪

168　　我们与恶的距离

39

时｜日　　景｜新闻棚内／副控室

人物｜主播、大芝、导播、小 A ／家长众、幼儿、思聪、警察等

△ 主播看着画面，看图说故事

主播： 今日下午……一场挟持幼儿园的惊魂记终于平安落幕，现场警方逮捕了一名年轻男子，男子不停地挣扎反抗……与警方起了冲突……

小 A： （拿着一堆电话）小孩脸不要拍……神经病脸先马赛克……跳 long（◎转远景）……

△ 监视画面的现场一团混乱；副控室也一团混乱
△ 大芝看着未马赛克的原始画面，思聪的脸扭曲挣扎着

40

时｜昏　　景｜幼儿园外

人物｜美媚、警察众、记者数、家长众、阿社、摄影记者、幼童们七位、小斐、王赦、思聪、园长、老师

△ 美媚与王赦抱着小斐，看着现场警方、记者还是一团混乱地奔走，一堆家长围着幼儿园园长和老师臭骂着
△ 王赦视线看着思聪抵死不肯上车，与警方冲撞着

小斐： 妈咪我好饿……我们可以回家了吗？

美媚： ……回家……妈咪今天煮你爱的咖喱饭喔！

王赦： 小斐先跟妈咪回去……（放下小斐）

美媚： 你还要工作喔？

王赦： 我去了解一下。

△王赦离开往警车方向走去，美媚有点不开心，但牵着小斐往外走

小斐： 爸比去哪？

美媚： ……嗯……爸比……去忙……

41 时｜夜　景｜"小确悦"手摇店
人物｜大芝／思悦、环境人物、店员

△下班下课时间，手摇店里，思悦忙得不可开交，电话响着

店员： （接电话）思悦姐……大芝说有急事找你……

思悦： 我等下打给她。

店员： 她说她把讯息留在你手机……

△思悦点着头，继续准备着饮料

42 时｜夜　景｜HS HOTEL
人物｜一骏、乔平

△一骏拿着房卡进房门，里面电视机还开着品味新闻画面

一骏： ……老婆我来了！（边走边脱衣服）

△桌上摆着一堆盐酥鸡骨头、啤酒罐，乔平睡在床上，盖着被子
△一骏喜滋滋掀开被子，赫见乔平穿着上班牛仔裤之类，包得紧紧的

一骏： 老婆……维多利亚小秘密咧？

△乔平昏沉起身

乔平： 下去买盐酥鸡能穿维多利亚小秘密吗？

一骏： 你不能怪我啊？都你姐胁迫我连线的好吧？

乔平： 你们是利益交换！

一骏： ……我是看在你面子上……

乔平： 不用扯到我……我姐他们身不由己……每天都在打仗。

一骏： 他们是制造恐慌……唯恐天下不乱……为什么从来不会报导糖尿病、高血压的杀人犯，每个出问题的都是精神疾患……莫名其妙……

乔平： 我看你上镜头顶开心的啊！

一骏： 我那么低调的人……要不是你我才不上……去换小秘密……你去换我先吃东西，我到现在还没吃耶（装可怜）……

乔平： （盖被）我好想睡……

△ 一骏噜着乔平，乔平故意打呼，两人闹着

43

时｜夜　　景｜品味新闻台会议室

人物｜乔安、大芝、News 哥、社会组组长、几个记者

△ 办公室还是一样灯火通明，乔安正跟记者们讨论后续的专题

乔安： 明天开始的《一起向前走》（新闻节目）……做一系列康复之家跟精神疾病患者在社区生活的困境……下个礼拜专题是清美气爆五周年追踪报道，政府补救措施追踪、居民目前困境……专题的分配我放在群组里！

△ News 哥看记者们的哀怨神情

News 哥： 这个礼拜本来就有全台游览车健检专题……他们等下都还要过音……现在还有两个在外面拍。

乔安： 游览车先停没那么急，而且这是一个月前的规划！你们现在才做？

社会组组长： 因为有两个人离职，有一个新来的，还有阿社婚假去提亲……

△ 社会组组长也不悦地起身

社会组组长： 我们先下班了……我老婆都要离家出走了……

△ 社会组组长带着记者们离开
△ News 哥看着乔安还有仅剩的大芝，面露为难

乔安： （坚定看 News 哥）反正精神疾病患者的困境是一定要做……

44

时｜夜　　景｜街头

人物｜思悦

△思悦在街头跑着，叫不到出租车

45

时｜夜　　景｜妇产科医院病房外

人物｜乔安、阿玲、阿玲先生

△ 乔安带礼盒找病房号码，到某病房口，门半掩，里面传来争执声

阿玲先生： ……产假完，立刻递辞呈，这没什么好讨论。

阿玲： （虚弱）……没人可以帮乔安姐……

阿玲先生： 你自己的身体不顾……谁帮你？

阿玲： 乔安姐很可怜……她不知道怎么面对失去小孩这件事……

阿玲先生： 她可怜就可以压榨员工？她没有家庭要顾……我们的家庭、你的健康、我们的日子呢？难道就让她决定你的生活？就是你这种人把老板惯坏的……我跟你讲我的极限就这样。

△ 乔安一个人仓皇走在医院走道上，硬撑着笑脸，手上还是拎着礼物

（待续）

第三集

1

时｜夜　　景｜警察局外

人物｜警察众、王赦、思悦、应父、思聪、阿社

△ 品味新闻：思聪从幼儿园被带出的画面
△ 字幕：硬闯幼儿园青年导演／害资方惨赔三千万

阿社：（OS）今晚大闹西海幼儿园的应姓导演坚称自己没有挟持幼童，应导演是大慕影艺公司正在后制由金马影后陈静主演的新片《出境愉快》的前期导演，因为在拍摄过程中，陈静与资方，数度与应导演发生冲突，中途换了冯崎任导演接手……

△《出境愉快》的开镜剧照／金马影后陈静的工作照

阿社：（OS）应导演声称为了筹资新片而拍摄前导片，在警局情绪不稳，不时咆哮警方，但语焉不详，提不出幼儿园拍摄申请，还坚持与监制签有保密协定，拒绝说出工作内容……电影圈相关人士对应导演的工作及精神状态持保留态度……

△ 思聪被铐在椅子上，还是在大喊大叫，王赦与警察交涉着
△ 警员戴着口罩与应父交谈

阿社：（OS）但应姓导演父亲到场时，也与警员及记者产生冲突，坚持扣押应姓男子是非法行为，也认为记者的拍摄侵犯个人隐私……

△ 应父怒气冲冲与众人冲突，思悦在旁拉扯着，应父怒打记者摄影机

阿社：（OS）……一场幼儿园的惊魂闹剧，到现在还未能厘清真相……让全台的幼儿家长彻夜难眠……

△ 现场摄影画面歪斜，缩入品味新闻网页
△ 网友A留言：一家人有病都该看医生（150赞／有怒）
△ 网友B：还好电影没拍完，入监愉快（177赞）
△ 网友C：家里有精神疾病的家属，真的很辛苦（30泪）

2

时｜夜　　景｜幼儿园教室／警察局电脑

人物｜思聪、幼童众人、小斐／警员、王赦、应父、思悦

△ 电脑里的影像：是思聪在幼儿园教室拍摄的，警局众人围观着
△ 几个小朋友在地上，拿着玩具小枪，仰头望着（摄影机主观）

思聪：　（OS）Action!

△ 小朋友还是呆，只有小斐挡在成小隆面前

小斐：　不可以欺负他……叔叔，是这样吗？

△ 摄影机被放下，但画面还是继续录，思聪入镜赞美小斐

思聪：　对！小妹妹你演得很棒喔……再说一次喔……（指其他小朋友）你们一起玩官兵抓强盗，要抓这个（成小隆）……你们要踢他、笑他……他们欺负他的时候，妹妹你再跳出来主持正义……

成小隆：我妈妈要来了，我肚子饿……

思聪：　忍一下，拍完买薯条给你们吃！

△ 小朋友傻傻点头

成小隆：（开心）大薯！一人一份喔！

思聪：　（笑）没问题！

小斐：　叔叔你好臭……没洗澡吗？

△ 窗外的身影浮动（警察），有人过来敲门

思聪：　（听到敲门声，大暴走）……就跟你们说不要吵……赶时间……听不懂吗？

△ 小朋友有人吓得尿了，有些人呆
△ 思聪大暴走，走向镜头拿起摄影机

思聪： （OS）……我们要拍了……听到没……来……现场安静……

　　△ 只见小朋友们看向大门，一阵冲撞声，摄影机掉地上，画面黑掉
　　△ 应父、思悦、王赦看着警员

应父： 就是拍电影，有什么好大惊小怪的……现在连拍电影的权利都没有吗？……你马上把我儿子放了。

　　△ 警员反应

3

时｜夜　　景｜"地检署"外（或内等候区）

人物｜应父、思悦

　　△ 应父、思悦，两人脸色难看地看着品味新闻，应父有点心悸，思悦没发现，思悦关上新闻画面，两人脸色凝重
　　△ 思悦手机传来讯息，大芝传的"思悦姐，还好吗？你们都还没回来，我有点担心"，思悦看着手机，愤愤地关上，不想看

4

时｜夜　　景｜王赦美媚家

人物｜美媚

　　△ 在床上翻来覆去睡不着的美媚，气得坐起，看时间：半夜两点
　　△ 美媚走去看小斐睡得是否安稳，美媚又把门窗全部检查一次

5

时｜晨　　景｜昭国乔安家乔安卧房／厨房

人物｜乔安

△ 黎明的一道曙光，乔安从床上惊醒，噩梦的醒，惊魂未定

厨房里

△ 乔安准备天晴的早餐及便当，书房电脑几个视窗都是各台新闻开着
△ 乔安表情也是凝重，想起——阿玲 OS：乔安姐很可怜……
△ 乔安倔强甩甩头，晨光洒在乔安身上，仿佛又给了乔安一些力量

6

时｜日　　景｜"地检署"外

人物｜应父、思悦、应小妈、思聪、王赦

△ 车水马龙的早晨，"地检署"外人来人往
△ 应父、思悦一脸疲态，应小妈从出租车下来张望着，快步走到两人身旁

应小妈： 我跟思德在家也担心得要命，结果也睡过头，我刚才送思德去上课……先吃点东西吧。

△ 应小妈拿着早餐给应父，坦笑看思悦

应小妈： 思悦……我不知道你也在这……没准备你的……我以为你要上班。

思悦： 阿姨……店十一点才开，没关系，我不饿……

应小妈：（看应父）吃完早餐，赶快吃药……先回去睡好了！谁晓得会折腾多久……

应父： 谁有心情吃东西，（早餐塞给思悦）你先回去休息……今天店不要开了。

△ 应小妈拿着药还想说什么，王赦带思聪从地检署走出来，应父、思悦看到两人，赶紧上去

王赦： 先交保候传，等检察官调查之后再决定是不是要起诉……可能会以剥夺他人行动自由起诉，或是侵入住宅……但侵入住宅会是告诉乃论……也就是看幼儿园或家长会不会提告。

△ 思聪径自地往外走，应父火冒上来，追上去

应父： 在讲你的事，你这什么态度？

思悦： （尴尬看王赦）不好意思……谢谢你喔律师……

王赦： （拿名片给思悦）……这我的名片……你们看以后有需要再找我好了……有认识其他的律师可以找也没关系。

△ 应小妈上去想劝架，三人闹成一团，引来路过民众侧目

思悦： （尴尬，也焦虑看前面三人吵）谢谢王律师，今天要给你多少钱？

王赦： 钱不是问题……我觉得应先生的言行有点反常……他以前没有任何就医记录吗？

△ 思悦愣

王赦： 没有？……我有提醒检察官他似乎有些偏离现实的状况，可能与精神障碍有关，基于检察官的客观义务与嫌犯的权利，应该有送鉴定的必要，但送不送就要看检察官了。

思悦： 不会啦，我弟就是遇到挫折，急着要……表现……王律师今天真的谢谢，我先去处理一下那边……不好意思……

△ 思悦跑去拦着思聪和家人的咆哮，王赦看着一家人的样子，无奈

7

时｜日　　景｜思悦大芝家／思聪房

人物｜思悦、大芝、思聪

△ 思悦推着疲惫不堪的思聪进他房间，自己也累

思悦： 要不要洗个澡比较好睡……睡醒了……就一条好汉！

△ 思聪径自关上房间门，准备上班的大芝从房里听到声音跑出来

大芝： 思悦姐……还好吗？思聪呢？

思悦： ……里面……

大芝： 喔……没事就好！

思悦： （怒）本来可以没事……被你们新闻一报什么事都有了……什么叫挟持八名幼童的精神病？一家都有病……还害公司赔三千万，哪有那么多？他搞了两年一毛钱都没领怎么不说？你叫思聪以后怎么做人？你们这些巴不得天下大乱烂媒体……不是神经病都被你们弄成神经病……

△ 大芝被思悦的怒气吓到，也不知该怎么回应

大芝： （懦懦）……对不起……

△ 思悦无路可出的闷气全喷向大芝，气得进房，独留大芝一人

* * *

△ 房内思聪，躺床上闭着眼，外面的对话传入耳，杂七杂八声音出现

幻听（回忆夹杂）： （幻听）类型片，不是每个人都是李安，观众放前面／（应小妈）一辈子没用／（应父）比你弟还没用／（母）你走开，我没办法养你／《无间道》看过吧？／（妄想女友）加油！／青春梦想搭配警匪枪战……

△ 思聪手机不停振动响着，讯息一直来，老谢留言：哇靠！你真的假的啦？还好吧？干吗不接电话啊？真的被关了？出来没啊？
△ 思聪眼泪从眼角落不停

8

时｜日　　景｜品味新闻台外

人物｜乔安、大芝

△大芝骑着车到公司外停好，心情也复杂
△乔安开车经过，见大芝在路边发愣，乔安想想把车停下，开了车门

大芝： （探头看）乔安姐需要什么吗？

乔安： 上来。

△ 大芝莫名上车，坐好

乔安： ……到目前为止……你喜欢这个工作吗？

大芝： （坐好）……喜欢……

乔安： 喜欢什么？

大芝： ……喜欢大家一起努力的感觉……觉得自己好像……是世界的一分子……可是又觉得自己有很多不足，也有好多无能为力的地方。

乔安： 你以前是离世界有多远？

△大芝尴尬，不知怎么回，只好呆笑

乔安： 我只是要告诉你……新闻运作已经不是曾老师那个年代的媒体模式……你以为可以让观众看到世界的多样，事实上你只能努力不让观众跟收视率拖着你走。

大芝： ……新闻应该是努力让观众看到真相……

乔安： 每个刚入行的人都是这样想……一秒前你以为你维持正义看到真相，一秒后你发现每个人对正义、真相的定义都不一样……你没时间后悔，只能继续往前……锻炼自己的心智，下一次不能再犯同样的错误。

△ 乔安难得诚恳、没有刺地说着心情，但还是有着新闻人的快速节奏

大芝： 可是对被报道的人伤害已经造成了！

乔安： ……每则新闻都有被害人跟加害人……世界太平会上新闻吗？

大芝： 为什么连基本的平衡报道都做不到！

乔安： ……那你要在体制内才能做这些努力！放弃是全世界最容易的事！

大芝： （愣）……总裁（讲错）乔安姐……是在开导我？希望我留下来？

△ 乔安认真看着大芝

乔安： 我没这种闲工夫……是因为阿玲不会回来上班了。

大芝： ……喔……

△ 乔安看着大芝尴尬的样子，一丝心软，还是发动车开进公司

大芝： 乔安姐……可以修改那则青年导演闯幼儿园的新闻吗？他真的没有害公司赔三千万，而且马赛克都没有马……这样对于他的未来真的很伤……可以撤掉那则吗？

乔安： ……决定留下来？

大芝： 留下来才可以撤吗？

乔安： 让他澄清……愿意对记者最好，不然电话访问也可以。

大芝： 不可以停播吗？

乔安： 那是你朋友？我们撤，别家还有！这个时代没有什么能隐藏的……

大芝： ……至少我们跨出去一步……

　　　△ 乔安摇头，开车进停车场，大芝愣想着采访应该不可能吧

9

时｜日　　景｜王赦美媚家

人物｜王赦、美媚、小斐

△ 王赦正换上美媚放在床边的衣服（每天美媚都搭配好），准备上班
△ 美媚带着小斐回家，正打着手机

美媚： 附近的两间幼儿园我都不喜欢……没有逃生门……教室也没窗户好封闭……你说的那间，好远……

小斐： 妈咪我不要换啦……

△ 王赦在房间听到美媚与母亲对话，走出来
△ 小斐看到王赦高兴地扑上去

小斐： 爸比我不想换幼儿园……我喜欢跟成小隆还有班上的同学玩。

△ 美媚看王赦在家，也意外

美媚： 妈……好啦……不说了……他回来了。

王赦： 为什么要换幼儿园？

美媚： 不安全啊……你是不是让那个神经病放出来了……

王赦： 是不是罹患精神疾病还待确认，目前看起来是有些问题，但实在看不出有暴力倾向！

美媚： 为了拍电影就可以偷偷跑进幼儿园把门窗都关起来？这还没有精神疾病？那什么叫做精神疾病？上次在公园杀两个小孩的陈昌，不是也说他只是想……吃牢饭？

王赦： 那是媒体片面撷取他的话，陈昌的状况不一样……更何况陈昌是有……思觉失调症，只是他当时……

美媚： 你是不是又帮他辩护？

王赦： （不正面回答）任何人，就算被社会讨厌的人，都应该受到司法程序正义的保障……而且不是每个思觉失调症的都有攻击人的危险……你不能因为这样就让小斐换幼儿园……这是因噎废食……并没有解决问题！

美媚： 我就是因噎废食，到现在我都不敢让小斐去公园玩……神经病就是该关起来……而不是放着他们四处乱跑让社会恐慌！

王赦： 你能不能用点心去理解你不认识的人？（小激动）不认识的太难了，你能不能先理解我到底做什么样的工作？你先生我在坚持什么？

小斐： 不要吵架……

王赦： 爸比跟妈咪在讲道理！

美媚： 道理是……你为了一个不认识的神经病……不管小斐有没有受伤，不管我怀孕六个月是不是受到惊吓，连我们后来怎么样都不在乎……

王赦： （相当自然的理直气壮）……你跟小斐又没事！

△ 美媚气又觉得委屈，瘪着嘴，牵着小斐转身进房，锁上房门

王赦： （碎念）这哪是道理……你这是情感勒索……

时｜日　　景｜思悦大芝家

人物｜思悦

△ 思悦轻敲着思聪房门

思悦： 喂！你醒了吗？要不要聊聊……早餐在电锅……

　　　　　△ 房间没回应，思悦还是鼓励着

思悦：　我先去上班……先休息几天，这个片子没拍成，还有别的公司啊……你那么有才华，一定可以的……说不定我也可以叫凯子投资……

10　时｜日　景｜品味新闻台办公室

人物｜乔安、News 哥、大芝

　　　　　△ 乔安跟 News 哥讨论着

News 哥：……精障的议题，我跟《爆点 focus》制作人讨论……他们本来也要做，我们这边就做康复之家的后续追踪。

乔安：　你们决定好了才跟我说？

News 哥：……嘿嘿，这种小事，当然只要报告，何必让你操烦。

　　　　　△ 乔安手机响，看着手机疑惑，哪来的电话号码？接起

乔安：　宋乔安！哪位？

　　　　　△ 乔安面色凝重挂了电话，拿起皮包，对 News 哥

乔安：　我出去一下……等下开会有什么变动，让大芝 line 我。

　　　　　△ 乔安往外走，News 哥看乔安急着出去的背影

News 哥：有事打给我啊！

11

时｜日　　景｜小学 503 教室

人物｜乔安、昭国、林老师

△ 乔安、昭国坐在小学生座位上，老师也坐在一旁

老师： 会请天晴爸爸、妈妈同时过来，也是因为……我知道你们媒体人都忙……

昭国： 没关系……老师您有事就直说……

△ 老师拿出三张网络讯息截图的画面（看要不要仿佛真人说）

老师： 这是天晴这学期……跟男同学的讯息……截图，都是男孩家长拍给我的。

△ 1. 跟你讲话，我都会脸红心跳，我想这就是恋爱的感觉！你愿意当我男朋友吗？（对方回应：你花痴喔）

△ 2. 喜欢一个人的感觉原来会想要跟他一起看书、一起考试、一起参加比赛，你会想跟我一起住吗？（对方回应：你被盗账号）

△ 3. 看到你参加篮球比赛，让我觉得真正的男人就该是这样的英气勃勃……我们可以一起补习、一起写功课，我会永远在球场边帮你加油（对方回应：谢谢，我要问我妈，可不可以）

△ 乔安与昭国看着内容，有些傻眼。乔安手机不停"登登登"的讯息声，昭国看乔安手机，乔安把手机声音关掉

乔安： （武装）这也太不注重小孩的隐私了？

昭国： 这学期？

老师： 是……其实上学期就断断续续有……只是没有这么明显……这年纪开始会喜欢男孩子，本来就蛮正常，不过一来是有点密集，二来是班上家长开的群组在里面讨论了……

乔安： 家长开群组？

昭国： 可以拜托老师请他们加我进入吗？

老师: 好!

乔安: 所以他们在群组讨论天晴的事?

老师: 应该是互相询问才发现的,所以我想还是让你们了解一下状况⋯⋯

昭国: 应该的!谢谢老师!

老师: ⋯⋯最近天晴在家,有没有什么特别的行为举动?

△ 昭国犹豫该怎么说,乔安已开口

乔安: 很好啊⋯⋯没什么问题。

12

时｜昏　　景｜小学校门外

人物｜乔安、昭国

△ 乔安边走边回手机讯息,昭国从后面怒气冲冲追出来

昭国: 你为什么不跟老师说实话?

乔安: 这些人正事不做这么闲,开什么群组,成天说一些八卦是非⋯⋯

昭国: 天晴的状况比八卦是非隐私都重要!老师跟天晴在一起的时间比我们都还多,不让老师了解要怎么帮天晴?

乔安: 女儿的事我自己处理!

昭国: 这种时候你脑子里还是想工作,你连你自己的情绪都处理不了⋯⋯你凭什么处理女儿的事?

乔安: 对!刘昭国你公私分明,会跟员工谈恋爱,还会处理你的情绪⋯⋯还能关心加害者,替他们找正义、找理由摆脱死刑!你最了不起!

昭国： 宋乔安！……天彦走了，我也难过，我也没办法面对，如果你不要天天跟我摆臭脸，我需要去睡公司吗？到底要我解释几次？

乔安： 对！又是我的错！

昭国： 你能不能理性点谈一件事就好……李晓明的事，真的要想办法找到犯案的动机，找到真相……才能预防……再有人受害……

乔安： 真相找到最后就是社会体制出了问题……挪威社会福利那么好，还不是有随机杀人犯，社会安全网跟教育体系接不住失控的加害人，他们也是现代文明的受害者……杀人犯跟他们的家庭不用负责任，那天彦算什么？

昭国： 怪李晓明、怪他的父母家人，你会比较开心吗？能够把天彦换回来吗？

乔安： （咬牙恨）……我是怪自己……可以吗？

昭国： （觉得自己越线踩到乔安大地雷）……我不是这个意思……

△ 乔安冷看昭国一眼，上车，开车走人，昭国一人站在原处

13

时｜昏　　景｜乡下庙口

人物｜王赦、李母

△ 王赦走在庙口张望着，电话响，王赦接起

王赦： ……我是……什么时候……

△ 李母戴着口罩、斗笠坐在小推车后板凳，神情木然，眼神无焦
△ 感觉有人影，李母赶紧起身，招呼

李母： 需要什么？

△ 李母看到王赦，愣

14

时｜昏　　景｜都市边陲街道

人物｜王赦、李母

△ 王赦推饭团推车，李母搔口罩下的脸颊，痒，两人走到岔路上

王赦： （找话聊）这里环境不错耶……挺清幽……空气真好。

李母： ……到这里就好了……谢谢你王律师……

△ 李母想要接手王赦手边的推车

王赦： ……李妈妈我不会害你们……

李母： 我知道……你为我们做了很多，你也尽力想要帮忙……我只是不想要有任何人知道我们住哪里……

王赦： 我不会跟任何人提。

李母： 晓明被判死刑是应该……我们没什么好说，也不用研究什么原因……他爸就起床喝到睡觉……睡觉都拎着酒瓶……他能说什么？

王赦： ……要找到晓明转变的原因，你们也才能够面对社会，面对这些受害者家属。

李母： ……谁想要面对我们？除了你们三个律师……该讲的我们都讲了。

王赦： 就算都不要面对这些人，总是要找到方法才能重新……往前走，你们一家人难道计划躲一辈子？

李母： ……我每天睡不到两小时……早想、晚想……到底是哪里把小孩教坏了……我们家就在店后面，难道小孩喜欢待在房间妈妈也要管吗？不是该给小孩独立自己成长的空间吗？……他爸就算在喝酒也是在处理邻里厝边的代志……帮大家争取该有的福利，是我们太忙太白私都没空跟小孩聊天说话，所以会教出这样变态的杀人魔……

△ 李母激动地说着，又不想被人看见自己的样子，想推推车走到一边

△ 但推车卡到石块，李母气恼推不动，王赦上前帮忙。李母走到角落拿下口罩泣不成声，王赦把推车推到一旁，陪在李母旁边，就是陪着

李母：　全天下的爸妈有哪一个想要花二十几年养一个杀人犯……晓明连我们都不接见……我去看他几次……他连我都不见，连为什么都不讲……

△ 王赦看见李母脸上的疹与泪

李母：　我不会做妈妈……我不知道怎么做个妈妈，怎么做人家太太……真的……王律师我不知道……你不要再来找我们……我什么忙都帮不上……

王赦：　您别这样想……您还有晓文啊……你要为晓文保重自己，晓文还好吗？

△ 李母擦了眼泪，认真盯着王赦

李母：　……王律师，我真的很谢谢你这两年对我们的关心……但是我没有女儿了……这世上没有李晓文这个人……

△ 王赦反应

15

时｜夜　　景｜"小确悦"手摇店

人物｜大芝、思悦、店员A、店员B

△ 思悦正忙着收拾店里，看见大芝走来，还是做着手边的工作

大芝：　……思悦姐……我还是决定先留下来上班。

思悦：　（淡）嗯……

△ 大芝动手帮忙洗着杯子

大芝：　我有跟公司说是不是能撤掉那则新闻，可是公司说我们撤别家还有，想说……要不要……让思聪可以……让记者澄清……就访问……我是觉得可能也是一种干扰，但是试试……也说不定，所以先问……（你的想法）

△ 思悦拿过大芝手上的杯

思悦： 不要再跟我说任何有关新闻的事，我今天光接我同学、朋友、凯子哥家电话都接不完……你管好你自己的事就好了……

△ 思悦念完自顾忙着，无视大芝的存在

16
时｜夜　　景｜昭国乔安家乔安房

人物｜乔安、乔平

△ 乔安与乔平坐聊着

乔平： 你跟姐夫老是水火不容……就算在他面前不吵架，站在你们两个中间会瞬间结霜……我是天晴，我也想赶快找另一半、找温暖。

乔安： ……宋乔平，我是叫你来开导天晴，不是叫你来挖苦我。

乔平： ……小孩的问题源头多半在家庭！你跟姐夫还是坚持要离婚吗？

乔安： 是你说离婚不一定会对子女有害？

乔平： "不一定"有害，父母要理性成熟面对面跟子女讨论……你要先愿意敞开来跟姐夫、天晴聊天彦的离开……聊你被背叛心里的感受……

乔安： （打断）不要再叫他姐夫……听了就刺耳……我跟他没什么好聊。

乔平： 宋乔安，你真的很幼稚……

乔安： 宋乔平，你这是个社会工作者对待家人应该有的态度吗？

乔平： 依我多年的社工经验……家人没有互相治疗，多半互相伤害的好吧？

△ 乔安瞪乔平

乔平： 开玩笑的啦……好啦，一半开玩笑一半认真……姐夫！（算了）刘昭国先生，曾经对婚姻不忠，但是他是个不错的爸爸。

乔安： （不想接这话题）……所以你是要不要去跟天晴聊聊？

乔平： ……我去当然可以，天晴本来就跟我很好，最后要解决问题面对女儿的还是你……你们的相处模式总是要试着改变吧……

△乔安看着乔平，似乎有被说服

17

时｜夜　　景｜昭国乔安家

人物｜乔安、昭国、乔平、天晴

△乔平打开房门，见昭国正收拾着（晒过的）衣服进来

昭国： （看乔安房）……她要去看医生了？

乔平： 她要用吹箭才能强制就医吧！

昭国： 是不是？！比老虎狮子还难搞！

乔平： 你明明知道她是纸老虎……姐夫我说真的……你一定要让姐感受到你曾经出轨的歉意，天晴的事你们才有可能站在同一个阵线上……

昭国： （激动）这件事我要道歉几次才够？我早就请她离开公司了……

乔平： 我知道……但是天彦的事加上被背叛的伤痛……那个伤口是我们不能想象的，我会再劝姐，但为了天晴……拜托……

△昭国气闷，不知要说什么。乔安正好从房间出来

乔平： 姐夫（故意叫给乔安听）！天晴我走了……

18

时｜夜　　景｜王赦美媚家

人物｜王赦、美媚、小斐

△ 王赦洗了碗出来，看着在客厅收拾的美媚

王赦：　媚！碗洗好了，还有什么要做的吗？

小斐：　爸比洗不干净……妈咪还是要再洗一次。

△ 美媚不讲话，收拾着客厅杂物

美媚：　小斐该睡觉了……

△ 王赦笑眯眯坐下来揽着小斐

王赦：　爸比洗得不干净，但是爸比也有洗碗的权利跟义务啊……只有妈咪可以洗是不公平的喔！

小斐：　……阿嬷都让洗碗机洗……这样最公平。

王赦：　（笑）鬼灵精……爸比讲故事给你听。

美媚：　（小火气）很晚了……讲什么故事……我明天要带小斐去新幼儿园上课！

△ 美媚带着小斐往房间走，王赦热脸贴冷屁股

19

时｜夜　　景｜昭国乔安家天晴房

人物｜乔安、天晴、（乔平）

△ 天晴坐在书桌前拿着手机，看着站门口的乔安

乔安：　你……又在上网……传（停住）

△ 乔安想起乔平的话

乔平： （OS）多用"我"开始，说自己的感觉，不要用"你"……会有压迫跟权威的感觉，很容易让人听起来有指责的意味……尽量平视……不要居高临下。

天晴： 什么啦？

△ 乔平找床坐下，重整

乔安： ……我觉得……你上网……（气馁，怎么又说"你"）

天晴： 上网怎么样？

乔安： 不要一天到晚滑手机……你……眼睛……

△ 乔安起身，烦躁，怎么又来"你"，这么简单的事也不会！

乔安： （深吸一口气）没事！你早点睡……没有你！早点睡！

△ 乔安小沮丧，走出门，天晴莫名其妙

20

时｜夜　　景｜王赦美媚家／王赦美媚房

人物｜王赦、美媚

△ 美媚安顿完小斐走出来，王赦已经等着美媚

美媚： （严肃）……我跟我爸妈决定了，幼儿园一定要换的。

王赦： 这件事不是该跟我讨论吗？

美媚： ……你每天都忙着这些杀人犯的事，我要跟谁讨论？

王赦： 你认识我的时候，就知道我是个刑事辩护律师……

美媚： 我认识你的时候，只知道你是"律师"……

王赦： 所以你美国影集看多了，以为律师只要穿着西装在办公室走来走去？

我们与恶的距离

美媚： 你为了这些神经病现在是要跟我吵架吗?

　　　△ 王赦逼着自己静下心，缓和下来

王赦： 孕妇不要这么激动好不好?

美媚： 你若是觉得没有错，为什么要做家事?你只有知道自己做错事，才会做家事补偿!

王赦： 我是知道老婆大人生气，才做家事，大丈夫让老婆开心是责任跟义务……不是补偿……再发生这种事情，我还是会做一样的选择。

美媚： 在你心里，我跟小孩永远不是放在第一位吗……

王赦： 你要听真话还是假话?

美媚： 你不是说让我开心是责任跟义务!

　　　△ 王赦定睛看着美媚，最后决定上前揽住美媚

王赦： ……谢谢你给我一个幸福的家……有你跟小斐还有宝宝，让我变成一个完整的人，这是谁都无法取代的。

美媚： ……你又逃避问题……到底谁是第一位?

　　　△ 王赦亲着美媚，让她不再追问，美媚想推开，被王赦温柔制止

21

时｜夜　　　景｜"小确悦"手摇店

人物｜思悦、（应父）

　　　△ 思悦边通电话边拉下铁门，边跟父亲电话聊着

思悦： 电话关机?我六点还有回家看，饭都没吃应该一直在睡!……就让他睡啊……爸……你觉得思聪真的精神……没问题吗?

应父： ……（电话音）你不要……听那些人胡说八道……

思悦： 去医院检查一下，不是比较安心……

应父： （电话音）医院就是给你药，还能给你什么？应思聪就是挫折忍受力不够……叫他去考军校、警校都不要，说什么太累，拍什么电影……什么钱都领不到，还被告赔偿……

思悦： 齁——爸，军校都哪年的事你还在说……电影公司就说不用赔偿了……难怪你们一天到晚吵架。

应父： （电话音）我跟你讲……你不要跟凯子他们家说……你弟的事。

思悦： 新闻都播了，你以为姓应的导演很多？他爸妈电话都打来了……

应父： （电话音）你怎么说？

思悦： 我说思聪是真的很想拍片，是个性太急的误会……

应父： ……（电话音）……嗯……你赶快把结婚办一办，省得夜长梦多……

思悦： 什么夜长梦多，就日子饭店定好了……都是他们家的客人，我们家也没多少人，我还有联络的同学也没几个……喜帖弄弄就好了啊……

△ 思悦走在店家渐关门的街道上

22

时｜昏　景｜品味新闻台办公室

人物｜大芝、王赦、众工作人员

△ 工作人员 A 带着王赦进入座谈类节目办公区跟制作人介绍

工作人员 A： 王律师，这是我们制作人……

制作人： 王律师……欢迎……谢谢您答应来参加我们《爆点 focus》！

　　　　　△ 王赦点点头微笑
　　　　　△ 工作人员 A 拿一份资料给王赦

工作人员 A： 这是我们初拟的……流程跟访问题目……您先看。

王赦： （接过资料）……请问洗手间在哪？

工作人员 A： 我带你去……

　　　　　△ 工作人员 A 带领着王赦穿过众多办公桌
　　　　　△ 王赦差点与匆忙从座位起身拿着一叠 rundown 的大芝相撞

大芝： 抱歉……

　　　　　△ 王赦点点头，大芝往剪辑室走去

23

时｜昏　　景｜品味新闻台剪辑室走道／走道外

人物｜大芝、剪辑室主管／大芝、王赦

　　　　　△ 大芝与剪辑室主管沟通着

剪辑室主管： 抢先报只有抢二比较赶，五点十三才来……其他都应该来得及……

大芝： 那我等下再打来问长度……谢谢简哥！

　　　　　△ 大芝转身走出剪辑区，在不远处的王赦看着大芝，微笑
　　　　　△ 大芝愣看，似曾相识，王赦走上前

王赦： 李晓文吗？

大芝： ……

王赦：	（小声）李晓文？我是王赦王律师！你忘记了吗？我们见过两次在……
大芝：	（举起名牌）……你认错人了……我叫李大芝。

△ 大芝挤出笑容，快速往办公室走去，王赦看着大芝的背影思索着

24 时｜日　　景｜王赦办公室（两年前）

人物｜晓文、李母、李父、王赦、陈晓菁、刘博豪

△ 王赦等三位律师迎接入内戴着口罩的李家三人

王赦：	李伯父、伯母吗？……你好，我是王赦……我们都是扶助的律师……这位是……陈晓菁律师，这位刘博豪律师……

△ 两位律师跟李父握手介绍，跟李家人递名片

王赦：	今天是让你们了解诉讼程序的流程……有任何问题都可以提出来。

△ 李家三人坐在会议室一角，都有些拘谨不安

陈晓菁：	在这边所有的讨论都是只在这个房间，不会有其他人知道，律师也有业务上的保密义务，你们放心……口罩也可以拿下来……休息一下！

△ 李家三人互看，李母点点头，三人拿下口罩，跟众人示意

李父：	……我们是想先跟家属还有受害的人道歉……
王赦：	警方检方或其他人有给压力吗？
李母：	不算啦……只是……（眼眶红）……我们做父母的……不能说小孩的事跟我们没关系……（哽咽说不出话来）
王赦：	……李晓明已经成年了……你们其实没有出来公开道歉的义务……

李父： 这是应该的……本来第二天就去殡仪馆……可是……无哉安怎讲（◎闽南语，大意为"不知道怎么说"）……真的……看到那么多牌位，那么多年轻人被……怎么赔怎么对不起都没用……

△ 李父说着止不住眼泪自责，晓文也眼眶红
△ 晓菁拿面纸盒，推至李家人面前

李父： ……等下五点……警察会来接我们过去……有诚戏院！

△ 律师三人互看着，不妙的眼神

王赦： 去戏院？

25

时｜日　　景｜有诚戏院外（两年前）

人物｜大芝、李父、李母、媒体众、王赦、陈晓菁、警方、路人

△ 有诚戏院外一区放着很多的鲜花、玩偶、卡片、蜡烛
△ 王赦、晓菁与戴着口罩的大芝站在很远的地方，看着前方，傻眼
△ 前方挤满数十家（抱歉，好像真的要这么多）媒体

王赦： 现在是"推出午门斩首"的概念吗？

大芝： 我去陪他们……

陈晓菁： （拉着大芝）我赞成李妈妈说的，你不要过去比较好。

△ 警车开进来停在路边，媒体骚动
△ 李父李母戴着口罩下车，瞬间被媒体包围，即使警察想开道

警察： 不好意思，先让李晓明父母过去……

△ 摄影、记者们、麦克风已经把李家父母团团围住，记者们七嘴八舌

记者A： 你们为什么过了这么多天才出现？

记者 B： 你们现在的心情是什么？

△ 李父李母被围在正中间试图冷静，泪水直流，最后还是跪了

李父： 对不起……我们身为李晓明的父母……真的对不起……对不起。

△ 李父李母跪在地上，猛磕头

记者 C： 李晓明自制枪械弹药，你们做父母的都不知道吗？

△ 李父李母摇头，只是满眼泪地磕着头，还是对不起
△ 沿途经过大芝的路人，不屑神情

路人： 作秀啦！现在出来干吗？一家人都炸死算了！

△ 在外围的大芝已经泪流满面，王赦、晓菁也无能为力

26

时｜日　　景｜品味新闻台办公室

人物｜大芝、王赦、乔安、环境人物众

△ 大芝遮住大半边脸恍惚盯着电脑，iNews、line 很多讯息进来
△ 大芝桌上分机响着，大芝回神，接起

乔安： （电话音）李大芝！你在干吗？

△ 大芝抬头见前方的乔安正盯着自己，大芝赶紧挂了电话，走向乔安

大芝： 对不起……我……刚有点想睡觉……

△ 远处王赦拿着访纲，抬头，看着大芝与乔安对话的样子
△ 王赦看着乔安

27

时｜日　　景｜地院法庭言词辩论（约十四个月前）／有诚戏院

人物｜王赦、乔安、昭国、家属若干、审判长、受命法官、陪席法官、书记官、文字记者数、陈晓菁、刘博豪、李晓明／天彦、受害者

　　△ 王赦等三位律师坐在律师席，旁边坐李晓明，三法警站在李晓明旁
　　△ 检察官后坐着两位告代律师，后面及座位区坐着一堆家属、媒体
　　△ 乔安、昭国也坐在里面，一群文字记者挤满记者席与后方座位
　　△ 审判长问着大家对投影荧幕上的证据证词是否有意见

审判长： 被告李先生，你对……有诚戏院验票员林小姐的证词有没有意见？

　　△ 乔安脸色难看（甚至有些惨白），这是种折磨，不停地逼她回忆
　　△ 荧幕笔录：验票员林小晓×见被告李晓明持枪在走道上扫射，刘××小弟跌倒又爬起来跑，被正在扫射的流弹打到……就趴在地上没动了……
　　△ 乔安 flash（◎闪回）：天彦恐慌神情边跑边喊着妈妈
　　△ 乔安身体僵、漠然不动，旁边昭国眼眶红，有些家属们拭泪，怒看晓明

李晓明： 没有！

审判长： 这是幸存的王盈铃女士，她抱着儿子，趴在椅子下看到李晓明扫射时……的证词……王律师有没有意见……

王赦： 没有！

　　△ 乔安突然起身挤开众人往外走，昭国看乔安背影，想想还是跟出去
　　△ 王赦注意到乔安跟昭国离去

昭国： 你又怎么了？

乔安： （怒吼）为什么要传我们来看这个畜生……听这些事！要听你去听……

　　△ 乔安快速地离去，昭国也气，又无奈，看着现场众多回头的目光（还有同业以前同事）

28 时｜夜　景｜品味新闻台棚内／丁父家

人物｜丁委员、主持人、王赦、一骏、来宾／丁父、丁母、美媚、小斐

△ 品味新闻棚内，《爆点 focus》录像现场
△ 主持人：介绍现场来宾，最后介绍到王赦

主持人： 最后一位来宾是法律扶助的律师王赦，他是李晓明跟陈昌的辩护律师……

△ 王赦点头示意

丁家客厅

△ 美媚跟父母、小斐看着电视，吃水果

小斐：（贴近电视）爸比！

丁父： 陈昌那种割死两个小孩的畜生也帮着辩护？

△ 正滑手机的美媚抬头，脸色难看，丁母拿起遥控器关电视

丁母： 吃饱了，大家出去公园散步走走。

品味摄影棚

△ 丁委员正口沫横飞地说着

丁委员： 杀小孩本来就该唯一死刑，尤其不能任由这么多精神疾病的病人在都会区居住，应该全部集中管理不能让他们四处流窜……乱世就该用重典！这个"精神卫生法"强制住院的门槛真的太高……

王赦： 照丁委员的逻辑，像你一样搞外遇的委员，妇女们就该加重立法，把所有的委员阉割去势！乱世用重典，从委员做起……

△ 现场来宾跟主持人都大笑，一骏笑得差点拍手，忍住

王赦： 警消可以因为舆论，因为委员、议员们的担心就把没有自伤也没有伤

人的哈哈哥强制住院？委员觉得这个"精神卫生法"门槛高？

主持人： 林医生，像这个闯入幼儿园的导演，你觉得符合强制住院的门槛吗？哈哈哥之前是你们医院的病人吧？哈哈哥条件符合吗？

品味新闻台电梯（或某走道）

△ 拿着资料走进电梯的大芝，看到播出新闻，一骏正说着

一骏： 强制住院要两个条件，首先是严重的病人，第二要有自伤或伤人之虞，所谓的严重指的是病人呈现与现实脱节之怪异思想及奇特行为，导致不能处理自己事务，经两位以上专科医师诊断认定者……哈哈哥我们当时判断是他的身体状况很不好……

△ 大芝看着新闻，若有所思地走出电梯

时｜夜　　景｜钢琴教室内外

人物｜乔安、钢琴老师

△ 乔安脸色质疑地看着钢琴老师

乔安： 天晴今天没来上课，你竟然没有通知我？

钢琴老师： 她说身体不舒服，爸爸带她去看医生……

△ 乔安怒气冲冲地拿出手机往外走，乔安拨手机

乔安： ……刘昭国，天晴身体不舒服，为什么没跟我讲？……你也不知道？……她手机打不通……你去他们班家长群组问，我打给老师……

△ 乔安挂了电话，找着老师电话

30 时｜夜　　景｜品味新闻台外
人物｜大芝、王赦

△ 大芝从品味电视台走出来，走着看到前方的王赦
△ 大芝装作没事继续往外走着

大芝：你真的认错人了……

△ 王赦默默跟在旁边，一直走到偏远处

王赦：我完全可以理解你要改名字的原因……我也不会跟任何人说你的事。

△ 大芝没回应，径自走到自己摩托车旁

王赦：我们要一起努力，才能让你父母……有好好活下去的动力……也可能找到你哥真正犯罪的原因……

△ 大芝听着听着眼眶就红了

大芝：全世界都说他是"残酷杀人魔"，冷漠无知的家庭教育造成的"犯罪人魔"还不够吗？谁在乎什么动机什么原因？

王赦：你同意吗？

△ 大芝想很久

大芝：我不知道……

王赦：你想找答案吗？

大芝：他根本也不见我，写的信从来都不回，怎么知道答案？

王赦：……我希望安排发展心理学家跟你们家人一起探索过去，我会试着再跟你哥沟通，爸爸妈妈真的需要你帮忙说服，才有可能……

大芝：……我妈也不接我电话，她希望我永远都不要承认……我们是一家人……

△ 大芝哽咽，说不下去

王赦：这表示你是妈妈现在唯一在乎的人……

△ 大芝不得不承认王赦说得对

王赦：我们要尽快……否则一辈子都找不到原因。

△ 大芝看着王赦，有点犹豫

王赦：……你以为可以躲一辈子不要面对，但是……上天是不是又让你遇到了受害者家属……就算是躲到天边海角，这件事还是像把刀一样，一直插在胸口的！如果没有解决……这个议题还是会一直出现，也许这就是……人生的课题。

△ 王赦诚恳地对大芝说着，大芝瞬间盈泪

31

时｜夜　　景｜某巷口

人物｜乔安、昭国

△ 乔安开着车到巷口，昭国正在巷口等着，乔安下车

昭国：秦至翔的妈妈说……天晴说家里没人，放学跟秦至翔，就篮球队长，回家，他们就留天晴吃饭，吃完劝天晴回家……天晴大概走了有半小时……

乔安：我刚回家看，没有啊……从这里走回家也不用半小时。

昭国：我从这里走回去找找，你回家等……你先打给乔平他们问问看。

△ 乔安拿手机找乔平电话，昭国开始往回家路上走
△ 乔安想想又拨了天晴电话，附近有熟识的手机音乐传出，两人同时听到，循着声音找着
△ 旁边公园的角落，天晴蜷在角落，乔安、昭国看到天晴身影，跑过去

乔安：刘天晴？你在干吗啦……

△ 昭国制止激动的乔安

昭国：宝贝……不舒服吗？

　　　△ 天晴摇着头，拿起书包走了，乔安还想上前念，昭国拉着乔安

昭国：……你激动根本讲不出什么好话，天晴拗起来跟你个性一样……拜托……今天我问好不好？

　　　△ 乔安沉默一会，终于点头
　　　△ 昭国跟上天晴，在旁边慢慢走着

昭国：爸爸帮你拿书包……

　　　△ 天晴摇头，乔安默默走在后面

昭国：你不见了，爸妈都很担心……今天学校发生什么事？让你心情不好？

　　　△ 天晴停下来

天晴：我想要有恋爱的感觉……

　　　△ 昭国愣，乔安也傻

昭国：……这……应该算是蛮正常的吧……每个人都喜欢有爱人或被爱的感觉……只是……你现在……太小……

天晴：为什么小孩就不能有恋爱的权利……凭什么？你们大人真的很自私，你们不爱，小孩就不可以爱吗？

　　　△ 天晴说得理直气壮，昭国跟乔安无语

32

时｜夜　　景｜思悦大芝家楼下街道

人物｜大芝

　　　△ 大芝停了摩托车，思索着，拿着手机开始留言

大芝: 妈!……你们还住在阿嬷家吗?……今天我遇到……那个王律师……他是不是有去找你……你觉得他建议的,可以吗?

33

时 | 夜　　景 | 王赦美媚家

人物 | 王赦

△ 王赦回到家,一片漆黑。王赦打开灯,四处喊着,家里空无一人
△ 王赦拨手机给美媚

王赦: 你们在哪?……(意外)……妈……美媚怎么了?怎么你接她电话?

△ 王赦听着丁母的话,脸色沉

34

时 | 夜　　景 | 思悦大芝家

人物 | 思悦、大芝、思聪

△ 大芝拿钥匙打开门,却见思悦脸色惨白地呆站在门边

大芝: 思悦姐怎么了?

△ 思悦只是愣看着在屋内各个房间穿梭的思聪
△ 大芝看着思聪拿着黑胶带将窗户缝隙封死
△ 思悦愣着不知要说什么,思聪焦虑地走来

思聪: (严厉)手机交出来!

大芝: 为什么?

△ 思聪把愣着的大芝拉进门,硬抢大芝包包,关门,锁全锁上,封细缝

思聪： 你就是……警察派来监视我的内奸……一天到晚跟他们报告我的动静，害我电影拍不成……都是你……

　　　△ 思聪冷不防推大芝去撞门，大芝吃痛

大芝： 我听不懂你在说什么……

思聪： 还嘴硬，不给你吃点苦头……

　　　△ 思聪要上去揍大芝，被思悦冲过来拦住

思悦： ……应思聪！不要这样，你这样我要报警了。

思聪： 警察就在对面，三、四、五楼都架了监视器对着我们，有差吗？应思悦你早就看我不顺眼了！

　　　△ 思聪抓思悦要揍，大芝拼命上前把思聪推开
　　　△ 大芝拉思悦跑进房，锁上门
　　　△ 门外思聪捶门
　　　△ 两女孩抵在门上，惊魂未定

思悦： （哭）怎么变这样？

　　　△ 大芝想起手机在自己口袋，大芝拿出手机

大芝： ……报警好不好？

　　　△ 思悦看着手机犹豫着
　　　△ 思聪怒吼着，敲门声越来越大声

（待续）

第四集

1

时 | 日　　景 | 新闻画面／地方法院外

人物 | 品味记者（阿社）、陈昌

△ 新闻画面：陈昌戴脚镣手铐上楼梯进入法院，旁边三个法警跟着
△ 标题：杀二童陈昌出庭讪笑，当庭否认精神障碍

阿社：　（OS）××地方法院今天开庭审理清村公园两女童命案，传唤为被告陈昌做再犯风险鉴定的联平大学心理系教授高贤德，高贤德教授表示综合陈昌短期治疗的可能、中期家庭背景的支持与长期社区处遇的三项因素，认为陈昌有百分之七十三以上再犯的风险，检察官认为陈昌狡猾诈病用"两公约"来逃避死刑，高贤德表示即使有精神疾病，也可能做不实的陈述。

△ CG 图表：思觉失调治疗／短期：药物／中期：家庭、认知行为治疗、心理卫生教育／长期：技巧训练、个案管理、社区支持
△ 字幕：陈昌有 73％ 再犯风险

阿社：　（OS）三次的精神鉴定都被判定有思觉失调症，陈昌还是始终如一坚持自己没有精神病，在法庭上总是与律师意见不合，精神奕奕为自己辩驳，今天更在庭上表示医师做的鉴定报告证据来源有问题，陈昌律师希望监所能让陈昌接受精神病专科的医疗。

△ CG 受害者家属心声：法律原来是用来保护坏人

阿社：　（OS）今天受害者黄小妹妹的家属也发表声明：这些日子以来我们每天都要承受……孩子消失的痛，但更令我们心痛与心寒的是，原来法律是用来保护坏人的……

△ 陈昌入法院时的诡异神情，画面缩入品味新闻网页
△ 网友：免死"精"牌！我也要申请一张（6997 赞）
△ 网友：杀儿童唯一死刑，不要浪费大家时间（3788 赞）
△ 网友：禽兽和律师一起装疯卖傻，律师带回家教化好了（1235 赞）

2

时｜日　　景｜美和医院精神科急诊室外

人物｜大芝、思悦、一骏、应父、应小妈

△ 一骏跟大芝、思悦、应父、应小妈了解思聪过往

思悦：被电影公司换掉之后，那半年我爸就说变得怪怪的，都不爱讲话，脸很臭……也很容易跟我爸吵架……才来跟我住……

一骏：他平常在家状况怎么样？

应小妈：不爱洗澡，整个房间弄得黑黑的，臭得要命……跟他讲话也不理……

应父：所以真的是……精神病？

一骏：我是怀疑有思觉失调症……

思悦：（疑惑）思觉失调？

一骏：思考、情绪、知觉障碍的脑部疾病，但是还是要观察一阵子，排除有其他生理因素造成的影响……以前叫精神分裂。

△ 众人愣，如雷轰顶

一骏：等他清醒点再面谈会比较确定！如果已经有暴力行为倾向、自伤或伤人的可能，我建议还是先住院一段时间……他本人如果不愿意，可能就要你们家属签字让他强制治疗。

3

时｜日　　景｜丁家

人物｜王赦、美媚

△ 王赦看着开门神情依然倔强的美媚

王赦： 有什么事不能沟通、电话也不接、一定要用回娘家这种绝招？

美媚： 沟通有用吗？

王赦： 所以你的意思是？

美媚： 继续当这种变态的律师……（眼眶红）……我们就离婚……我绝对不能原谅杀小孩的人……我也没办法跟帮……变态逃过死刑的混蛋律师一起生活……然后我会联合幼儿园家长一起告那个神经病。

△ 王赦定睛看着美媚，眼眶也红
△ 两人僵持
△ 王赦转身离开，美媚眼泪掉下

4

时｜日　　景｜医院外走廊

人物｜应父、应小妈、大芝、思悦

△ 应家人走着，脸色都沉重，还没从思聪罹患思觉失调的噩耗中醒来
△ 大芝只能默默在旁陪着，思悦手机响，是凯子

应父： 小凯？（严厉）……不准告诉他……

△ 思悦反应

5

时｜日／夜　景｜思悦大芝家楼下／思悦大芝家楼下（昨夜）

人物｜大芝、思悦、邻居数／邻居数、大芝、思悦、思聪、警察两人、公卫护士

△ 邻居几个人在路边七嘴八舌说着昨夜的混乱，看到思悦、大芝从出租车上下来，邻居围上来

邻居A： 应小姐……昨天警察跟救护车来是抓你的房客喔？发生什么事啊？

△ 闪现：昨夜警车、救护车来到楼下的混乱，邻居、路人侧目
△ 思悦脸色难看，大芝想拉着思悦上楼

邻居B： 是神经病吗？……他会回来找你报仇吗？

△ 闪现：思聪被束缚上病床，对着后面跟上的大芝、思悦嘶吼

思聪： 我一定让你们两个死得很难看……

△ 夜里：思悦跟大芝失措、惊魂未定的神情
△ 回到现实：大芝拉着不知如何回应的思悦跑上楼

6

时｜日　　景｜思悦大芝家

人物｜大芝、思悦

△ 思悦看着屋内还是昨夜的混乱痕迹，还不敢相信是真的
△ 大芝倒了杯水过来

大芝： 思悦姐，你进房间休息，我先大概收一下，上班快来不及了。

△ 大芝快手快脚收着屋内的混乱，拆掉粘在窗户上的黑纸、胶带
△ 思悦看着大芝收拾的身影，眼眶就红了

思悦： 对不起……

大芝： （莫名转身）……怎么了？

思悦： 我知道新闻你不能做主，可是就是忍不住对你发脾气……我真的没有发现思聪生病……还害你被打……精神分裂听起来好可怕……怎么会生这种病……

△ 思悦崩溃大哭，大芝眼眶也红，拿着卫生纸递给思悦

大芝： 医生都还没确定……就算确定了，也是可以及早发现及早治疗……吧？

7

时｜日　　景｜安亲班外

人物｜乔安、天晴

△ 乔安带着天晴出来

乔安： 我订了拉面……赶快回去吃，不然就烂了……豚骨你最喜欢的。

△ 天晴无精打采地跟着乔安，有种被挟持的感觉

天晴： 我手机坏掉了……

△ 乔安看起来没听到，继续快步走着

8

时｜昏　　景｜"小确悦"手摇店

人物｜思悦、客人若干

△ 思悦打起精神准备一堆外送饮料，手机响了一阵，思悦没空接

△ 思悦空档过来看手机讯息——凯：宝贝怎么都不接电话，发生什么事？

△ 思悦犹豫一会，回了讯息：最近家里有点事，比较忙，再跟你说……

9

时｜夜　　景｜品味新闻台乔安办公室

人物｜乔安、天晴、办公室众人、News 哥、大芝

△ 乔安准备下班，走进办公室，天晴用乔安的电脑正在传讯息

乔安： 为什么用我的电脑？你功课写完了？

天晴： 我手机不能打，也不能上网！你忘记缴费吗？

乔安： ……手机停了……

天晴： 你把我手机停掉？

乔安： ……你花太多时间在手机上……还一直跟你们班男生告白……你是个女生，别人会觉得你很随便……现在也不是谈恋爱的年纪。

　　　△ 天晴暴怒，摔乔安皮包、桌上东西
　　　△ 外面的人意外，News 哥过来看，大芝正好收拾东西经过

天晴： （怒）为——什——么？

乔安： （压低嗓门）刘天晴，办公室……你在闹什么？

天晴： 刘天彦五年级跟女生告白，你就说他很勇敢？还请他们一起吃饭？

乔安： ……你哥是男孩子……他们是读书会！

天晴： ……放屁……因为你只喜欢刘天彦……

乔安： 刘天晴……

　　　△ 乔安去抓天晴想让天晴冷静，天晴推开乔安，乔安差点跌倒
　　　△ News 哥已经进来要劝架，大芝站门口

天晴： 你为什么不跟刘天彦一起死掉！

　　　△ 乔安愣

News 哥： 天晴……不可以这样对妈妈说话……

　　　△ 天晴跑出办公室

乔安： （无力）News 哥你帮我陪她……

　　　△ News 哥点头跟着天晴跑出去，大芝站在门口看着也意外
　　　△ 大芝走进乔安办公室把门关上，收拾着地上的摔落物

乔安： ……我真的很想跟天彦一起死。

　　　　　△ 乔安欲哭无泪
　　　　　△ 大芝不能搭腔，更必须正视哥哥对乔安家的伤害

10　　时｜夜　　景｜快餐店或便利商店或品味新闻台外

　　　　　人物｜昭国、News 哥、天晴

　　　　　△ News 哥无奈看着捂着耳朵什么都不想听的天晴

News 哥：（叹气）你要是我女儿……早就把你……掐……死了……你妈也很辛苦……

　　　　　△ 昭国赶来，天晴看到昭国就哭了，昭国揽着天晴安抚

昭国：　　好……有什么事跟爸爸讲……

天晴：　　……我不要跟妈妈一起住，我要搬去跟乔平阿姨跟姨丈住！

　　　　　△ News 哥跟昭国面面相觑

11　　时｜夜　　景｜昭国乔安家

　　　　　人物｜乔安、昭国、天晴、乔平

　　　　　△ 乔安回家，天晴已经整理好两个大小行李箱，乔平、昭国还在劝着

昭国：　　天晴！爸爸跟你一起住……好不好？我们可以另外找房子住啊……但是先给我两天时间去找房子，我们先去住饭店……

乔安：　　（火气更大）……刘昭国……你们两个就让刘天晴这样胡闹？

天晴：　　我要住阿姨家！

乔平：　（打趣缓颊）暂时先离开暴风圈，先到庇护之家……也是一种方法！

　　　　△ 天晴拉着乔平就往外，乔平蹲下跟天晴好好说着

乔平：　我跟姨丈十分欢迎你去我们家住，但前提是……未满十八岁的小朋友要先征求爸爸妈妈同意……不然你会害我们两个被告喔！

　　　　△ 天晴迟疑，乔平鼓励着

乔平：　练习说说看啊……阿姨会帮忙的！

天晴：　（看昭国，不看乔安）我要去阿姨跟姨丈家住！

　　　　△ 天晴瘪着嘴，神情跟乔安很像，没有要征求同意的意思
　　　　△ 气氛僵

昭国：　好！爸送你去！

　　　　△ 乔安神情也硬，脸色难看到极点
　　　　△ 乔平在天晴耳边轻轻说着，手安抚着天晴

乔平：　给我姐一点面子！

天晴：　（还是不看乔安）可以吗？

　　　　△ 乔安又气，也倔强拉不下脸，又气又闷，眼眶红
　　　　△ 乔平在天晴身后对着乔安频频示意，放松放松！
　　　　△ 乔安终于勉强点头

乔平：　（语调装轻松）耶！爸妈都答应了……好！到我家我们再打给妈妈报平安……OK，跟妈妈说再见！

　　　　△ 天晴小声说再见，头也不回拉着行李往外走
　　　　△ 昭国赶紧跟着，乔平看乔安

乔平：　……姐！就当你放个假……给我一点时间……我想办法。

　　　　△ 乔安撇过头，不让眼泪掉

12

时｜夜　　景｜庙里／庙外街道

人物｜思悦、应父、应小妈、师父、思德

△ 思悦正在被师父收惊，应小妈虔诚地跟应父与高三一脸不耐的思德看着
△ 庙外街道，小妈把几个护身符分拿给众人

思德：　　迷信！

应小妈：　（巴思德头）（◎巴头，闽南语，打头）……乱说话……师父都说是思聪的前女友来纠缠，所以才会这么衰，这个护身符，思悦你拿去医院给思聪……放在床头。

应父：　　花多少钱？

应小妈：　师父帮我们全家收惊，还有师父要帮那个女鬼超度……超度完，我们全家运势就顺了，师父是随喜……只要花超度的钱而已。

应父：　　（严厉）到底多少……

应小妈：　不是为了你那个应思聪，会花这些钱吗？他白吃白喝这几年我都没跟你算，你跟我凶什么？

△ 应小妈拖着思德气呼呼地走了
△ 思悦跟应父在后面走着，心情都沉重

13

时｜夜　　景｜昭国乔安家／一骏乔平家

人物｜乔安／天晴、乔平、昭国、一骏

△ 酒瓶在乔安旁，乔安看起来喝很多，但没有醉意，拿着电话

天晴：　　我要睡觉了……

△ 天晴把电话交给乔平，跑到客房找昭国、一骏，乔平拿手机走到角落

乔平： ……我帮你们找个咨商师好不好？

乔安： ……我干吗跟不认识的人说我的私事！我需要的是时间，请年假带天晴出去散心……就好了！

乔平： ……如果请年假，我倒建议你先跟姐夫……好好聊你们两个的心情感受，否则跟天晴怎么散心也解决不了问题！

乔安： 不和就不和，还聊什么心情……何必花时间让自己找气受！

△ 乔平试着让自己心平气和

乔平： ……据我在医院侧面观察多年的经验，你知道哪种病人最不容易痊愈？

乔安： ……什么啦？

乔平： 传说中最棘手的病患……就是没有病识感的！

乔安： 你们这些在精神科上班的，天天巴望着全世界的人都有精神疾病都需要你们来治疗……

乔平： ……宋乔安……你是不是越喝越多？现在一瓶威士忌已经不够了？……是不是每天不喝，你就睡不着……即使你发誓告诉自己今天不要喝，还是会忍不住……一天不喝，你就浑身不舒服，睡不着……

△ 乔平感受到电话那头的沉默

乔平： 姐！……你觉得一个有酒瘾的妈妈对小孩是好的吗？

△ 乔安不语，即使被说中，也认同乔平的话，但还是没承诺

14

时｜夜　　景｜一骏乔平家

人物｜乔平、昭国、一骏

△ 昭国准备离去，一骏揽着乔平来送客

昭国： ……乔平你工作也很忙，又打扰你们的悠闲顶客生活……真是抱歉。

一骏： 她又不用轮班，顶多回家打报告，苦的是我不能穿内裤在家晃。

乔平： （白眼）天晴大了，若是幼儿园阶段，可能我就照顾不来……姐夫其实我可以早点介入，但我希望让姐试着调整跟天晴的沟通模式。

昭国： 宋乔安这么容易检讨哪叫宋乔安！

乔平： ……姐夫，冰冻三尺，非一日之寒……我姐再怎么样也是个受伤的太太……

昭国： ……是不是一次外遇，这辈子就翻不了身……我永远就是个有罪的人？

一骏： ……重点是你想要挽回这个婚姻吗？

△ 昭国愣，不知道怎么回答

一骏： 今天义诊，若是你想要挽回，就去努力，不想就算了……

乔平： （白眼一骏）……我的想法是……你跟姐的状况本来就比较复杂，工作理念不同造成关系冷漠，加上天彦的事，你们一家都还在创伤后压力症候群的期间……你在外面找寻另外的安慰，我可以理解，但是……若是想要帮助天晴，我真的建议一起接受咨商是比较好的做法。

一骏： 但安姐是铜墙铁壁很难攻破……

昭国： 这全天下都知道的事就不用说……那现在要先怎么做，才能帮助天晴？

乔平： 天晴不在家这几天，姐夫你先不要去睡公司……回家陪我姐好吗？

昭国：　她哪要人陪啊？陪她的是新闻跟酒！

乔平：　我姐从我爸妈过世之后就立刻休学，拼命工作，她必须要靠工作掩饰自己的脆弱跟伤口，天彦走了也是一样……

昭国：　我知道她好强要求完美，但是……她这两年变得……全身长满刺……我跟她讲不到两句话我就失控……我真的不知道怎么跟她相处。

一骏：　……女人不要相处的，女人只要用哄的。

乔平：　（指一骏）歪理专家……（看昭国）……不过……我真的觉得天晴过来住一阵子是个转机……你们可以先处理自身的情绪，不管是悲是苦是怨是恨……说出来都好，起码不用演戏不用顾虑天晴的状态……就算要离婚……你们两个也要能和平相处，对天晴的伤害才有可能降到最低……这道理姐夫你一定懂的！

△ 昭国反应

15

时｜日　　景｜思悦大芝家

人物｜思悦、应父、大芝

△ 思悦还一脸未醒样，看着应父

应父：　我拿了点内衣裤过去给思聪，还不能见他……

思悦：　你有没有睡啊？

应父：　……怎么睡得着……

△ 大芝拎了两份早餐进来

大芝：　应伯伯好……吃早餐了吗？……这先给你。

应父：　吃过了，谢谢你啊李小姐……还让你照顾……思悦。

大芝： 没有！都是思悦姐照顾我！只有这几天思悦姐忙，我今天睡过头来不及做早餐。

△ 大芝看气氛干，也许自己耽误父女对话，赶紧把东西一放

大芝： 那我上班了⋯⋯你们聊。

△ 父女跟大芝挥手，看大芝关门

应父： 你喔⋯⋯对什么人都没心眼⋯⋯我跟你讲⋯⋯这些精神病什么，不要再跟外人说⋯⋯最好叫那个李小姐搬家⋯⋯免得被小凯家的人知道。

思悦： 应中校，你已经退休了，别在那边保密防谍好不好？防备心也太重⋯⋯而且整条街的人都知道思聪被救护车带走⋯⋯你不如叫我搬家。

应父： 那就搬吧⋯⋯反正结婚就住在小凯家。

思悦： 我不要啦⋯⋯我们说好的，他还要去广州，我房子才又签两年约，要搬，要赔押金耶⋯⋯

应父： 赔就赔⋯⋯夫妻分两地结婚像话吗？

思悦： 你结婚两次不是都放老婆在家带小孩⋯⋯自己在军队⋯⋯退休才回家住。

△ 应父闷，每句都被思悦吐槽，只好说实话

应父： ⋯⋯以前你妈的阿姨就是精神分裂⋯⋯搞得大家鸡犬不宁！

思悦： 阿嬷的妹妹？我怎么不知道阿嬷有妹妹？

应父： 一辈子都锁在旧家后院，你哪会知道⋯⋯有次过年我去帮忙拿东西，看到她在后院脱光衣服、破口大骂老天爷才发现的⋯⋯你阿嬷就是想隐瞒一辈子⋯⋯根本不让任何人知道。

思悦： 有那么多种精神疾病，而且医生都还没确定思聪是不是⋯⋯

应父： 精神分裂跟遗传有关系的。

思悦： 科技那么进步，我有上网看，现在的药比以前好，还是有康复的啊！

应父：　得那种病就是一辈子废了……

思悦：　爸……思聪才二十六岁耶，你怎么可以不抱希望？现在科技医学那么进步，你为什么不能对思聪有点信心……他那么聪明那么有才华……

　　　　△ 应父似乎被思悦打动，想想，语重心长地跟思悦说

应父：　你不要傻傻地去跟小凯他们家说……你就……说思聪出去了……没有哪个爸妈会让儿子娶神经病家族的人……我要不是被瞒着，哪会娶你妈……

　　　　△ 思悦愣，思悦终于搞懂爸爸的意思

16　时｜日　　景｜律见室

人物｜王赦、陈昌

△ 看守所外貌
△ 律见室：陈昌头上有伤口，手上也包扎着

王赦：　……为什么要打架？

陈昌：　……那个戒护员硬要我吃药……越吃身体越坏啊！

王赦：　吃药，也许那些声音会消失……给医生一个机会对你没有差……试试啦！

陈昌：　那些医生每次都问得不清楚……我舅舅是要我早点出去，才会把我说得很严重……有一次我妈跟我舅吵架又被我爸打，我去劝架，结果吵成一团，还有自助餐店的老板，我2017年8月才在那里上班，那时候好多客人要帮我介绍女朋友，他有意见，我们才会起冲突……这些医生都没有问，细节太多了，我也没办法跟他们解释清楚。

△ 陈昌相当清晰地说着一些逻辑不通答非所问的话

王赦： 你再跟人起冲突，你就要进独居房了，进独居房，你状况会更糟……

陈昌： 我没有差，那些霹雳门的人后来我才知道……我帮那个陈号名，你知道是谁喔？枪杀两个警察的死刑犯……得糖尿病，我每天帮他把屎把尿的……霹雳门的人还很了解陈号名……原来他们根本是一伙的。

△ 王赦听着陈昌的胡言乱语已经习惯，等他告一段落赶紧接话

王赦： 现在比较好睡了吗？

陈昌： ……吃得饱睡得着啊……我那天看到高贤德主任的鉴定报告，有问我爸对不对？你知道是什么时候找我爸的吗？

王赦： 日期我要查一下……你想了解什么？

陈昌： ……我爸有问我什么吗？

王赦： 我有机会的话问问高主任，再跟你说……

陈昌： 谢谢律师……

王赦： 有需要什么东西？

陈昌： ……香蕉一斤……一罐奶粉，卫生纸没了……一箱泡面……肉松……（说着说着笑了）……我现在每天晚上都擦地，睡马桶旁边，天气快要热了，睡马桶旁边疥疮应该比较快好，比较凉。

△ 王赦无语地看着陈昌继续文不对题地侃侃而谈

17

时｜日／夜　景｜杂景（时间过程）

人物｜王赦／思聪／思悦、大芝／乔安、昭国

△ 王赦在家一人洗衣服，不会用洗衣机／看平板的卷宗资料烦躁／一人吃垃圾食物／起床自己拿衣服乱穿

△ 思聪在病房的状况／保护室的躁动／第一次走出保护室看着急性病房交谊厅里各式的病友／思聪呆坐在病房／思聪接受检查／与乔平会谈情形
△ 思悦、大芝深夜的互相陪伴／思悦看喜帖版型烦躁／思悦看着手机犹豫是否要跟凯子说
△ 乔安、昭国在家中形同陌路的错身／乔安在房内还是喝着酒／昭国想要敲乔安门，不知如何开口，算了

18

时｜夜　　景｜思悦大芝家

人物｜思悦、（凯子）、大芝

△ 思悦拿着手机视讯（或电脑）

思悦： 我觉得还是要跟你讲，我不要骗你……（哽咽）……不想结婚没关系……

凯子： 宝贝！宝贝，看我……

△ 思悦低头擦泪

凯子： 应思聪是你应思悦的弟弟就是我金鼎凯的弟弟……我们一起面对。

思悦： 真的吗？……你爸妈呢？

凯子： 你是跟我结婚，又不是跟我爸妈……你赶快把喜帖寄一寄。

△ 思悦不敢置信地亲吻着荧幕
△ 思悦开门，又哭又笑去抱大芝

思悦： 他说我们一起面对，他说一起……

△ 大芝替思悦高兴，也想哭

19 时｜日　景｜品味新闻台
人物｜大芝、乔安、环境人物

△ 大芝拿着 rundown 表给发愣的乔安

大芝：乔安姐，rundown 我重排好了，你看一下……可以吗？

乔安：（回神）什么？

大芝：乔安姐……你还好吗？天晴怎么都没来？

乔安：……搬去我妹家了……

△ 大芝讶异

大芝：（脱口）……对不起……

乔安：（干你什么事）你对不起什么？

△ 大芝愕然自己的唐突，想着理由

大芝：……我……还拿事情烦你……

乔安：这两码事！

△ 大芝点头，尴尬离开，想想又走回去找乔安

大芝：乔安姐，明天休假，后天我想跟 A 姐调一天班……可以吗？

△ 乔安看着大芝，等理由

大芝：……要处理一点事情……

20 时｜夜　　景｜大芝房／客厅

人物｜大芝、思悦

△ 大芝下班进来看着思悦忙着写喜帖地址

大芝：　思悦姐，我要回老家两天……

思悦：　发生什么事？

大芝：　……觉得有些事情还是要像你一样勇敢面对！

思悦：　对！我发现有时候是自己吓自己……面对了才发现也没那么难。

△ 大芝若有所思，希望自己面对也没那么难！

21 时｜日　　景｜美和医院精神科家属会谈室

人物｜一骏、思悦、应父、应小妈

△ 三人看着一骏

一骏：　目前检查确定应思聪没有其他脑部的疾病或其他身体因素的影响，初步诊断是思觉失调症没错。

思悦：　（急切）为什么会得思觉失调症？真的跟遗传有关系吗？

一骏：　精神疾病的影响因素很多，可能来自基因遗传也可能来自基因突变，也可能受环境影响，例如长期情绪压力的刺激……但是就算没有家族病史，还是有可能会罹患……

思悦：　我看网络上很多医生都说康复的比例蛮高……但我爸一直说没有……

一骏：　……要治疗，经过规则的服药，当然家属的支援……很重要……

思悦: 所以……什么时候可以出院?

一骏: ……我会建议等药物调整好,适应稳定之后,幻觉减少不会有暴力行为再出院……后续的一些信息,会有……护理师跟社工师跟你们讨论。

△ 一骏是蛮公式化地跟应家人说明着

21A

时|日　　景|美和医院精神病房会客室

人物|思悦、应父、思聪、应小妈

△ 思聪坐在三人之前,目光略呆滞,不停地摇晃身体(或双脚踏步)(药物副作用)

思聪: 我要回家……

思悦: 医生说要等你稳定了,才可以出院……

应小妈: 你要回哪个家?

△ 应父气恼瞪应小妈

应父: 当然是回来跟我们住。

思聪: 我要出去……

应小妈: 万一又打人怎么办?

思聪: 我不会打人了……不会!对不起,不会打人了……

△ 思悦看着仿佛另一个人的思聪,讶异,又难受

22

时｜日　　景｜医院附近走道（或外）

人物｜思悦、王赦、一骏

△ 思悦跟王赦走出来

思悦： 医生说是思觉失调症，那些家属还是会告我弟吗？

王赦： ……再沟通看看……大家都需要时间多点了解。

思悦： 不好意思……还特地让你跑一趟……

王赦： ……正好有空……不然……你打给我也没用。

思悦： 那王律师就拜托你了……我先回去上班……

△ 王赦点头，思悦转身从另一头离开
△ 王赦站着有点不知何去何从，却见一骏走来，王赦露出笑容

王赦： 林医师……

△ 一骏看着王赦，神情吊诡

23

时｜日　　景｜品味电视台

人物｜丁委员、主持人、王赦、一骏、来宾

△ 第三集二十八场之后

一骏： ……哈哈哥，我们当时判断是他的身体状况很不好……有……

王赦： 身体状况不好，你们就收？现在医院是慈善机构吗？……没有自伤、伤人之虞的哈哈哥，你们精神科医生明明在社会氛围舆论压力下，为了所谓的安全考量，限制病患自由……

一骏： ……这两回事，哈哈哥是因为公卫护士观察他一阵子，他都捡垃圾桶的食物吃，营养、精神状况都不好，觉得需要回来治疗，才通报警消协助送医，正好被拍到……

王赦： 2018年"身心障碍的权利公约"，审查委员就明确提出单纯以身心障碍作为理由的强制住院很有可能违反"公约"第十四条"禁止基于身心障碍的因素，或是非法、任意剥夺身心障碍者的人身自由"，每个人不应该因为自己的障碍，在没有法律监督或决定下被限制人身自由……请问林医师这整个过程有经过法律判决吗？……公卫护士一个人至少追踪七十到两三百个个案，林医生你怎么判断……公卫护士不是因为舆论压力不是因为上头指示……才去特别观察哈哈哥？

△ 现在人人都看着一骏，一骏只看见王赦咄咄逼人的嘴形

24

时｜日　　景｜医院病房走道（或外）

人物｜王赦、一骏

△ 一骏狂揍王赦（幻想）

一骏： 你当我是你的犯人啊？难怪会被人泼屎！我是医生，谁送来我们都要处理……靠北（⚫闽南语，此处表达不满的情绪）以为讲话快就赢吗？

△ 王赦被打得抬不起头来求饶
△ 回到现实，一骏直直看着王赦

王赦： ……正好碰到你，方便请教一些事吗？

一骏： （亏）……要看诊？我虽然下班，但可以帮你介绍个好医生！

△ 王赦反应

25   时｜日   景｜医院内公园

人物｜王赦、一骏

△ 两人走在医院外

王赦： 思觉失调症的病人在监狱……一直不吃药……他恶化的速度有多快？

一骏： 你指的是杀两个小孩的陈昌？

△ 王赦点头

一骏： 律师管这么多的吗？法扶律师可以赚这么多？

王赦： 一个审……二到三万费用……含成本加上被审查委员还有社会大众洗脸。

（◎洗脸，同"洗面"，闽南语，挖苦）

一骏： （不可置信的脸）一个审？一年还两年？赚二到三万？

王赦： 要帮我们争取吗？

一骏： 你不是我的病人，陈昌也不是，我没参与他的鉴定过程……就算参与，事隔一年，没有检查、没有对话、没有任何信息，我只能给你三个字……不知道。

王赦： 你平常看诊对病人就这么机车（◎指啰唆、麻烦、难相处）？

一骏： 我在病人间的外号是万人迷骏王子（踱）……再见！

△ 一骏转身就走

王赦： 万人迷骏王子……

△ 一骏回头看着王赦

王赦： 有空喝一杯吗？……我请你。

△ 一骏反应，并不友善，还有点莫名其妙

我们与恶的距离

26   时｜夜　景｜街头

人物｜乔安

△ 下班的乔安开着车从品味出来，在街头
△ 乔安看着旁边空的座位，不知道要把车开去哪里，乔安拨手机

乔安：　我下班了，现在过去看天晴？

乔平：　（电话音）等下你跟天晴说，天晴……妈妈要过来……

天晴：　（电话音）不要……姨丈有事，我要跟阿姨去看电影。

△ 乔安面色迟疑（听到看电影）

乔平：　（电话音）……一起去……吧！

乔安：　不用……你们去吧！小心安全。

△ 乔安挂了手机，整个人有点空洞

27   时｜夜　景｜Pub

人物｜一骏、王赦

△ 王赦醉醺醺，叨叨说着，一骏频白眼

王赦：　《世界人权宣言》在1948年通过……人人生而自由，在尊严和权利上一切平等……1968年被联合国定为国际人权年……不论种族、肤色、性别、语言、财产、宗教……

一骏：　酒量这么烂？平时是有多压抑啊？

王赦：　为什么不给这些生病的人多点机会……为什么不能想办法治疗陈昌……

一骏： 改善陈昌的思觉失调症状，让他以"接近正常人"的状态坐牢，会比较好吗？

△ 王赦醉眼看着一骏，想哭却又笑

王赦： 好问题……但是杀一个或关一个脑子生病的人，处罚的意义在哪里？不是叫"矫正署"吗？矫正什么……怎么矫正……这些女人永远不懂这件事的意义是什么……以为关起来、杀了，事情就解决了吗？呿！天真……这样是为小孩好吗？莫名其妙……目光如豆……

△ 王赦胡言乱语地说着，一骏终于恍然大悟

一骏： 婚姻不幸福……难怪……这么压抑！当我免费诊疗？……

△ 一骏起身

一骏： 喂！回家了……起来买单……

△ 王赦起来，摔个仆街（◎此处指摔跟头）

28

时｜夜　　景｜昭国乔安家／乔安房

人物｜乔安、昭国

△ 乔安回家，昭国竟然在里面吃饭（自己做的两三样菜）

昭国： 吃饭了吗？

乔安： 嗯……

△ 乔安没什么表情，自顾自走进房间，关上门
△ 昭国苦笑，觉得自己智障表错情
△ 进到房间的乔安，走到衣橱旁，从衣橱深处拿了一瓶酒出来
△ 乔安（边卸妆）看着酒瓶对看许久
△ 乔安又把酒瓶放进去衣橱，把自己丢到床上

29

时｜夜　　景｜戏院／乔安房／天彦房

人物｜乔安／昭国

△ 乔安一直在戏院的走廊上跑着，一直跑一直跑，走廊好似无止尽

乔安房（现实）

乔安：（喊）天彦！天彦！

△ 乔安在床上被自己声音惊醒，乔安愣看着周遭
△ 乔安拿出衣柜里的酒瓶
△ 乔安喝着酒，镇静自己惊吓心悸的情绪

天彦房

△ 昭国躺在天彦床上，眼睛也睁得老大
△ 昭国看着放在床头的一家四口在乐园搞笑的照片

30

时｜日　　景｜李家老宅外

人物｜大芝、李父、李母

△ 大芝拎着小行李箱敲着门，敲半天，没人回应，钥匙也打不开
△ 大芝屋内外绕一圈，窗帘还是拉得密不透风
△ 大芝蹲在门口半天想着，看不到母亲的推车

大芝：推车不在……

△ 大芝决定去庙口，却见李母身影疲惫地推着车回来
△ 大芝赶紧上前帮忙
△ 李母意外看见大芝，又高兴又生气

李母：你怎么跑回来？

大芝：你怎么可以一直不跟我联络？

31　时｜日　景｜李家老宅内
人物｜大芝、李父、李母

△ 李母打开门，大芝帮着把东西搬进去，李母又把门封好
△ 大芝看到父亲醉得听着收音机摇头晃脑跟唱着

大芝： 怎么又喝成这样？还是每天都喝成这样？

△ 李父看着大芝开心

李父： 晓文回来喔？……来……吃饭没？秀丽！快去炒两个菜，看晓文瘦成这样，买一些猪肝回来煮汤……去买……

△ 李母烦躁地拿下口罩，还在收拾着

大芝： 免啦！……我在车站有买猪脚、蹄筋……以前妈最爱吃的。

李父： 伊现在吃素啦……猪脚蹄筋……下酒赞喔！

△ 李父摇来晃去地上前收着桌上，拿着大芝买的蹄筋等倒出来准备开喝
△ 幽暗的灯光下，李母忙碌的身影，脸上似乎还是红疹遍布
△ 大芝开大灯，上前端详着母亲

大芝： 妈！你脸怎么越来越严重？都没擦药吗？药咧？

△ 李父倒着酒吃喝着，李母不想回答，继续收着

李父： 药早就擦完了……

大芝： 妈！你为什么都不照顾自己？

李母： 你回去上班……不是说老板很严厉……你干吗上班时间回来？你这样怎么好好工作，怎么对得起头家（◎闽南语，老板）……快回去……

李父： 先吃饱再回去……去拿你母卖剩的饭团来吃。

△ 李母推着大芝要叫她回去

李母： 不要理你老北（◎闽南语，爸爸）……你回去啦……

李父： 你是在讲啥小（◎闽南语，什么）？晓文难得回来……做人老母的你卡（◎同"较"，闽南语，再怎么样也）差不多咧？

李母： 你喝你的酒啦！

△ 李母回头想推大芝出去，没想到大芝走到父亲桌旁
△ 大芝把桌上的酒瓶拿起来摔了，继续把角落里看得到的酒瓶全砸了
△ 李父李母愣

李父： 现在是安怎？你回来老大，没给你修理，你搞不清楚谁是老大……

大芝： 活不下去，就大家一起死……我一个人在外面会比较好？我每天想你们好点了吗？可以打开窗帘看外面吗？可以不要天天戴口罩吗？妈妈会笑了吗？为什么只有我一个人在外面笑，我凭什么可以笑？

△ 李父李母看着激动泪流的大芝，两人也说不出话来

大芝： 而且……被哥伤害的那么多家人，他们可以笑吗？

32

时｜日　　景｜昭国乔安家

人物｜乔安、昭国

△ 乔安起床走出房门，看到昭国从天彦房间清出一袋袋垃圾（天彦的东西）

乔安： 刘昭国你在干吗？

昭国： 把天彦的东西丢掉……

△ 乔安冲过去抢走

乔安： 你不准动他的东西！

昭国： 要是连天彦的事情都不能谈什么都不能动……那就把这间房间拆了！

乔安： 我跟你没什么好谈……你不要动天彦的东西！

　　　△ 乔安想要把一袋袋东西抢走，昭国硬从乔安手上抢走

昭国： 你跟谁都不能谈，你跟你自己也不能谈……你连这房间也走不进去，你留着要干吗？

乔安： 谁说我不能走进去？

昭国： 你走……你现在走进去我就不丢……

　　　△ 乔安怒瞪昭国，昭国指着天彦房间
　　　△ 乔安站在天彦房间门口，看着天彦房间里面的陈设，看着一家人的照片
　　　△ 乔安寸步难行，乔安蹲在门口眼泪止不住

33　　时｜日　　景｜李家老宅

人物｜大芝、李父、李母

　　　△ 三人坐在客厅，收拾完酒瓶残局过后的静默
　　　△ 三人各在一角发愣

李父： ……是因为我骂他……男人连当兵都被退没录用……他才要跟我赌一口气……

大芝： ……可是他说……当兵也是在浪费生命……还不如出来好好工作。

李母： 我看那个新闻，专家说……是我怀你的时候很不舒服，把晓明放在阿嬷家，一直到小学，阿嬷走才带回来……所以让晓明很愤怒……心理有创伤……这样就会有创伤？……我们小时候不都这样……可是……接他回来，他看起来还蛮开心的……

大芝： ……哥每次都让我追着他跑，不想让我跟他出去玩……就是很讨厌我，是因为我才不能跟你们一起住？

李父： 男孩子逗妹妹不是很正常吗？你们在家的时候，你不是都爱挤到你哥的小帐篷里……他也没生气，两个玩得很开心。

大芝： 我只记得小时候我常在他的帐篷里睡着……他一直骂我不要弄乱他的东西，叫我回自己床上，可是又帮我盖被子……

△ 三人又一阵沉默

李父： ……如果我不要当里长……不要那么爱跟朋友喝酒……每天都到他房间跟他讲讲话……事情就不会发生了……吗？

李母： 根本就不要开店……只卖早餐就好了……那时候做累了，一直想一个礼拜休两天……如果休两天就有时间陪你们了。

大芝： ……我那时候都在上课只想出去玩……哪会待在家里？而且哥一直都说在玩模型……躲在房间……

李母： ……要是我没叫他读商，让他读他喜欢的机械系，他是不是会比较开心……就不会……

李父： 没读就可以做枪做子弹了，读了不是做大炮……他没读那么多书说不定卡好……也……

△ 李父提到枪想到伤亡被害者，说不下去了！

34

时｜日　　景｜昭国乔安家

人物｜乔安、昭国

△ 乔安、昭国坐天彦房门口，乔安心情较平静，但眼眶还是红的

昭国： 要喝酒吗？

乔安： （苦笑）现在不要……

昭国： ……我们可以去咨商的……

乔安： ……咨商完你就不会气我放天彦一个人在戏院？

昭国： 我跟你再道歉一次……当时说的是气话……我真的没有气你……就算是我当时接到公司电话，我也会跟你一样，走出去戏院讲完电话再回去。

乔安： 可是我走到外面……喝了一杯咖啡才回去……如果我讲完电话回去，就来得及阻止……就算来不及阻止也会陪天彦一起死……

△ 乔安止不住眼泪

乔安： 这样你跟天晴就不会那么讨厌现在的我，还会怀念那个……宋乔安……

昭国： 天晴的话是气话……你不要放心上……

乔安： ……一个忘记女儿生日三次的妈妈……被讨厌也是应该的……

昭国： 我没有讨厌你……我只是怕你……很怕很怕靠近你，外遇没有理由……就是错的……我不知道说几次道歉可以弥补对你的伤害……如果可以，我愿意说一千次一万次……

△ 乔安看昭国激动忍不住落泪的样子，自己也哭得稀里哗啦

乔安： ……外遇我也要负责任……乔平说没有人想靠近冰箱。

昭国： ……我最近怕热……

△ 乔安被逗笑，昭国将乔安揽近自己，两个人就这么坐在天彦房门外

乔安： ……我们什么时候开始……越走越远的……

昭国： ……以为时间可以冲淡一切，可是一回头，我们都还站在原地……

35

时｜昏　　景｜李家老宅／李家

人物｜李父、李母、大芝／小晓明、小晓文、李父、李母

△ 以下李家与刘家的两场可以交错
△ 李母翻着小时候回到老家时的相片簿
△ 大芝还抱在李父手里、李母牵着晓明与阿嬷的照片
△ 照片：晓明文静地贴在李母身边

李母： ……人格偏差到底是什么意思……我只记得晓明小时候真的很乖，只要我们一回来，就跑前跑后……阿爸阿母地叫！对着邻居的狗只是怕……也没有欺负猫欺负狗……连阿嬷杀鸡都会哭。

李父： ……不知道为什么今天一直想到我喝醉……晓明都会抱我上床，帮我擦脸，帮我拿脸盆在旁边等我吐……在我旁边碎碎念。

李父回忆

△ 李父躺着，主观视角：只看到晓明模糊的脸，帮自己擦脸、在身边忙碌

李晓明： 喝酒不会解决事情……只会让你更混乱啊……阿爸……再喝只会更让人看不起……没出息……

现实

李母： 我也是一直想到……你醉了……我气得半死……晓明在旁边叫我不要再宠坏你，不要开这种面店，要……做就做大的……边念我这老妈，边帮我收拾……

李母回忆

△ 晓明陪着妈妈打烊面店，洗碗、洗地，两人边聊边说着

36 时｜昏　景｜昭国乔安家

人物｜乔安、昭国／乔安、昭国、天彦、天晴

△ 乔安坐客厅，看着昭国把一袋袋的衣物拎出来
△ 乔安忍不住去看那些衣物，拿起一件西装看着，乔安眼眶泛泪

回忆

△ 小六的天彦第一次穿衬衫打领带，全家人忙进忙出的
△ 昭国拿相机、天晴拿着领带给他挑，乔安不停地比画着

天彦： 妈！快点，好热！

乔安： 第一次西装礼仪课耶，又要跟喜欢的女生一起吃⋯⋯还要跳舞⋯⋯一定要帅到爆炸才行！

天晴： 妈！那我西装礼仪课，一定要穿得像萝拉公主。

天彦： 萝拉公主也太搞笑了吧？

天晴： 哪会？

乔安： 萝拉公主是谁？

昭国： 天晴你找照片来，爸一定帮你想办法！

乔安： 等到天晴有男孩子找上门，你就拿棍子去赶人了吧！

昭国： 什么棍子？是球棒⋯⋯谁敢追我上辈子的情人⋯⋯

△ 一家人笑的笑、恶的恶
△ 乔安终于整理好天彦

乔安： 爸爸！你相机到底好了没⋯⋯？

昭国： 我是在等你耶⋯⋯三秒，五连拍！

△ 昭国设好定时，跑向三人
△ 一家四口对着镜头五连拍，各种搞笑姿势

回到现实

△ 乔安看着西装，昭国拎着又一袋出来

昭国：（看乔安脸）后悔了？

△ 乔安点头泪又流

37

时｜昏　　景｜李家老宅／李家

人物｜李父、李母、大芝／小晓明、小晓文、李父、李母

△ 三人吃着饭

大芝： 我想到我跟哥最后一次聊天……

回忆

△ 晓文躺在李晓明床上，看着手机痴痴笑

晓文： 哥！你觉得说："你是你们班的班草……"这句话是喜欢的意思吗？

李晓明： 你很脏……下来啦……

△ 晓文笑笑，赖在床上，看得出李晓明房间整齐得一丝不苟

晓文： 洁癖鬼！到底是什么意思啦？

李晓明： 这句话是调戏的意思，又不是很漂亮，又提醒你我注意到你……高招。

晓文： 哎哟！你这样很无聊耶……难怪交不到女朋友。

李晓明： 这些人配不上我……

晓文： 最好啦，你阿宅根本就不出门……我帮你介绍啦，我们班好几个女生也没交过男朋友……我明天跟学长看电影，你一起来……

李晓明： 你在哪看电影？

晓文： 松美广场啊！

李晓明： 你好好看……我明天要做一件大事。

△ 晓文手机讯息又响，晓文甜滋滋看着手机上卯帅的讯息，跳着走出去
△ 晓明起身整理着被晓文睡乱的床（也不过几个皱褶）

晓文： （探头进来）哥！你刚说什么大事？

李晓明： （笑）明天你就知道了……！

△ 回到李家老宅

大芝： 如果……我追着哥问下去……是不是一切就会不一样了……

△ 一家三口，父母对望，无语

（待续）

第五集

1

时｜日　　景｜Pinky 家门口／Pinky 家／警局

人物｜Pinky 妹、记者、马方林、摄影记者若干

△ 品味新闻 Pinky 妹自杀，字幕：新一代网红直播主，被家人发现陈尸家中
△ Pinky 妹对着镜头跳着可爱的舞蹈，脸打了马赛克

记者：（OS）一向在网络用阳光笑容鼓励忧郁症病友们的 Pinky 妹，昨天深夜被联络不上的家人请锁匠打开住所的门，发现遗体……陈尸在卧房。

△ 警方与葬仪社人员推着遗体从大楼出来

记者：（OS）有一百万追踪粉丝的 Pinky 昨天还直播分享自己第一次玩代言手游的可爱模样……据传在晚上与相交三年的马姓男友吵架，一时想不开……现场留下一封遗书跟父母道歉，希望来世还要做他们的女儿……

△ 脸书上，外出中笑容灿烂的 Pinky 妹（脸打了马赛克）
△ 马方林与 Pinky 妹的亲密合照，两人脸都打了马赛克

记者：（OS）医生呼吁人生难免有低潮，在情绪低落的时候，请寻求协助，以免造成亲友的无限遗憾……

△ 马方林遮着脸到警察局，被记者围访，寸步难行
△ 跑马字：珍惜生命，希望无限；求救请打专线：1995，请救救我
△ 网友 A：马方林劈腿多次，Pinky 爱太深伤太重……（8000 怒）
△ 网友 B：R.I.P.，来生再分享阳光与快乐给我们（18939 赞）
△ 网友 C：马方林脸书：zh-tw.facebook.com/mafunlin0127／（344 怒）

2

时｜日　　景｜某幼儿园外

人物｜王赦、美媚、小斐

△ 王赦搭出租车，下车，看着美媚在前面从自己的车上下来
△ 百般安抚地拉着臭脸的小斐下车，送入新的幼儿园，美媚松口气，转身过来看见王赦

美媚： 你跟踪我？

王赦： 我想看你们好不好……

△ 王赦手机响，王赦看着还是接起

王赦： 喂！是……陈妈……

△ 美媚感觉公事还是比我重要，转身想走
△ 王赦边讲着电话，边拉住美媚

王赦： 好！我现在过去……但我老婆会一起……

3

时｜日　　景｜某大厦外角落

人物｜陈昌母、王赦、美媚

△ 陈昌母穿围裙、戴手袖套（清扫妇打扮），脸有一半红肿，打量着美媚

陈昌母： 王律师你老婆好漂亮喔……怀孕几个月啊？

△ 美媚有点尴尬，极度蓝领阶级的陈昌母不是她常碰到的人

王赦： ……六个月……陈妈妈这么急找我，什么事？

陈昌母： 我们阿昌……是不是一定会被判死刑？

△ 美媚发现陈昌母是杀小孩的"恶魔"的母亲，悄拉开了一些距离

王赦： 这个……目前不确定……还是要等法院宣判。

陈昌母： 你可以帮我跟那个被害人家属讲吗？我每天都有帮他们念经，可以拜托他们原谅我们阿昌……

王赦： 你又再去找他们？

陈昌母： ……没有啦，去也被丢石头……我没那么傻！

王赦： 那你脸是怎么回事？陈爸又打你？

陈昌母： 那个不重要啦……我看新闻说……要那……个……和解……和解，法官就会判比较轻……你跟家属说，等昌仔出来……我一定会带他看医生，好好地工作，赔钱给他们……

王赦： 陈妈……不是每个家属都愿意和解……这个案子真的有困难……家属到现在都还没走出失去女儿的痛……这辈子都不一定能走出来。

陈昌母： ……是不是要钱……那个有钱人撞死两个人赔几百万……十年就放出来了，如果我们赔钱，法官就会让昌仔早点出来对不对？你跟他们说我们会去想办法凑钱……拜托啦……昌仔不在……我日子很难过……

△ 陈昌母说个不停，王赦为难（无能为力）
△ 美媚眉头锁着看陈昌母叨叨絮絮地说着

4

时｜日　　　景｜品味新闻台大会议室

人物｜乔安、News 哥、品味新闻总监、品味副总、自律委员会教授三位、记录工作人员一位

△ 乔安、News 哥无表情听着自律委员会请来的教授发表意见

教授 A： 直播精神不稳定的导演闯进幼儿园只会造成家长幼童的恐慌……还有对精神病患的歧视……早上还看到你们播忧郁症自杀的新闻，自杀的传染效应你们还不知道吗？媒体自律根本就是个笑话？

News 哥： 这则新闻我们已经非常谨慎处理……Pinky 是名人，这新闻不能不跟……

△ 乔安脸沉，News 哥跳出来赔笑，副总、总监赔着笑脸

教授 B： NCC 收到非常多观众的投诉信，希望你们新闻台在 live 的考量上更谨慎。

副总： 但我们也收到非常多观众感谢我们在 live 连线时做很多防范跟概念的倡导，让观众不要恐慌，第一时间就在康复之家澄清不是他们的住民……这我们是独家……多方求证。

教授 A： （教诲貌）这次是运气好，现在观众对于求快这件事已经疲乏……想看更广更深入的报道……不能老是拿监视器、网络爆料当新闻……小时不读书长大当记者，这就是现在民众对媒体记者的评价！

乔安： 这些键盘酸民的意见太廉价了吧？网络时代新闻的核心价值已经不一样，要看广度看深度新闻的观众会去网络搜寻 CNN、BBC、NHK，看十点全球报道、看专题制作，根本不会看六七点的新闻。

△ News 哥看乔安不耐（拐着弯骂教授），赶紧圆场

News 哥： 我们执行副总监的意思是……现在媒体已经进入分众的市场。

教授 A： 就算分众，执行副总监觉得你们六点的新闻，有尽到媒体第四权的责任？找我们来开自律委员会难道只是应酬、看看投诉信？你们敷衍的解决方式……连点建议都不能给？

乔安： （轻火）教授应该知道给我们建议最好的方法就是用遥控器吧？就是听观众的意见，才会播这些东西的不是吗？！

△ 乔安瞪着副总与两位教授，News 哥悄拉着乔安衣角，叫她停

乔安： 不喜欢就关掉不要看……不要增加点阅率、收视率之后还要骂媒体无脑，

这不会改变媒体的实时文化……只会让大家精神错乱。

△ 现场气氛急冻，News 哥跳起来，惊叫

News 哥： 一天十九个小时新闻要做，工作压力真的很大……开会迟到了！抱歉，先告退！辛苦了！

△ News 哥拉着乔安往外走，副总对着 A 教授笑

副总： 李教授第一次来……让你见识到我们新闻部副总监的傲气……熟了就没事……是不是（看教授 B、C），等下吃什么？附近有间不错的餐厅……

记录： 乔安姐的话要记录吗？

△ 总监推了记录一下（等下再说），副总拼命想缓和气氛

5

时｜日　　景｜品味新闻台会议室

人物｜乔安、News 哥、大芝、社会组组长、各编辑

△ 第二次采访会议，大芝把三明治、咖啡放乔安旁桌上，然后回电脑前
△ 乔安看着品味的网站发飙，标题：网红直播主 Pinky 凌晨自杀

乔安： （拿电话）请你们新媒体部的小编注意一下标题好不好？怎么样都不要用"自杀"这两个字，新来的没人教？NCC 管不到，你们不管吗？

△ 某新来的助编发现自己的错误，赶紧擦自己的 CG 图（标题）：网红主播"自杀"效应两字，改成"轻生"
△ 乔安挂了电话火气还在

乔安： 从早上就说找男朋友、好友、父母，找到现在……18：00 还是 Pinky 脸书回顾、马方林关脸书……网友说他劈腿？网友咧？别人怎么播你们就改两句跟着用？现在记者这么好当？换别条新闻不行吗？

社会组组长： 巧巧留话给网友了还没回……小莲一直在找马方林、阿社也在太平间等父母出现……时间真的不够……

乔安： 第一天做 daily 吗？时间不够就赶快离职去给你们时间的媒体……不要占着位嫌资源不够！

△ 社会组组长还想讲话就被 News 哥拉出去，社会组组长脸超臭地碎念

社会组组长： 我的人都快走光了，今天是怎样啊？月经没了吗？

△ 会议室现场也是急冻的氛围
△ 乔安喝着咖啡看着桌上的 rundown

乔安： 李大芝……要讲几遍，daily 新闻不是用来服务精英、白领……是一般观众……电视观众只有七岁智商、初中程度……学不会是不是？……要外电要国际化……要不要调十点全球……这种排法，抢不到这节收视率……你要负责吗？没有收视率谁要给你钱买外电新闻？谁给你做专题？你就天天播监视器跟乡民爆料的各种面相……被瞧不起你也要认命……

△ 大芝看乔安，只能默默听着，旁边的编辑们埋头画稿，怕被"台风"扫到

6

时｜日　　景｜街景

人物｜美媚、王赦

△ 两人坐在美媚车上无语

王赦： 你听着陈妈妈讲话，是什么样的感受？

美媚： ……我只想走开……我不想听。

王赦： 因为离你很远？不是你的同温层。

美媚： ……到现在她都还没认清她儿子对这个社会的伤害……只想到她自己……只是一厢情愿地想要她有病的儿子出来……难怪她儿子精神有问题。

王赦： 如果我告诉你……我妈可能也是这样呢？

△ 美媚意外地看着王赦，真的？

王赦： 你觉得会把三岁的儿子丢在育幼院的妈妈会是什么样子？

美媚： ……但是你没变坏，你初中就开始打工……半工半读考上律师执照……

王赦： 如果我说，我曾经……差一点杀了五个人……被砍掉脚筋……

美媚： ……你才不可能做这些事。

王赦： ……那天我吃坏肚子，我赶到的时候，车已经开了，我晚到两分钟，来不及参加那次南台帮派大火拼……我从小最好的两个育幼院哥哥……一个死刑，一个无期徒刑……两分钟……就是我们人生的差别。

△ 美媚看着王赦，难以置信

王赦： 你运气好生在你家，所以你不用为生活烦恼，你爸爸不会没工作就打你妈妈出气……你功课烂是因为你根本没办法好好读书好好睡觉，你每个工作都做不到两个月，你连自己生病都不知道……因为你相信在脑子里骂你没出息的人……说的是对的……陈昌相信只有杀了那两个小孩他才能解脱……你问我为什么他会这样想……我告诉你我不知道……

△ 王赦激动地说着，眼红

王赦： 我只能猜，他是想杀了那个小时候的自己……他是犯了难以原谅的罪，我会说他是罪人……但他不是坏人。

美媚： ……现在你觉得我无理取闹？保护孩子不受伤害变成是我不够宽容，不能理解这些伤害小孩的人？

△ 王赦看着美媚，最后选择下车

王赦： 所以你觉得把所有犯罪的人都关起来或杀了，这些人、这些事就会消失……这社会就会变得更好？

△ 美媚不知道该怎么回答，只能看着王赦无语转身离去的背影

7

时｜日　　景｜医院急性病房

人物｜思聪、乔平、护理人员、病人若干、女病友美青

△ 思聪百般无聊（微晃）坐在交谊厅，病友美青走来跟思聪不停说着话
△ 病人蛮多的，在里面走来走去地晃着，看电视／看书／下棋

病友A： 小应……听说你是导演喔？……你喜欢什么样的女生……我老大很漂亮……研究所毕业，会弹钢琴……你一定要投马应久，他是我先生……我们生三个小孩……秘密喔……

△ 乔平拎着一袋衣服过来，给病友A

病友A： （看乔平开心）宋小姐……

乔平： 美青姐……我帮你带点卫生纸、日用品……还有一些衣服，你最喜欢的红色耶，你要不要去试试……

病友A： 谢谢你……宋小姐人最好了……

△ 病友A开心地拿着衣服离开

乔平： 思聪……今天好吗？

思聪： 无聊……

乔平： 今天我跟爸爸还有姐姐约会谈，你有什么想法吗？

思聪： 能出去就好……

乔平： 那我们找时间来讨论出院的规划……

　　　△ 护理人员拿着药来让大家吃（或是喊吃药），思聪认份（©闽南语，认命、接受现状）地走过去吃药
　　　△ 门口有人按铃，送叽叽喳喳说个没完的病患进来，护理人员忙碌，乔平过去帮忙开门

8

时｜日　　景｜一骏诊疗间

人物｜一骏、看诊女病人

　　　△ 一骏看着前面女病患，和缓说着

一骏： 我理解你的状况……但今天病房真的没有床……还有二十个人在排……我先换药好不好……心情起伏大，暂时不要看新闻……多运动……晒太阳，去会所社区复健中心走走。

　　　△ 病患看着一骏，脸色难看

一骏： （打着键盘 key 药）……先试三天……有问题你随时回来……急诊……

　　　△ 一骏电脑"嘣"的巨响，一骏抬头，病患用头撞一骏电脑，撞完去撞墙
　　　△ 一骏起身前按了桌下的警铃，上前拦住病患

一骏： 停……先坐……我们好好说……

女病人： （头又红又肿）……有床了吗……

　　　△ 一骏还来不及回应，病人拿头去撞一骏

9 时｜日　　景｜一骏诊疗间外

人物｜一骏、多位护理人员、应父、应小妈、女病人、排队病患若干

△ 女病患被紧急固定在活动病床，护理人员把病床往内部移动
△ 一骏站在角落，松了一口气

应小妈：（OS）……林医师……

△ 应小妈急呼呼地找一骏

一骏：……你是？

应小妈：我是应思聪的家属……应思聪最久可以住多久？可以不要出院吗？

一骏：应思聪？（想是哪一个，病患也是多啊）

△ 应父、思悦从后面跑来

10 时｜日　　景｜一骏诊疗间内

人物｜一骏、思聪、思悦、护理师、某病患、打扫人员

△ 打扫人员还整理着门诊的混乱，拿着拖把、垃圾出去
△ 一骏带着思悦、应父、应小妈进来，请两位坐

一骏：急性病房最多是能住三个月……要看病人的治疗跟复原状况，若是三个月还不理想，就先转慢性病房。

应小妈：我朋友说有可以住……那种很久的……一辈子像龙发堂那样……

（◎龙发堂，一家位于高雄的精神病患长期照护机构）

△ 应父想拉应小妈，但应小妈劈里啪啦地问

应小妈：不要拉啦，只有医生可以让病人出院啊……问医生才有用。

　　　　　△ 某女病患闯进来

女病患： 医生！我要护理师跟我下跪道歉……每次来都骚扰我……

　　　　　△ 思悦跟应父、应小妈等莫名
　　　　　△ 女护理师跟在后面，把健保卡放在桌上

女病患： 很贱耶！拿健保卡手肘都要碰到我胸部……医生到底还要等多久……

一骏： 马上好……（看应家人）我还有门诊……

思悦： ……不好意思，我们有跟宋小姐约，我们请教宋小姐好了。

　　　　　△ 应小妈还想讲话，被思悦跟应父拉着出去，差点碰到女病患

思悦： ……爸……我们先出去！（跟医生）不好意思……

　　　　　△ 思悦等绕很远，应小妈闪避，超怕碰到瞪护理师的女病患。

女病患： 你跟我道歉，我才要看诊。

女护理师： （习惯）抱歉……真的对不起，我下次会小心……

一骏： （耐心）……来陈小姐……你可以告诉我是什么状况吗？来先坐……

11

时｜日　　景｜急性病房会议室

人物｜思悦、应父、应小妈、乔平

　　　　　△ 乔平跟三人会谈着

乔平： 思聪还年轻，也才第一次发病，过往的经验上只要规律地看医生、服药，有家属的关心、陪伴，多跟他聊天……这几天跟思聪的接触，我觉得他在艺术上很有才华，将来还是会有很多机会。

思悦： 所以宋小姐不建议送慢性病房或是疗养院喔？

乔平： 嗯……离开急性病房，看思聪复原的状况，还有很多选择，主要看你们有什么想法，都可以……讨论！

应小妈： ……我是顾不了思聪，有老的这个，还有一个要考大学，什么都要花钱正要好好栽培的时候，那点退休金根本就不够用！

应父： 我可以去找工作……找个管理员做……

应小妈： 你的身体受得了就不会提早退休……就算你去上班，我不要一个人跟应思聪在家，谁晓得他什么时候发作。

应父： 你不是说女鬼超度完，就好了？你现在又怕他发作？

应小妈： 阿……我朋友就说这种病不会好啊……你看思聪那样子，都痴呆了，怎么顾？难道我还要帮他把屎把尿？（◎阿，口语表达中的句首发语词）

乔平： 阿姨……思聪现在的样子是过渡期……现在也有自理能力，而且医生还会调整用药的状态，思聪会越来越好的……

应父： 反正我是不会让思聪跟思悦住，这是我这个爸爸的事！

△ 思悦有点感动也意外父亲的说法

思悦： ……爸……小凯已经知道思聪的事，他不介意啦，思聪跟你们……万一……一直吵架也不好。

应小妈： 对啊！在家还不是跟你吵架！搞不好越来越严重。

应父： （气）你再说，我就跟你离婚……

△ 应父难得说重话，乔平看着一家的对话，猜测出可能的状态

乔平： ……思聪还要一段时间的评估治疗……所以可以不用马上有答案，大家都回家再想想，我也再找一些资源给你们参考……

△ 一家三人脸色都难看

12　时｜日　　景｜急性病房会议室

人物｜应父、思聪、思悦

△ 应父、思悦、思聪聊着，思聪还是小晃

思聪：　阿姨咧？

应父：　……不要她来……看了就有火气。

思悦：　思聪，你有想要什么……我再带来给你。

思聪：　……想出去……

应父：　……你先好好听医生的话……好好吃药，出来就回家跟我住……你阿姨再啰里啰唆，就把她赶出去。

思聪：　思德留着……

应父：　（笑）脑子没傻嘛……对！思德留着……

△ 三人总算有点轻松的样子

12A　时｜日　　景｜医院

人物｜应父、思悦、应小妈

△ 应父跟思悦走来，看着应小妈哭得满脸通红，不知道哭多久

思悦：　阿姨……

应小妈：　应台生……你可不可以有点良心，我嫁给你有过过一天好日子吗？嫁来一个小二、一个小六，我也是拉拔他们十几年到这么大……你一天到晚不在家，回来就是大爷……我有欠过你们家什么啊？离婚就这样随便说出口……你是不是人啊？

△ 应父一脸为难，思悦也尴尬

应父：　　好！好！我的错……但是思聪的事就是我的事……

应小妈：　我也是为他好啊……我一个人怎么照顾三个……你以为我们照顾得会比医院好吗？……我每天起床想着就是你们应家的事……你这样对我……

应父：　　好……好……你以后不要顾我……我会照顾自己。

△ 思悦看着应小妈，其实也没那么讨厌，也是一种害怕

13　　时｜日　　景｜看守所

人物｜王赦、李晓明

△ 王赦跟晓明对坐

王赦：　　李伯伯跟李妈妈还有晓文答应要接受……心理的评估。

△ 晓明眼神怒打断王赦的话

李晓明：　你为什么要去骚扰我的家人……不是说好不要影响他们……

王赦：　　……李伯伯跟李妈妈卖了你们原来住的房子赔偿被害人家属，搬到你外婆的旧家，从你犯案那天……李伯伯每天起床就喝酒……用酒精麻醉自己……家里窗帘从来没有拉开过。

△ 晓明撇过视线不想听

王赦：　　李妈妈每天戴帽子、口罩出去卖饭团……嘴边、脸颊都是戴口罩太久过敏的红疹，一直掉头发，掉到头顶都圆形秃……

△ 晓明神情略有变化

我们与恶的距离

王赦： 李晓文大学没毕业，两年都躲在家里，前两个月被李妈妈逼着改名出去上班……在品味新闻台做编辑，但是遇到被害人的家属是她的长官……你以为只要你不跟家人接触，就不会影响到他们的人生？

　　　△ 晓明眼眶红

王赦： 你不想面对受害者家属，认为你做了这些事没什么好道歉……达到你想跟世界宣告你的信念的目的，你的家人呢？……他们被社会观感跟自己的良心判无期徒刑，比死刑还苦……你不该给他们一个答案吗？

　　　△ 晓明终于转过头，正视王赦

14

时｜夜　　景｜品味新闻台副控室

人物｜大芝、导播、AD、主播、工作人员／马方林、律师

　　　△ 大芝边算电脑，边对着 iNews 回应打字（要准备抽新闻）
　　　△ 新闻画面是主播与 Pinky 男友的画面

主播： 昨天过世的网络红人 Pinky 的男友马方林，刚在社群网站直播，公布他与 Pinky 的最后对话截图……是 Pinky 喜欢上别的男人。

　　　△ 马方林义愤填膺地对着镜头说着

马方林： 为了保护 Pinky，我本来不想让我跟 Pinky 最后的对话曝光，但是网友在我的网页攻击我，谩骂恐吓我的家人，甚至打电话到我办公室……我觉得这已经超过我可以容忍的程度，也不是 Pinky 想看到的结果……对于新闻媒体及网友的不负责任攻击，我绝对不会妥协！

　　　△ 字幕：最新消息（侧标）Pinky 男友直播，公布最后对话

大芝： 抽 item36、40、41……

　　　△ 大芝手机响着；大芝拿起来看讯息——思悦：下班快回来吃东西……

15

时｜夜　　景｜品味新闻台乔安办公室

人物｜乔安、News 哥

△ 乔安看着新闻结束，终于可以下班，News 哥过来认真看着乔安

乔安： 有话讲！

News 哥： 昨天一路喝到天亮没睡觉啊？今天开地图炮炮火这么猛烈？

乔安： 还要送你两颗？

News 哥： 不用，我地雷自耕农自制自销！

乔安： （冷眼）再见！

News 哥： ……不是跟昭国聊开了吗？有什么问题就拿出来讲，闷着只会自爆……还祸及很多无辜。

乔安： 你当我随机杀人啊？

News 哥： 你不是随机，是蓄意……

△ 乔安看着 News 哥，知道是好意提点

乔安： ……可能戒酒的关系……这几天都睡不着。

News 哥： 戒酒会这样？不要戒……（认真）去休个假吧？你多久没休了？

乔安： ……（眼眶红）……我没办法休……我不能停……

△ News 哥懂乔安的心情，一休就会想起天彦

16	时｜夜　　景｜街道（咨商室外）
	人物｜乔安、昭国

　　△乔安停下车，全身是汗，不舒服，趴在方向盘上，反胃
　　△乔安手机响，乔安颤抖地拿出手机接着

昭国：（电话音）你在哪？

乔安：……门……口！

　　△昭国从人行道走来，探头看乔安的车内，乔安趴在方向盘上

昭国：怎么了？

　　△昭国打不开车门，敲着车窗门

昭国：可以开门吗？

　　△乔安颤抖地摸索着，打开车门开关，昭国开门上车

昭国：胃痛吗？

　　△乔安颤抖得说不出话，昭国吓到

17	时｜夜　　景｜一骏乔平家
	人物｜乔平、天晴

　　△乔平陪天晴睡觉，两人躺床上聊着

天晴：妈咪还好吗？

乔平：……不确定，但你爸比在旁边，若是有状况，会马上跟我们说。

　　△乔平看着天晴不说话，若有所思

乔平：　　……怎么了？担心妈妈……

天晴：　　妈咪是因为我……才会不舒服吗？

乔平：　　……你可以直接打给她问……我想接到你关心的电话，她一定很开心的。

天晴：　　才怪……妈咪比较想接到天彦的电话……

乔平：　　……嗯……或许吧！你呢？你会想接到天彦的电话吗？

△ 天晴想了想点头

乔平：　　如果你现在跟天彦打电话，你会想跟他说什么？

△ 乔平拿手机放在耳边，天晴拿着手机犹豫，乔平凑过去说着

乔平：　　天彦……我是阿姨……天晴现在在我家！今天好热，你那边天气怎么样？

△ 乔平说着眼眶红了

天晴：　　……刘天彦……我……我现在上课的教室就是你以前的教室……你以前坐的位置就在我旁边……

△ 天晴看着乔平，不知该怎么说下去

乔平：　　没关系……我们可以慢慢想……

天晴：　　（大哭）他真的很讨厌，怎么可以看电影就不见了……

△ 乔平抱着天晴也忍不住泪

18

时｜夜　　　景｜街道旁公园

人物｜乔安、昭国

△ 昭国看着在公园坐着猛深呼吸的乔安

昭国：　　我开车载你去看医生！

我们与恶的距离

乔安： 一骏都说……是酒瘾戒断的关系……还看什么？

昭国： 他也说看医生检查一下比较保险，也许用些抗焦虑剂、抗忧郁剂降低不舒服的症状……

乔安： （起身走）我讨厌吃药……我走走就好了。

△ 乔安开始大步走着（爬楼梯），昭国只好跟着
△ 乔安爬上顶端，看着后面气喘吁吁努力快步跟上的昭国

乔安： （喘）……可以让我一个人吗？

△ 昭国喘得说不出话来，摇手（不行）

乔安： 你是要中风了吗？

△ 昭国摇头想说话（太久没运动），结果呛到狂咳，乔安大笑

* * *

△ 两人站在至高处看着夜景，乔安想想从皮夹掏出四千

乔安： ……咨商师这次的钱。

昭国： 又没谈！

乔安： 走到门口才取消……也是要付的！

昭国： 我付……

乔安： 我赚得比较多……

昭国： （推回去）不用啦……我处理！

乔安： （意外）以前我说我赚得比较多……你都摔了就走……

△ 昭国看着乔安，犹豫怎么说，深呼吸一口气

昭国： ……就当……就当作……重新追一个女孩吧……刚追都有点耐性。

乔安：　……怎么有人想追宋乔安？脑子坏了？

昭国：　……精神分裂吧……又爱又恨……可能也是斯德哥尔摩症候群？

乔安：　信息乱用！乱贴标签……

昭国：　是！小时不读书，长大当记者……

　　　　△ 两人噗嗤笑，终于有些轻松的状态

19　　时｜夜　　景｜一骏乔平家

人物｜乔平、一骏

　　　　△ 乔平从客房轻声关上门出来，看一骏打赤膊穿四角裤，激动地玩着电动

乔平：　这位姨丈……家里有发育中的青少女……你衣衫可以整齐点吗？

一骏：　拜托！我ㄍ丨ㄥ（◎注音符号，音 [gin]，闽南语，表示硬撑）了一天，回到我家还不能做自己吗？

　　　　△ 然后（电动）角色就死了，一骏瘫痪在乔平身上

乔平：　一身汗……臭死了（推）！当我上班都在混……我还有报告没打完咧！

　　　　△ 乔平想要拿自己的包包，一骏硬蹭过来耍赖

一骏：　……今天被自杀新闻搞得快崩溃……还差点被病人头撞得脑震荡。

乔平：　想要干吗？

一骏：　发——泄——（狮吼状）

乔平：　我明天要交报告……你睡客厅。

　　　　△ 乔平起身，甩开一骏

一骏： （气）赶快把她送回去……她妈的新闻台害我生不如死。

△ 乔平瞪一骏（小声点），一骏耍赖鬼脸

20

时｜夜　　景｜思悦大芝家

人物｜大芝、思悦

△ 桌上摆了些小菜、啤酒，还有一堆整理好的喜帖
△ 思悦喝很快、很急，频倒酒

大芝： 思悦姐，你喝好多好急，你酒量好不好啊？

思悦： ……心情……好！我今天发现……我爸真的好爱我……我阿姨……其实也不是坏人……我忘记她刚来的时候，我跟思聪每天摆臭脸给她看，她还是都做饭给我们吃，虽然思聪一直嫌难吃……现在想想真的很难为她，难怪她脑子里只有思德……

大芝： ……可以换位思考……很棒啊！

思悦： （摇头）……其实我边看思觉失调的资料，想的是思聪如果得癌症多好……你看我这姐姐怎么想得出这种恶毒的话……如果是癌症，我们就不会这么害怕，对不对……

△ 思悦笑得眼睛红了

大芝： 思悦姐……我想……现在一定觉得很难……好像我前两年觉得自己什么都做不了，根本不可能出来工作，当决定要面对的时候啊……就会发现自己身边好多贵人……难关好像就……不难了……

思悦： （疑惑）你两年前发生什么事啊？

大芝： ……以后有机会跟你说啦……反正……我现在相信只要勇敢面对……事情就会改变，不只改变，是改善……一定会变得更好的！

△ 大芝抓起思悦的酒塞给思悦，碰杯

大芝： 敬你……思悦姐！你也是我的贵人……也恭喜你喜帖都整理好了，明天可以寄出去了。

△ 两女终于稍微放松

21

时｜日　　景｜急性病房会谈室

人物｜一骏、思聪

△ 精神科大楼空景
△ 一骏与表情、语调、肢体都变得平板的思聪聊着

一骏： 出院以后有没有什么计划？

思聪： 把前导片子拍完。

一骏： 现在还有……被监视的感觉吗？

思聪： ……这里戒备森严，他们进不来……（对空气）现在你不要说话……

一骏： 你知道现在在哪里？

思聪： 医院。

一骏： 那你……刚是叫谁不要说话……

思聪： 监制……

一骏： 什么监制？

思聪： 一个电影监制，他一直说我片子拍很烂。

一骏： 你刚说现在在医院，又戒备森严，监制怎么会在这跟你说话？

△ 思聪看着一骏，愣：嗯……好问题

22

时｜日　　景｜急性病房交谊厅或休息室

人物｜思聪、若干病人、(幻听监制)、(女友)

△ 思聪有些迟缓地画着图

一骏：　（OS）药物只能减少部分的妄想跟幻听，有些患者一辈子都会有幻听跟妄想，你试着不要跟他抗衡争辩……找到跟幻听和平相处的方法……

幻听监制：　（OS）听医生有用的话，就没有病人了？你的片子没拍完永远都是个笑话、loser（◎失败者）……

女友：　（OS）思聪，要对自己有信心……

△ 思聪看着图跟画笔，呆滞

23

时｜日　　景｜品味新闻台办公室

人物｜News 哥、乔安、大芝、编辑群

△ News 哥挥洒着手上一叠传票，跟乔安一起走进来

News 哥：　马方林告记者的动作很快，第一次收到这么有效率的传票……这个月破纪录……六张……是支票多好？

乔安：　做梦！

△ 对面的编辑们正在看电脑收稿，排顺序，画稿图

News 哥：　……真的有这么多人有时间来告人打官司……搞个两三年开庭累不累……没结果就算了……还输……打输那边要收费就没这么闲了吧？

乔安：　人家要的是公道。

News 哥： 收一张，就衰一年，还浪费司法资源……浪费我的时间。

乔安： ……公司法务去……又不是要你花钱请律师。

△ 大芝边工作边听着两人对话，手机振动
△ 大芝拿出手机，滑开，王赦的讯息

24

时｜日　　景｜品味楼梯间或阳台角落

人物｜大芝

△ 大芝在角落打手机

大芝： 王律师留话给我……就算机会不大，哥愿意配合王律师他们提的非常上诉……也愿意见我们了……嗯……好！你们先去……我下礼拜休假就去。

△ 大芝难掩激动

大芝： 嗯……那我先上班了……拜！

25

时｜日　　景｜李家老宅

人物｜李母、李父

△ 李父整理着杂草丛生的菜园，清醒也精神，惊喜看着李母推着推车回来

李父： 现在……（看时间）我们现在去……也不能会客啊？

李母： 去买菜。

△ 李爸会意，帮着李母收东西，进屋，屋子已经清爽许多

△ 两人在屋里忙进忙出，李母在厨房看冰箱

李母： 要买酱油、糯米……

李父： 油饭嗯……晓明爱吃……卤鸡翅……

李母： 又不能带鸡翅进去……你实在……

李父： 对！……红烧鱼……有刺也不能……脆萝卜……卤牛肉……

△ 两人忙着计划要做什么给儿子吃

26

时｜夜　　景｜丁家

人物｜丁父、丁母、美媚、小斐

△ 美媚愁眉，呆坐，丁父丁母张罗晚餐，看着在浴室洗澡玩的小斐

丁母： （看丁父）你家公主……连手机都不滑了。

丁父： 不回去没关系，老爸养你一辈子。

△ 丁母拍了丁父一掌（少乱说）

丁母： 你去叫小斐别玩了……起来穿衣服吃饭了。

△ 丁父只得往浴室走去，丁母坐下看着女儿

丁母： 这位孕妇……请保持开心的心情，胎儿才会健康乐观。

美媚： （眼眶有点红）……妈！是我真的太好命吗？

丁母： 你是顶好命的啊……你老爸把你宠上天，女儿要富着养……大学毕业才来我这上班三个月就爱上那穷小子……王赦什么背景都搞不清楚就怀孕，几头马车都拉不住地嫁了……

美媚： ……哎哟——你现在说这干吗啦？

丁母： ……你自己想想王赦的优点是什么？

美媚： ……薪水全部都交给我……工作认真……有点太认真……可是只要有空就陪我跟小斐……长得帅，但眼里只有我……

丁母： ……那你还有什么不满足？

美媚： ……喜欢帮坏人……（改口）罪人……辩护……我知道他喜欢帮助弱势，也很有正义感，但是……正义感不是用在帮助被害人吗？为什么不能打击犯罪……

丁母： 公主殿下！打击犯罪是检察官做的事……王赦做的是刑事辩护律师。

美媚： 不能换工作吗？

丁母： 他就是觉得以前替有钱人打官司写状子很没意思，才换的啊！

△ 美媚看着母亲，矛盾

27

时｜昏　　景｜《先驱报》办公室

人物｜昭国、记者阿B、王赦

△ 王赦走进《先驱报》办公室，昭国带着记者阿B招呼王赦

昭国： 大律师……这是我们这次负责报道的记者……阿B……阿B采访了当初鉴定李晓明的犯罪学家，有些问题想跟你厘清一下。

△ 阿B拿出名片交换
△ 昭国手机传来讯息，昭国滑开来看，一脸讶异
△ 阿B手机也传来讯息，阿B滑开手机，也是一脸意外

王赦： 怎么回事？

28

时｜昏　　景｜品味新闻台会议室

人物｜阿社、大芝、乔安、News 哥、社会组组长、编辑众

△ 编辑群正专心看电脑信息，乔安坐定位，News 哥走进门，对外喊着

News 哥： 生活（组）……

△ 社会组组长挂了电话冲进来

社会组组长： 什么都不用了……现在这条最大。

△ 众人抬头看

社会组组长： "法务部"今天晚上要枪毙李晓明。

△ 大芝愣，乔安也意外

News 哥： 这么快？死刑定谳才多久？你确定？

社会组组长： 内部消息已经确定了，再加上晚上九点"法务部"要开记者会……

△ News 哥拍手叫好

News 哥： 正义终于伸张啦……爽！现在全部的人都给我 call（◎打电话呼叫）回来……打场漂亮的仗啊，这种场合当事人请回避……

△ 大芝不知该怎么回应，却看到 News 哥对着乔安

News 哥： 今天我买单，叫个两千块盐酥鸡、啤酒……在办公室 party（◎开派对）……五千！

△ News 哥从皮夹掏五千，乐得往外走出去，小 A 跟另一位编辑起身

小 A： 我们去调资料带……做 CG。

△ 大芝愣着好像也该起身，站起来却有点腿软

小 A： 怎么了？大芝……

大芝： 肚子有点不舒服……

小 A： 那我们先去。

　　　△ 大芝趴在桌上，无力地点头
　　　△ 偌大会议室只剩乔安跟大芝

29　时｜夜　　景｜王赦办公室

人物｜王赦、陈晓菁、刘博豪

　　　△ 刘博豪翻着过去的审判资料，与电脑前的王赦讨论着
　　　△ 陈晓菁挂了电话，脸色无奈

陈晓菁： 说是依法执行……还要写状吗？应该来不及了……

　　　△ 王赦三人互看，王赦看时间 6：30

王赦： ……还有点机会……我先写，你打电话追"法务部"。

　　　△ 陈晓菁点头拿起电话拨着，王赦看着电脑专心打着

30　时｜夜　　景｜品味新闻台

人物｜社会组组长、News 哥、主播、总监

　　　△ News 哥跟社会组组长确认着

社会组组长： 要拍婚纱的阿社现在直接去"法务部"准备外场连线……巧巧联络上两个家属……等下要跟主播连线，（低声）要不要请总裁还是昭国哥出来连线一下……一定很精彩。

News 哥： （瞪）你找死啊……第二棚的现场找谁访？

社会组组长： ……还在联络……过去执行过几次死刑的"高检署"执行检察官……还有牢里跟李晓明接触过的心理师。

△ 办公室里人来人往，社会组尤其忙乱
△ 陆续有记者走进办公室里支援

31

时｜夜　　景｜品味新闻台会议室

人物｜乔安、大芝

△ 会议室里的乔安看着外面的躁动，感觉不真实
△ 回头发现趴桌上的大芝

乔安： 李大芝……你还好吧？要不要跟谁调班去看医生？

△ 大芝努力起来，满脸被压得红通通，掩饰着眼眶红

大芝： 没事了……我今天跟 A 姐调班要做 21：00……

△ 大芝收拾着东西
△ 乔安不知道要做什么，有点手足无措，往外走吧

32

时｜夜　　景｜品味新闻台楼梯间或阳台

人物｜乔安、大芝

△ 乔安看着手机上天彦的照片

乔安： （VO）……伤害你的人已经要受法律制裁了……你在上面可以放心了……好好去玩……妈咪……会……（◎ VO：voice over 的缩写，内心独白）

△ 乔安仰望天空说不下去，泪不止

　　　　△ 乔安听到有人开门走过来的声音，乔安迅速擦眼泪，不想让人看见

大芝：　（画外音急）妈……有人打电话给你吗？（哽咽）……听说哥今天晚上要枪决……

　　　　△ 乔安反应

33

时｜夜　　景｜品味新闻台副控室／幼时大芝家面店外（回忆）

人物｜乔安、主播、大芝、导播／小晓文、小晓明

　　　　△ 主播与记者连线

记者：　（OS）李晓明已经被移往刑场就位，从通知到移送只有九十分钟，今天看守所准备的最后一餐是鸡腿饭，李晓明什么都没有吃，脸色难看地等着被移送，没有特殊表情，也没有……留下任何遗书。

　　　　△ 画面是看守所刑场外的制高点，字幕：李晓明枪决实况报道
　　　　△ 大芝坐在电脑前盯着电脑，眼眶红，大芝不敢动，怕被人发现
　　　　△ 门外的乔安观察着大芝举动

记者：　（喊）开枪了，开枪了……

　　　　△ 画面里，刑场外只看到亮光，枪声"砰"
　　　　△ 大芝一震，眼泪滚落

回忆：幼时大芝家面店外

　　　　△ 小四的晓明牵着追上的小二晓文

晓文：　你以后不可以吓我了……

晓明：　……（笑）……要迟到了……爱哭鬼……

　　　　△ 副控室里的大芝，眼泪模糊了视线

34

时│夜　　景│乡下街道

人物│李父、李母

△ 李父、李母戴着口罩站在电器行外看着快讯的新闻直播

记者：（OS）两年前犯下人神共愤的有诚戏院枪杀案件的狂魔李晓明在今晚八点三十五分枪决，"法务部"次长将在稍晚召开记者会说明……

△ 李父、李母相倚着，眼泪止不住
△ 李母手机响，把李父、李母拉回现实世界

35

时│夜　　景│"最高法院检察署"

人物│王赦

△ 站在外面的王赦，接着电话

陈晓菁：（电话音）已经枪决了……

△ 王赦看着"最高法院检察署"的天平 logo（◎标志），愤愤不已

36

时│夜　　景│丁家／"法务部"记者会现场

人物│王赦、美媚、丁父、丁母／"法务部"次长

△ 丁父、丁母、美媚看着品味的新闻画面
△ 品味新闻字幕："法务部次长 live 记者会"

法务部次长： ……最后确认均无申请或获得赦免，或者提起其他救济，也无其他暂停执行的事由才批准死刑，对死刑犯的人权保障已臻完备，李晓明戏院杀人案造成社会严重不安，"法务部"自然依法执行以实现社会正义的责任……维持社会与秩序的安定……

△ 门铃响，丁父意外，去开门

丁父： 现在还有谁会来？

△ 王赦拎着酒瓶，满脸通红地站门口，笑得像哭一样
△ 美媚与丁母意外

丁父： 你喝醉了？

丁母： 来……进来坐……吃饭没……我弄点吃的给你……

△ 丁母拉着王赦进来，推丁父＝干吗呆站着
△ 王赦与美媚坐在客厅，两人对看，千头万绪
△ 丁母拉着丁父到厨房

美媚： 你不是说李晓明一定会被处死……（为什么这么难过的样子）

王赦： （苦笑）为什么要这么急着杀他……他前面还有五十二个死刑犯……需要这样公然行刑吗？告诉社会大众我们可以合法杀人……

丁父： （偷听还要插话）……这一看就是……是新闻台自己去拍的啊……

△ 王赦看向丁父

王赦： 爸……我是他的律师，我没收到通知……他的家人一定也没收到……记者、新闻台收到通知要行刑，连家人的最后一面都不让见，这样合理吗？合法吗？合情吗？他该死没错，但不代表司法程序就要一起陪葬……那干吗关他两年还要调查还要出庭，现场抓到他的时候，就一人一刀把他杀了就好了……人民认为他该死，舆论媒体认为他该死……法治是用来讨好人民讨好舆论的吗？这叫什么民主法治？

丁父： 他杀了十个人，至少十个家庭的伤痛……

   △ 丁母拉不动丁父，干脆放弃
   △ 王赦走来走去，最后沮丧地坐在椅子上，眼眶都红了

王赦： ……美国的死刑犯死亡原因写的是谋杀……我们死刑犯写的是他杀……就算证据确实……为什么要这么粗暴地夺走一个人的生命……他才二十五岁……我们到现在都不知道为什么他要这样做……靠杀人才能抚慰民心、保障人民安全……不是很荒谬吗？

丁父： 所以你的正义感、你的人权都用在这样该死的人身上？他要人权，被害人的人权呢？你为了这些人准备放弃我女儿……

   △ 王赦看着丁父、丁母、美媚，眼泪满眶

王赦： 就算是该死的人，他们也该有跟任何人一样的人权……这就是人生而该有的均等权利……这是我的工作……我想做的工作……我喜欢的工作……而且到底什么是好人……什么是坏人？有标准答案吗？

   △ 丁母与美媚听着王赦说，眼眶也红，但丁父还是相当不满
   △ 王赦起身走到门口，看着美媚

王赦： ……我会回家等……如果你还是不想回来……那……我会把离婚协议写好！

37

时｜夜   景｜杂景／品味新闻台办公室

人物｜大芝、乔安、News 哥、众多记者

   △ 乔安如游魂走在品味各角落，看着窗外似乎自己跟大芝在车上对话
   △ 坐在办公室内：看见大芝在对面仿佛受虐儿的面试
   △ 坐在编辑台上：看见远处大芝认真工作的样子
   △ 脑中一团混乱的乔安，却被大芝的声音唤回现实世界

大芝： 乔安姐！

乔安： ……

大芝： （强忍泪水）我……身体不舒服……明天想要去医院检查……

△ 乔安盯着大芝还不知该怎么回应

大芝： 我拜托 A 姐，万一状况不好，要多住几天，我会再跟 A 姐调班。

△ 乔安还是看着大芝，看到大芝发毛

大芝： 可以吗？

乔安： ……嗯……

△ 大芝道谢回到座位上，拿着包包快步地离去
△ 乔安看着大芝背影，犹豫了一下，拿起手机拨号
△ News 哥莫名接着手机，远看着乔安

News 哥： 干吗打手机？你钱多啊！

乔安： 现在派一组机灵点的摄影跟着出去的李大芝！一组从看守所跟李晓明的尸体……

News 哥： 大芝？

乔安： 大独家……你要不要？

△ News 哥反应

（待续）

第六集

1

时｜夜　　景｜街头／殡仪馆／火葬场

人物｜李父、李母、大芝、礼仪师、法师、阿社、摄影师

△ 品味新闻画面——夜：远看李家三人随着礼仪师带着棺材进入殡仪馆
△ 字幕：独家／神隐两年李晓明家人出现领遗体
△ 远远看着李家人跟着法师指点上香、祭拜

记者：（OS）有诚戏院冷血杀手李晓明的父母在神隐两年后，终于在李晓明被枪决后出面接领儿子的遗体……拒绝现身露面的李家父母避开媒体的重重守候，将遗体送往××县立殡仪馆……

△ 清晨的李家外，李父、李母与大芝一身黑衣出门

记者：（OS）原来这两年李家父母搬到北部郊区，昨夜在灵堂守候一夜，早上回家更换衣服就出门……等待李晓明的遗体火化……

△ 礼仪公司的车辆带着大芝、李父、李母、法师在火葬场停车场下车
△ 阿社上前，礼仪师挡住记者
△ 大芝看到摄影师与记者愣，李母上前遮住大芝，快步离开

阿社：请问你们有什么话要对被害者家属说的？

礼仪师：对不起……不方便接受采访！

△ 记者上前，礼仪师挡住记者

李父：我们只有抱歉……真的对不起大家……

阿社：被害人民事求偿一亿的部分……你们决定怎么处理？

△ 礼仪师带着李家人快步离开

记者：（OS）……当年在警方保护下道歉一分钟后消失两年的李晓明父母，选择与李晓明切割，继续用逃避面对社会，让全民买单这笔赔偿金！

△ 画面缩到品味网页：3468 怒

△ 网友回应：个人造业个人担，给李晓明的家人一点包容吧（568 赞）
△ 回应楼上：就是父母管教出问题，你们同理心放错地方（889 赞）
△ 网友回应：早该枪毙，给社会一点平静！（1244 赞）

2

时｜日　　景｜婚纱公司

人物｜思悦、婚顾、（凯子）

△ 思悦穿着简单的白纱，请婚顾拿着一套男礼服，正与凯子视讯

思悦：我决定穿这套，你这套……进场……OK 吧？

凯子：你选的我都 OK……照片挑好了吧？

思悦：……好了……但有两张都很好耶，我好难决定哪张放大……还是都放？这样好花钱……

凯子：……你拿给我妈看……让她选……省得她老说都不被尊重！

思悦：喔……好……你机票订了没？到底什么时候要回来？

凯子：下礼拜五……你也陪我妈挑个礼服吧……哄我妈开心……会吧！

△ 思悦犹豫了一下，但还是笑着点头

3

时｜日　　景｜品味新闻台办公室

人物｜大芝、乔安、News 哥、众多同事、编辑

△ 大芝站在 News 哥前面，现场气氛尴尬，乔安从办公室走出

大芝：为什么偷拍跟踪我，还露出我爸妈住的地方？你们知道被拍到的后果是什么吗？

News 哥： ……有特别交代……不要太过清楚明显的地标……还有哪里要修，你讲。

大芝： 住附近的人一看就知道是哪里……修掉有用吗？新闻已经被备份、被记住了……说什么媒体良心，你们有求证过？谁说我们跟我哥切割？

△ News 哥想安抚，乔安听着大芝的话不爽

乔安： ……现在就求证……让你澄清……摄影机来！

△ 现场众人互看

News 哥： 何必……搞成这样……

乔安： ……我们就是无良媒体……来……从小到大你跟哥哥相处，他是怎么样的人，你觉得你们家庭教育有没有问题……你们有没有想过如果早一步了解他，他可能不会犯下这种滔天大罪，社会上不会有那么多的痛那么多的恨……你说你爸妈没有跟李晓明切割？所以有去看过你哥是不是？相处的状况是怎么样？你哥对家人怎么说呢？

△ 大芝瞪着乔安，眼眶红了

乔安： 廖纽世……摄影机咧？

△ 摄影机已经拿过来，摄影师只好把机器摆在大芝前面
△ News 哥制止摄影师，乔安拉住 News 哥

乔安： 讲啊！需要我再说一次问题吗？！

△ 大芝看着环绕的众人、摄影机，被逼急，愤愤看着乔安

大芝： 你们拿被自己践踏的媒体权任意杀人……观众只有七岁智商，所以可以怪老板、怪收视率、怪观众、怪环境……随意贴人标签、断章取义杀人于无形……你们有没有想过……媒体败坏就是你们这些人造成的？

乔安： 你跟我们谈杀人？

大芝： ……对！我哥是杀了很多人，但我们一家人连活下去的权利都没有吗？

△ 摄影师还想拍乔安，被 News 哥挡住，关机

乔安： 我儿子……有活下去的权利吗？

大芝： 你们杀的人没有比我哥少……

　　　△ 大芝咬牙、眼眶红着放话，转身穿过重重尴尬无语的同事，气氛如冰
　　　△ 乔安忍着激动，全身抖着

4

时｜夜　　景｜思悦大芝家

人物｜思悦、大芝

　　　△ 思悦拎着大包小包疲惫地下班回家，思悦看大芝房间，有灯光

思悦： 大芝……你下班了吗？

　　　△ 思悦敲大芝门，房内没回应，思悦仿佛听到里面有声音
　　　△ 思悦想开房门，打不开，锁上了，思悦有点紧张担心

思悦： 大芝？怎么了？大芝，你在吗？

　　　△ 思悦决定找钥匙，拿着"武器"（扫把、衣架？），打开大芝房
　　　△ 思悦愣看着床上的大芝，大芝哭得无法自拔

思悦： （吓到）发生什么事……

大芝： （哽咽）……我刚骂了我的长官……杀的人没有比我哥少……

思悦： 你哥杀人？长官也杀人？

大芝： ……我哥是李晓明……对不起骗你那么久……

思悦： （愣）李晓明？你哥是戏院狂魔李晓明？

大芝： ……我……我会搬家……对不起……

　　　△ 思悦愣看着哭到抽搐的大芝，还没回神

5 时｜夜　　景｜昭国乔安家

人物｜乔安、昭国、乔平、天晴

△ 乔安、昭国在家不愉快地沟通中

昭国： 你们新闻台真的不能节制吗？前几天猛播 Pinky 自杀……让精神科一床难求，一骏都快崩溃了……现在成天都是李晓明，照李晓明第一时间被逮时说的想要成功出名……你们不是更遂他意……更何况这简直是变相的造神运动……万一又出人命，有模仿犯，谁要负责？

乔安： 对！……我们就是害媒体堕落本质的凶手……也是社会动乱的根源……

昭国： 你在体制内不想办法改变……你就是帮凶、推手……全部的媒体都知道你在办公室为难李晓明妹妹，对你有什么好处，能改变什么？

△ 天晴跟乔平推门进来，看见两人的态势

乔安： 我"为难"她？她当着面质疑廖纽世为什么要拍他们家，为什么不去求证……给她机会说明叫"为难"？……《先驱报》知道，不会想尽办法去采访？只不过拉背变声……五十步笑百步你们就比较高尚？

昭国： 我们会经过同意……不会把麦克风杵到人家面前……逼人家答话……赶急求快粗暴至极……就是你们现在这种媒体素质……

乔平： （尴尬，只好打断）哎——天晴说……今天要回家住耶！

天晴： 我要回去你家住……阿姨我们走吧……

△ 天晴拉着乔平出去，乔安与昭国两人还在气呼呼

6

时｜夜　　景｜丁家

人物｜美媚、丁父、丁母

△ 客厅里电视开着，美媚坐沙发拿着手机瞎滑，人放空的
△ 丁母拉着一皮箱出来，放在美媚面前，又走去厨房

美媚：（愣看）……行李箱要做什么？

△ 美媚跟到厨房，看着厨房里丁母忙东忙西

丁母：你跟小斐的东西我打包好了……做了点辣椒小鱼干、腌萝卜……卤豆干，明天带回去给我那个又帅又有理想的女婿……一个人在外面打拼，回到家空空荡荡的像什么样子……这样男人哪有心思为理想奋斗……

△ 美媚看着丁母感动，结果又看到丁父臭着脸站门口，只好把嘴闭上

丁母：（看美媚反应，了然）不用管你爸……又不是他嫁给王赦。

丁父：说什么啊？……你又劝你女儿搬回去？

丁母：……她心又不在……留这儿干吗？我每天带小斐煮晚餐……好像我很爱当阿嬷带小孩……下班回来累得要死，我只想吃小吃瘫沙发……OK？

丁父：她怀孕……肚子里有个孩子，很辛苦……

丁母：我不辛苦？伺候你个老爷就够了……现在一打四……我还想多活几年。

丁父：她明天还要产检耶？

△ 丁母瞪着丁父＝所以呢？

7　　时｜日　　景｜品味新闻台办公室

人物｜乔安、News 哥、编辑群

△ 乔安走来经过大芝的空座位，心情有点怪，News 哥看到乔安的神情

News 哥： 想大芝喔？

乔安： （你）欠骂？！

News 哥： 几天没看到人，也没来办辞职，手机也没开，没消没息……听在地的说，他们家被拍了以后，外面就丢满垃圾……窗户也被砸……她爸妈又不见了……以前听这种事没什么感觉，现在想起刚来上班的大芝……很怕让大家发现她存在的样子……不知道为什么觉得心好酸……是因为认识的关系吗？果真新闻是该有回避原则……自己人处理真的会手软……

乔安： （烦躁不想听）开会！

△ 乔安铁脸走进去会议室，News 哥一脸感叹

8　　时｜日　　景｜品味新闻台会议室

人物｜乔安、News 哥、七点主播、编辑 A、社会组组长

△ 乔安、News 哥听着社会组组长报稿

社会组组长： 有个初中生早上跟他妈吵架逃课，拿刀在有诚戏院附近随机砍伤了七个路人，结果被路人一起压制的时候还高喊……李晓明万岁……

△ 乔安皱眉，果真被昭国说中（模仿犯）

News 哥： 有什么画面……

社会组组长： 目前有路人拍到被逮捕画面，还有监视器的过程跟警方的回应。

乔安： ……没有别的社会新闻了？

社会组组长： 这今天最大条耶……砍伤七个人……现在巧巧还在追学校、家长跟受伤者的回应……至少可以做四条。

乔安： 做两条……

News 哥： 今天真的好淡……不够……

社会组组长：（犹豫，还是说了）其实……李大芝跟乔安姐的回顾可以做两则独家……剪好，要不要看一下？

△ News 哥跟乔安瞪社会组组长

乔安： 播车展女神露奶……

△ 众人愣看乔安，这怎么回事？一向最讨厌露奶新闻的乔安

乔安： ……不露奶的销售影响……找男性代言人的差异……今天"立法院"没东西可以报道吗？台北县长行程是什么？叫政治组多走两则不行吗？

△ 众人神情＝还是乔安风格
△ News 哥前的电话分机响，News 哥接起

News 哥： 喂……找编辑部主管？……（看乔安）……有说是谁吗？……李晓明的爸妈？

△ 现场众人意外，乔安铁着脸，难看至极

乔安： 不见！去找别人。

9

时｜日　　景｜品味新闻台办公室／会议室

人物｜乔安、News 哥、六点主播、编辑小 A 等、社会组组长、李父、李母、环境人物

△ News 哥带着看起来疲惫不堪的李父李母走过整个新闻台，众人停滞
△ 社会组组长带着一组摄影，在旁预备，拼命跟 News 哥示意＝开机？
△ News 哥摇头，带着李家父母走到会议室门口
△ 乔安瞪 News 哥，你要干吗？

News 哥：李爸李妈想要看到大芝的长官……因为找不到大芝……

乔安：（气得起身）我杀了她吗？

△ 乔安要往外走去，李父李母看着乔安眼眶就红了，挡住去路

乔安：你们够了喔！

△ 乔安无法看这两人，气得走到窗边

乔安：……找小孩找到这有没有搞错？

△ News 哥请编辑室里的人往外走，众人只得纷纷闪出去
△ News 哥关门，示意李父李母讲话
△ 李父李母两人为难站着，乔安不想看，只能望着窗外

李母：要不是我们怎么都联络不到……晓……大芝，我们也不会来……对不起……

△ 李母急切也有歉意，又尴尬又慌哭到说不下去，乔安僵着不动

李父：一切都是我们的错，我们晓文不懂事……你要打要骂都可以……

乔安：我不想看到你们，你们出去……

△ 李母哭到跪下，李父也跪

李母：拜托……真的对不起……

李父： ……那天办完事情……晓文才说您是受害者的家属，她真的不知道，不然不会来这里上班……然后晓文就不见了……我们真的是失职的父母，连她住在哪里都不知道……真的不敢奢求你原谅……

乔安： （大怒回头）……李晓文死了最好……一命换一命她也不配，我一点都不想看到你们家的人……给我滚……

△ News哥想上前安抚乔安，乔安拿着东西甩News哥

乔安： 你也一样……

△ 乔安怒打开门走出会议室
△ 办公室外众人看着走出的乔安，摄影机还拍着，乔安急步走出办公室

10

时｜日　　景｜品味新闻台外

人物｜News哥、李父、李母

△ News哥带着李父李母出来，一脸歉意

News哥： 对不起……没想到反应还是这么大……以为可以让你们有个表示歉意的机会，也可以试看看……乔安……能不能……走出伤痛……

△ 李父李母憔悴，虽然也难堪，但对News哥一脸歉意

李父： 我们被骂是应该的……害你被骂，才是我们不对……抱歉，真抱歉……

News哥： 我照三餐被她电的……皮厚得很！

李母： ……廖先生谢谢你……要不是你，我们也问不到晓文的住址……

News哥： 小事……晓文……大芝是个认真工作的好孩子，希望她当初上班登记的地址是真的……帮不帮得上忙还不知道……

11

时｜夜　　　景｜王赦美媚家

人物｜王赦、美媚、小斐

△ 王赦进门回家，小斐冲上去欢迎

小斐：爸比回家了……我们等你好久了……妈咪煮了你最爱吃的笋丝辣椒肉，阿嬷还做好多东西给你吃喔！

△ 王赦意外，看着走进厨房张罗的美媚
△ 美媚端着菜出来，看愣在门口抱小斐的王赦有些激动眼红

美媚：……洗手吃饭啊！

△ 王赦抱着小斐走到美媚面前

王赦：这么晚你们还没吃？

小斐：我跟妈咪有先吃一点面……妈咪说弟弟很饿。

王赦：（笑，眼泪落）是弟弟？弟弟终于愿意翻身给医生看……

△ 美媚眼眶也有点红

美媚：……下次你再说什么离婚协议书准备好，你就完蛋了……

△ 一家人又哭又笑的

12

时｜夜　　　景｜品味新闻台乔安办公室

人物｜乔安、News 哥

△ News 哥探头进乔安办公室虚掩的门
△ 乔安坐在桌前，不想回家，不知道要做什么又不能喝酒的烦心状态

△ News 哥拎着两罐啤酒进来，还有一桶炸鸡或盐酥鸡之类

News 哥： 还没下班，正好来吃个点心啊！

乔安： 出去……

News 哥： ……不吃就说个正事……刚剪出来你跟李大芝父母对话的带子，我亲自操刀亲自配音，震撼煽情赚人热泪，当事人要看吗？……不用了，反正我们没有求证……明天当头条！……我现在……是跟当事人说明……没有要征求同意的意思……

△ 乔安看着 News 哥一贯嬉皮笑脸的样子

乔安： 你没那个胆。

News 哥： ……你也不是那种会当面给人家难看的人。

乔安： 我就是。

News 哥： 这两年你才变成这样……

△ 乔安瞬间无语，News 哥看着乔安想了一会，News 哥诚恳认真地说着

News 哥： ……我是真的很难体会小孩……被杀的感受……更没资格说什么原不原谅……我只是很希望我那个有幽默感、嘴巴坏但心很温柔的老战友回来……

乔安： （眼眶红）她死了……

News 哥： ……没有……（眼眶也红）我相信……她还在……妈的……说这么滥情的话……我都要吐了……靠……我下班了……

△ News 哥把啤酒跟鸡丢在乔安桌上，想想把啤酒拿走（乔安在戒酒）

13

时｜夜　　景｜婚纱公司

人物｜思悦、金妈、应小妈

△ 思悦陪着应小妈与凯子妈挑衣服，应小妈兴高采烈拿着一件大花的

应小妈： 这套，好符合亲家母的气势……水又大扮！（◎闽南语，大意为"漂亮又大气"）

金妈： 俗气……

思悦： 阿姨，你让金妈妈自己挑啦……你选你的。

△ 思悦拉着应小妈到一边

应小妈： （白眼）……是！不好意思……我没读什么书，就是俗气……

△ 思悦叫应小妈少说话

应小妈： ……要不是你爸去看思聪，叫我来给你撑撑场面……

△ 思悦拜托应小妈不要说了，思悦听见金妈喊思悦，转过头灿笑

金妈： ……这衣服……我们去别家吧，谁让你们选这间拍的……照片没feeling（◎感觉）……衣服也见不得大场面。

思悦： 好啊……那我们再去挑……

△ 应小妈翻着个大白眼，feeling 咧

14

时｜夜　　景｜思悦大芝家

人物｜李父、李母、王赦、思悦

△ 几天几夜没合眼的李家父母，李父按门铃，李母强打精神蹲坐在门外
△ 李母拿着手机拨着大芝手机

李母： ……还是没开……到底是……安怎啦……（烦）

　　　△ 王赦开着美媚的车，到门口，李母赶紧爬起来到车旁

李母： 王律师，拍谢（◎闽南语，不好意思）这么晚把你找出来……再找不到晓文，我就要报警了……

王赦： 好好！李妈先冷静……晓文……什么时候不见的？

　　　△ 思悦拎着两袋点心，从旁边经过，看见王赦

思悦： 王律师……你怎么在这？

　　　△ 李父、李母跟王赦与思悦打招呼

王赦： 应小姐？你住在这？

思悦： 我住……这楼上……（指几楼）

　　　△ 李父、李母反应

李父： 李晓文住这吗？

思悦： 李晓文？（想想摇头，已知道大芝本名）

李母： 李大芝……品味电视台给我们地址……

思悦： 大芝……你们是？

　　　△ 李父、李母突然犹豫该不该说，王赦看着状况一下也不知是否该说实话

李母： 亲戚……我们是大芝的亲戚……舅妈……舅公。

我们与恶的距离

15

时｜夜　　景｜思悦大芝家

人物｜思悦、李父、李母、大芝、王赦

△ 思悦开着门进来，开灯，李父、李母、王赦跟着进来

思悦：　大芝还有亲戚真是太好了……不好意思……最近真的忙，屋子有点乱！

△ 大芝一脸蓬头垢面鱼干样，开门走出来，愣

大芝：　爸！妈……你们怎么来了……

△ 李母激动地跑上去打大芝

李母：　电话都不接……按门铃也不开门，你要急死我们两个吗？你……齁……

△ 大芝也哭，搂着妈妈直道歉

大芝：　不知道怎么跟你们解释，又害阿嬷家被发现……没脸回去见你们……对不起啦……

△ 李父终于松口气，看思悦、王赦

李父：　拍谢！拍谢！刚不好意思说实话……

16

时｜夜　　景｜品味新闻台停车场／一骏乔平家

人物｜乔安／乔平

△ 乔安开车戴蓝牙，跟乔平说着电话（两边可对跳）

乔安：　……要带天晴回来干吗不先讲？

乔平：　……她想回家给你们惊喜啊……谁晓得又在吵架？

乔安： 我现在去接。

乔平： ……你今天不是跟姐夫安排了要去看咨商？

乔安： 不去……

乔平： 不去我是不会带她回家的。

乔安： 宋……乔……平……

乔平： 怎么样？是要刘天晴自己跟你说吗？她应该跟我意见一样。

乔安： 再见！

17

时｜夜　　景｜思悦大芝家客厅

人物｜思悦、王赦、大芝、李父、李母

△ 李母握着思悦的手频鞠躬感谢

李母： 谢谢你照顾我们家晓文……没有嫌弃我们是晓明的家人，真的谢谢你。

思悦： 李妈妈不要这样，太客气了，这是两回事啊，而且我弟弟生病还打大芝……大芝都还继续帮着我……我才要谢谢大芝呢！

李父： 你弟打晓文？……拍谢，可以问……你弟生什么病？

思悦： ……思觉失调症……

△ 李父李母愣，什么症？

大芝： 啊哟！没事了啦，思聪已经在治疗了。

王赦： ……应小姐，我跟你说件事……（也是隐私，想还是避着李家人）

△ 王赦带思悦到角落说着，后头的李家父母拉着大芝悄声问东问西

王赦： 检察官因为思聪罹患思觉失调加上这个案子相关证据不足的考量，不会起诉思聪……幼儿园也不会告思聪……毕竟他们也有些责任要负。

△ 思悦感动

思悦： 谢谢王律师……真的……我……可以送你一年份的饮料！你喜欢喝什么？

王赦： ……我会开收据给你……律师费！

△ 思悦泰然笑着点头

18

时｜夜　　景｜咨商室

人物｜乔安、昭国、咨商师

△ 乔安、昭国坐在沙发的两端，看着咨商师

昭国： ……我觉得我们常在抱怨……工作理念……的不同。

乔安： 是你来指点我……认为我不求长进，造成社会混乱。

昭国： 她可以有更好的工作……几个新闻台挖她去做专题节目她都拒绝，明明可以有更多的时间陪孩子她不要，反而执着做 daily 的新闻，不但工作压力大、生活没有质量，更……难以进步……只是在消耗生命……

乔安： 我不留在品味，你能追求你的媒体改革？我养家养房贷养小孩就是消耗生命？你根本就是大男人心理作祟！

昭国： 是你不希望两个人都在同一个新闻台上班，才鼓励我离职的！现在变成我大男人心理作祟？

乔安： 你在办公室每天跟长官吵架要怎么工作？给大家看笑话？

咨商师： 等一下……我们先厘清一下……

乔安： 没什么好厘清了……他爱咨商就让他咨商吧……我走了。

△ 乔安起身就走，昭国坐在原位烦躁

昭国： ……以前因为工作沟通不良，后来因为天彦的离开又更难……一讲话就不欢而散……我后来就……外遇，因为圈子很小，很快就传到乔安耳朵，虽然很快分手了……要好好说上一句话真的更难……

咨商师： 我理解，沟通真的需要花非常多的气力……你还想要继续吗？

昭国： 一个人也可以婚姻咨商？

咨商师： 有一个人改变，过往的互动模式就会变动……很难说会变好或是更糟，但通常会建立新的互动方式。

△ 昭国反应

19

时｜夜　　景｜思悦大芝家

人物｜王赦、大芝、李父、李母、（李晓明）

△ 王赦想离开，李家父母、大芝一起陪着

李父： ……真的很多谢王律师，一直让你费心。

王赦： 来不及找到原因……你们也没见到晓明最后一面……还是很遗憾！

李母： （想到）王律师等一下！

△ 李母跑去拿了袋资料给王赦

李母： 这是晓明留的东西，里面有晓明写给我们的信……你看……可不可以让专家找到原因！

王赦： 我看新闻说晓明没留遗书……

李父： 新闻看看就好啦……麦认真。（◎麦，闽南语，不要）

△ 李母把晓明写的信交给王赦

李晓明： （OS）爸！妈！晓文……坚持要做一件大事是我对自己的期许，现在对你们说抱歉应该没有任何意义……对你们的伤害已经造成……也许你们后悔生下我……不过后悔也是一件很没意义的事。

△ 众人仿佛看着晓明，站在一旁对大家说着（或在死囚房里写着）

李晓明： ……我做了我觉得非做不可的事……如果人生可以重来一次，我应该也是一样的选择……请你们忘了有这个儿子……我就不说再见了！

△ 王赦看完信，情绪也很难厘清

王赦： 本来就安排了家族的咨商……就算晓明走了，你们也可以试着去追溯过去，也许可以帮你们度过这个创伤……毕竟你们也算是受害者！

李父： 免啦……听说你也是拿很少的钱在帮晓明，你不要再花钱了，就算是可以去申请，这些钱省下来帮受伤害的家属比较实际……

王赦： 那你们还要回去阿嬷旧家吗？

李母： ……也没地方可以去。

大芝： ……可是那么多人都知道你们住那，还回去？

李父： ……难道要躲一辈子？

△ 李母也点着头，王赦看着李家一家人

王赦： ……我不知道可以帮什么忙……总之有问题就打给我。

李父： 王律师……你已经帮我们很多很多很多了……如果没有你，我们可能到现在都还走不出来，谢谢你没有放弃我们，也没放弃晓明……

△ 李家人真诚地感谢王赦

20

时｜夜　　景｜思悦大芝家／思悦房

人物｜大芝、思悦

△ 大芝进思悦房，思悦正在整理婚前待办事项清单

大芝：　思悦姐……我爸妈太累了，我就让他们在我房间睡！

思悦：　可以睡思聪房间……

大芝：　没关系啦……他们一躺下去，就睡着了。

思悦：　看到你……终于可以放松了吧！

大芝：　嗯……我真的好不孝……

思悦：　……年轻人啊……要到我这个年纪，准备要结婚……有另一个家，才会想到该对家人好一点……然后生小孩了才会想到，哇——做爸妈好难！

大芝：　……对不起啦，你正忙的时候，我没帮你分担事情，还要你照顾。

△ 大芝抱思悦，越抱越感触，眼眶红

大芝：　真的谢谢……

思悦：　……我是体力劳动，你们心力交瘁，唉！……你自己说要待三天的……待完……人生就要往前了喔！

△ 大芝抱思悦用力地点头

21

时｜日　　景｜急性病房会议室

人物｜思悦、应父、应小妈、乔平

△ 医院空景

△ 思悦、应父、应小妈正在等乔平过来

思悦： 思聪房间都整理好了喔？我还想找天回去整理咧！

应父： 你的事就够多了……

应小妈： 你爸，一天到晚在思聪房间东摸西摸……你劝一下你爸，他真的跑去找工作……昨天晚上回去我才知道……他骗我去做管理员……你看……整个脚都水肿，叫他先去门诊给医生看……讲不听。

△ 应小妈想要掀应父裤管给思悦看，应父推开不让看

应父： 是你汤放太多盐……

△ 应小妈正要反击

乔平： 抱歉……刚临时有家属过来耽误……

△ 乔平拿了些卫教信息进来，放桌上

乔平： ……这是一些精神障碍会所的资料，思聪出院后，除了吃药治疗外，可以去会所做社区复健。最重要的是……陪伴有精神疾患的家人治疗、复健，是漫长又辛苦的……你们一定要参加家属支持团体，这是……

应父： 所以思聪什么时候……出……

△ 应父说一半，突然脸色大变，手抚胸，冒冷汗

应小妈： ……你怎么了？

△ 应父心绞痛从椅子上摔下
△ 思悦与应小妈慌了手脚赶上来扶，乔平赶紧打电话

22 　时｜日　　景｜车站（火车站或客运站）

人物｜大芝、李父、李母

△ 大芝陪李父、李母到车站

李父： 确定不跟我们一起回去？

大芝： 我再想一下……要做什么……你们不要操烦我……自己照顾自己。

李母： ……我跟你说对不起……我以前说都不要联络，当作没家人是错的，不回你 line 不应该……以后你不可以不接电话……听到没？我们两个老的被你哥已经吓得半死，你再出事真的就活不下去了！

大芝： 好啦……对不起……

李父： 唉……阿那个……应小姐的弟弟……精神分裂……真的没关系喔？你要不要另外找地方住啊？

大芝： 思悦姐要结婚，都没怕我是李晓明的妹妹带赛（◎闽南语，带来坏运气）……我干吗怕思觉失调症！……我一个人躲着哭不想出门，她帮我准备早餐、午餐、晚餐……怕我去自杀……而且应思聪有在治疗，快出院了啦！

李父： 好啦……就是不放心咩……你要卡（◎同"较"，闽南语，更）注意啦！

大芝： （点头抱父）你也是要卡注意！没有再喝酒了喔？

△ 李父傻笑

李母： 每天一小杯……不喝他就全身不舒服，现在有在克制啦！

△ 一家人互相看着，感慨，还是互相拥抱加油吧

＊＊＊

△ 大芝离开车站，手机响，大芝接起

大芝：思悦姐！……怎么这样……好……

23

时｜日　　景｜昭国乔安家

人物｜乔安、昭国

△ 乔安收拾着早上准备的专题资料，走出房间，愣看昭国跑到桌上拿买回来的早餐，递给乔安

昭国：……你的早餐。

△ 乔安犹豫要不要接，昭国把早餐塞到乔安包里

昭国：……谢谢你在我工作不稳定的时候，扛起养家的责任，过去对你工作领域的批评与攻击真的很抱歉……我以后不会这样做！

乔安：……（有些软化）……然后呢？

昭国：没有了，就是对不起……跟谢谢……讲完了……

乔安：（莫名火）刘昭国，砍了两刀然后谢谢、道歉，表示你清高、很有反省能力？

△ 昭国转过头来有点火气地看乔安，这样也不行，想想深呼吸

昭国：每个人都有他面对工作的生存方式，我不应该评断，更何况是我孩子的母亲……是我……曾经承诺要相守照顾一辈子的人。

乔安：（有点感动却不想示弱，必须要逞强）你现在说这些到底想怎么样？

昭国：……咨商师说了一句话我蛮认同的……改变自己比改变别人容易……

△ 乔安看着昭国，这回真的不知该怎么回应

昭国： 咨商师给了我一个回家功课……我想邀请你一起……晚上有空吗？

乔安： ……开会！

昭国： 什么时候有空？我都等你……

　　　△ 乔安反应

24

时｜日　　景｜急性病房

人物｜乔平、思聪、病患众、护理师

　　　△ 病患们做着早操之类，有些呆滞，有些不理，思聪意兴阑珊地做着
　　　△ 思聪看到乔平进来，思聪略开心地走向乔平

思聪： 我爸我姐来了？

乔平： （犹豫）……应伯伯……有点不舒服，刚到急诊检查！

思聪： ……哪里不舒服……我要去看……（急着出去）

乔平： （拉回思聪，安抚）思聪……看我……看我……

　　　△ 思聪逼自己看着乔平

乔平： 先让医生检查……让阿姨跟姐姐陪爸爸，你去……他们要分心照顾你！

思聪： 我不用照顾……

乔平： ……思聪……我跟医生讨论……能不能让你出去看爸爸……好不好？

思聪： ……（眼眶红）

乔平： ……思聪……你要听医生跟护理师的话先把自己顾好，才能去看爸爸……也才能让爸爸安心检查跟治疗……对不对？！

　　　△ 思聪不情愿，但有听进乔平的话

25

时｜日　　景｜医院走廊一角某病房外

人物｜乔平、一骏

△ 乔平看着手机讯息难受，从电梯出来，找到正在等候的一骏

乔平： 你知道……耀晖伤了七个人？

一骏： ……那个"李晓明万岁"的初中生是耀晖？

乔平： 就叫你不要让他出院……

一骏： 他稳定了就该出院。

乔平： 就跟你说他妈根本还没准备好……家里的资源也不够……

一骏： ……你急着找我就是要跟我讲这事？

△ 乔平闷，算了，是另一件事

26

时｜日　　景｜"小确悦"手摇店

人物｜大芝、店员A（小清）

△ 大芝正在与店员A整理着送进来的货，大芝手机响，大芝跑去接

大芝： 思悦姐……应伯伯还好吗……喔……好！你专心在医院啦……小清有教我，只是一直被嫌笨而已……店里的事不用担心。

27

时｜日　　景｜急性病房

人物｜乔平、思聪、护理师、（幻听监制）

△ 乔平跟护理师说着，思聪正在旁边晃着想追问乔平

护理师： 美青姐的弟弟刚来跟她说，爸妈走了房子都卖了，家里没有房间给她住，美青姐哭得……都不出来吃饭。

乔平： （叹气）……我再想办法……林医师刚已经同意思聪外出，等下家属会带思聪出去……看他爸！

△ 思聪听着乔平与护理师的对话

幻听监制： （OS）……写个拖油瓶没有人要你的故事好了，哈哈……

思聪： ……（碎念）假的！你是假的……

乔平： （过来）思聪说什么？

思聪： ……可以去看我爸了吗？

乔平： 可以……我跟姐姐讲了……等下她会来接你。

28

时｜日　　景｜急性病房门口

人物｜思悦、思聪

△ 思悦带思聪出来

思悦： 医生说只能出来四小时……你要听话喔！

思聪： （点头）爸……怎么样……

思悦： 目前检查出来是心脏瓣膜钙化……正好有空床，就先住院……医生会尽快安排手术时间。

29

时｜日　　景｜病房

人物｜思悦、思聪、应父、应小妈、思德

△ 思悦带思聪进来，应父躺床打点滴，看到思聪进来，悲从中来哭了

思悦： 爸！你干吗啦……

应父： ……你爸……没有用……

△ 思悦拿着面纸帮应父擦拭

思悦： 医生就说瓣膜用久了总是要换的……开完刀就好了。

△ 思聪牵着父亲的手，也止不住泪

思聪： 我们……一起好……

△ 思悦用力点头，三人眼眶都红
△ 应小妈带着思德买着便当一起进来

应小妈： 吃饭了……哭成这样干吗……医生说什么了吗？

思悦： 没有啦……就……感动啊，思聪跟爸说要一起好！

△ 思德捶思聪，还上前揽一下

思德： 哥！拍八点档喔？

△ 思聪慢捶回去，一家人笑

* * *

△ 一家人五口，围着病床吃着饭，这次有五个便当

30 　时｜夕阳　　景｜医院外

人物｜思悦、思聪

△ 思聪走到医院外，走在外面，看着夕阳、微风、人群
△ 思悦跟着走出来，看思聪神情

思悦： 怎么了？

思聪： ……在外面的感觉……比较像一个人……

思悦： ……爸已经整理好房间要你回去住，现在这样，阿姨还要到早餐店工作，要照顾爸跟思德……真的太累，你来跟我住！

思聪： 凯子怎么办？

思悦： 凯子说我弟就是他弟……不管我住在哪里，我都会留房间给你！……你跟爸都要好好地来参加我婚礼……听到没？

△ 思聪难掩激动点着头，姐弟相倚，两个人看着夕阳

31 　时｜夜　　景｜思悦大芝家楼下

人物｜大芝、News 哥

△ 大芝走回来，愣见 News 哥在楼下

News 哥： ……还想做新闻吗？

大芝： ……不知道……

News 哥： ……如果想回来，我可以帮你安排在不同时段……不用跟乔安碰面。

大芝： ……那还是会让乔安姐不舒服吧？

News 哥： ……帮你找找其他单位……媒体有很多种。

大芝： 谢谢 News 哥，可我……暂时应该不会上班，我先帮我房东……她最近有点忙。

News 哥： 你自己家的事不够烦？还有力气帮别人？

大芝： 可以帮别人，自己……好像有点价值……

△ News 哥看大芝，摇头＝傻妹一个

大芝： （感动又歉意）……News 哥……我那天对你那么凶……你还对我这么好……

News 哥： 大家都好人……不知道为什么会变成这样……老天到底要我们学什么？

△ News 哥感叹说着

32

时｜夜　　景｜思悦大芝家

人物｜大芝、凯子

△ 大芝开门，正准备开灯，有个黑影冲上来，抱住大芝不放

凯子： Surprise（◎惊喜）！宝贝——

△ 大芝尖叫不已，凯子也大叫（高度有差，体形有差）
△ 灯亮，两个人还在叫：你谁啊？

33

时｜夜　　景｜医院外

人物｜思悦、凯子、思德

△ 思悦跑出来，看到凯子，高兴得跳上去

思悦：　回来干吗不讲？

凯子：　……Surprise 啊……谁晓得吓到那个大芝。

　　　△ 两人又笑又抱又亲

思德：　（冒出来）喂！儿童不宜。

凯子：　（依然揽着）小屁孩，你怎么在这？

思悦：　思德跟我回家，今天阿姨留着陪爸……你来就可以载我们回去拿思德的东西，再送我们回家。

凯子：　那我们就不能……

思德：　要结婚了，还怕不能做……

思悦：　应——思——德！

思德：　做……菜！

　　　△ 三人笑着往前

34

时｜日　　景｜品味新闻台办公室

人物｜乔安、News 哥、社会组组长

　　　△ 乔安走进办公室，看社会组组长与 News 哥说着

社会组组长：……那个模仿李晓明的初中生，他妈妈打给媒体说有话要说……等下小莲会先去，再过火锅店老板过失伤人法院宣判的声音。

　　　△ News 哥点头，社会组组长回去忙，News 哥看到乔安

News 哥：　放假干吗来？

乔安：　……我想到几个系列报道的方向，跟你研究人力调度的问题。

News 哥： 今天我没空喔！

乔安： 少来……

News 哥： 对！你少来！你配偶在楼下等你……你们去研究咨商师的要求。

乔安： 你跟刘昭国串通……

News 哥： 对！去告我。

△ News 哥推着乔安去搭电梯

35

时｜日　　景｜电影院外

人物｜乔安、昭国

△ 昭国带着乔安走到电影街前，乔安看着一堆电影招牌

乔安： 你跟我开什么玩笑？

昭国： 我没有开玩笑……咨商师建议我回忆我们刚开始约会最常做的事。

△ 乔安转身就走，被昭国拦住

乔安： 我连电影台都没办法……而且为什么要到这……

△ 昭国牵着乔安的手放在自己手心，紧握着

昭国： 我知道……这次我在……我们一起……

△ 昭国认真看着不安、躁动的乔安，给予力量

36	时｜日　　景｜电影院走廊／两年前电影院
	人物｜乔安、昭国、环境人物、（李晓明）、（天彦、乔安）

△ 乔安站在角落，胸闷，频频深呼吸
△ 昭国拿着一大袋爆米花快步走来

昭国： 一定要有爆米花的……你吃甜我吃咸的……饮料放包包，才有手牵你。

△ 昭国一牵乔安，好久没有的身体接触，乔安眼眶就红

乔安： ……那天……天彦也一定要买甜咸综合的爆米花……还说看完了……要再买一份给天晴跟你吃……

△ 昭国眼眶也红了

昭国： 那当然，我儿子跟他老爸一样，善良懂事帅气……

△ 昭国牵着乔安一路往厅内走，乔安视线看向前方
△ 仿佛李晓明站在角落，背着个大包，静静地看着来往的人潮
△ 眼前的天彦拉着乔安捧着爆米花快步走

天彦： 妈咪快点啦……要开始了……

乔安： 前面有预告啦……

天彦： 我喜欢看预告啊……

△ 乔安抽离地看着自己与天彦快步地走入戏院厅

37	时｜日　　景｜电影院戏院厅内／走廊／便利商店／戏院外（回忆）
	人物｜乔安、李晓明、天彦、环境人物、警察

△ 戏院厅内乔安坐在天彦旁边，天彦笑得东倒西歪

　　　　　△ 乔安看着其实自己没什么兴趣的动漫，眼皮撑不住
　　　　　△ 手机振动，乔安清醒拿出来看着：News 哥

乔安：　　我去接一下 News 阿伯的电话。

天彦：　　……你不要故意落跑喔！

乔安：　　怎么可能……

　　　　　△ 乔安拿着包包走出厅内
　　　　　△ 走廊上快步走着的乔安与背着大包包的李晓明擦身而过

乔安：　　（接着手机）喂！……谢谢你救我一命……我快睡着了……

　　　　　△ 在便利商店喝咖啡的乔安，终于有个可以稍放空的休息
　　　　　△ 警车警笛声、救护车声音充斥街头，乔安听着，没太大反应
　　　　　△ 乔安喝完走出便利商店
　　　　　△ 路上有人惊慌跑着：戏院有人杀人……
　　　　　△ 乔安反应
　　　　　△ 乔安慌张跑回戏院，与逃窜的人潮逆向而行，却被警察拦住

警察：　　抱歉，现在这里管制。

乔安：　　我儿子在里面……

　　　　　△ 警察拉出封锁线，乔安想冲进去，被警察拦住
　　　　　△ 戏院里阵阵人群尖叫传出，乔安愣在当场

38

时｜日　　　景｜电影院戏院厅内／戏院外

人物｜乔安、昭国、环境人物

　　　　　△ 乔安一直深呼吸但喘不过气，昭国看着乔安担心

昭国：　　先出去好了……

△ 昭国拉着乔安走到厅外走廊上（或戏院外街道）
　　　△ 乔安一直喘一直喘，昭国抱着乔安，安抚着

昭国： 过去了……真的过去了……

乔安： （哇的一声哭出来）……警察不让我进去……我怎么可以放天彦一个人……怎么可以……怎么可以……

　　　△ 乔安崩溃地抱着昭国哭嚎，释放两年的所有苦痛

39

时｜日　　景｜急性病房外

人物｜思聪、思悦、凯子

　　　△ 思悦跟凯子来接思聪出去，凯子看着思聪笑

凯子： 应思聪你这小子不会是装病休息吧？

思聪： ……最好……

　　　△ 凯子看思聪走得慢，反应也有点慢

凯子： 变这样迟缓……是吃药的关系？

思悦： 对！医生说……需要时间量身定做找出合适的药物跟剂量……每个人的状况跟副作用都不太一样，听说思聪算适应得好……有的会变胖……

　　　△ 凯子点点头，看不出特别的情绪

40

时 | 日　　景 | 应父病房

人物 | 思聪、思悦、凯子、应父、应小妈、金妈

△ 思悦进病房看见金妈坐在病房，意外

思悦： 金妈妈怎么来了？（看后面进来的凯子）你怎么没说……

金妈： 亲家公住院一定要来探望的。

△ 思聪后进房，看见金妈点了头

思聪： 金妈好……

△ 金妈打量了思聪

金妈： 思聪还好吧？

思聪： （点头）……快要出院了……

△ 应父看着应小妈，应小妈会意，反正也讨厌金妈财大气粗

应小妈： 小病房挤这么多人……我先带思聪出去买个东西。

金妈： 大伙都在，我就一起说了……省得……猜来猜去。

△ 应家人听着觉得怪异

金妈： ……喜帖都寄了……我才知道思聪的事……我们都很喜欢思悦独立又懂事能干，小凯是金家长孙，结婚关系到责任……关系到传宗接代……

应小妈： （不耐又火）说重点……不要拐来拐去……

△ 应父瞪应小妈

金妈： 你们先做个婚前健康检查……我找朋友帮你们插队,最顶级的全套,我买单!

△ 思悦、思聪反应,应家人脸色都难看

（待续）

第七集

1

时｜日　　景｜地方法院某法庭内／外

人物｜王赦、陈昌、受命法官、审判长、陪席法官、检察官、工作人员若干、书记官、记者众、阿 B、阿社

△ 全部在法庭内的人都起立站着，听宣判
△ 陈昌站在中间，旁边三个法警，只有王赦一个律师到
△ 旁听席挤得满满的拿着纸笔的记者，甚至门口都站着记者

审判长： 瞩重诉第十号，被告陈昌杀害两童一案，本院依"刑法"第 271 条杀人罪和"儿少法"第 112 条加重量刑，判决无期徒刑、褫夺公权终身……本案虽情节重大且造成社会大众严重不安……

△ 旁听席的记者们一哄而散

审判长： ……但 2009 年"立法院"制定了"政治权利国际公约及经济社会文化权利国际公约执行法"、"身心障碍者权利公约施行法"等……合议庭考量三所医疗院所鉴定被告陈昌确实罹患思觉失调症且有严重正性症状……

△ 法庭旁听席只剩下《先驱报》的阿 B 与两个杂志记者，在记录审判长的话
△ 王赦看着陈昌，陈昌失魂地看着前方看不出喜怒哀乐

法庭外

△ 整排 SNG 车，七位记者对着自家的镜头叨叨说着
△ 几个文字记者拿手机或笔电发稿，或电话联系报社：陈昌处无期徒刑
△ 品味的阿社，旁边还有立架架着简易的说明图（陈昌的犯案过程）

阿社： 前年十二月在清村公园犯下令人发指的随机杀害两幼童命案的陈昌，今日地院一审做出判决，陈昌逃过一死……

△ 转换成品味的新闻画面：阿社对着镜头说明
△ 字幕：随机杀童案陈昌宣判，"两公约"免死／品味 live 现场
△ 当年陈昌被抓，戴安全帽，衣服、脸都是血迹，带着诡异笑容被警察架着
△ 字幕：精神鉴定：行凶当时有刑事责任能力

阿社： 凶嫌陈昌犯案手段凶残，事后还能以平淡情绪示范杀人过程，虽然检察官每次开庭都强调陈昌是装病，应该处以最重极刑，但是法院依然认为陈昌罹患思觉失调症，受限于相关公约以及施行法的规定，不得对精神障碍者判处死刑，因此合议庭一审判决陈昌无期徒刑……

△ 画面缩成品味新闻网站截图新闻
△ 网友：恐龙法官去死！干！！！！（6789赞）
△ 网友：希望他在监狱被虐死！私法正义（578赞）

2

时｜日　　景｜街道／法庭内

人物｜王赦／王赦、陈昌、受命法官、审判长、陪席法官、检察官、工作人员若干、书记官、阿B

△ 王赦走在街道上，情绪纠葛，回忆最后法庭上的情景

法庭内

△ 法警为陈昌戴上脚镣，陈昌望着王赦碎念

陈昌： 处以极刑啊……不是要处以极刑？……王律师为什么？

△ 王赦看着陈昌，张口欲言却不知该说什么
△ 陈昌推开法警扑向正在收拾东西的检察官

陈昌： ……为什么不是死刑？……你说啊？你没用废物喔！

△ 陈昌被三个法警压制在地上，法庭内一阵惊吓
△ 陈昌趴地上还是喃喃自语不停

街头

△ 王赦站在路口有些茫然

我们与恶的距离

3

时｜日　　景｜昭国乔安家

人物｜乔安、昭国

△ 昭国匆忙走出天彦房，看着乔安拿着早餐与便当盒出来

昭国： 睡过头……我……赶着开会……

△ 昭国看着乔安拿着两份早餐与便当盒

昭国： （意外）帮我做早餐跟便当？

乔安： （还是有点好强）……给……乔平跟天晴的便当盒！

△ 昭国点点头也没说什么，匆忙去穿鞋，感觉不对劲

昭国： ……这几天……家里早上都是放音乐，不是新闻耶？

乔安： ……（白眼……）

△ 昭国穿好鞋，起身看着乔安

昭国： 昨晚上还有做噩梦吗？

乔安： （摇头）……天彦……可能真的去天堂了，是我抓住他不放的……

△ 昭国走到乔安身边想安慰，乔安还是感伤，但不想停在这情绪中

乔安： ……不是迟到了……还不赶快去。

昭国： 是！（拿了一个早餐包跟便当盒）……我闻到我最爱的……泡菜饭团。

△ 乔安想回嘴，昭国抢先

昭国： ……晚上我们一起跟天晴吃饭。

△ 乔安看着昭国离去的背影，终有些温柔的神情

4

时｜日　　景｜健检中心外

人物｜思悦、凯子

　　△ 思悦快步地走出健检中心，凯子追出

凯子： 走这么快干吗？

思悦： （略激动）你再找遗传咨询中心还是精神科排时间！我随传随到。

凯子： 刚医生都说现在思觉失调没办法检测出来，而且我妈要求婚前健康检查也是为我们好……

思悦： 是在我们决定结婚的时候要求就好了，知道思聪生病之后才当着我们全家"下令"，我很不舒服……也让思聪很难堪……

凯子： ……能不能换个角度想，你若是够爱我，够尊重我的家人，你是不是在知道思聪生病的时候，该主动提出？

　　△ 思悦看着凯子愣了一阵，难以厘清自己情绪

思悦： ……那我们都想想……是不是够爱对方……

凯子： 不要为了应思聪一直跟我摆臭脸行不行……

　　△ 思悦毫不犹豫转身离去

5

时｜日　　景｜品味新闻台办公室

人物｜大芝、小 A、编辑、News 哥、记者若干

　　△ 大芝在办公桌上收拾着杂物，进办公室的人看到大芝，愣一下，当作没看见，继续做自己的事，小 A 与另一个编辑走到大芝旁座位

小A： 大芝？……来……上班？

大芝： 办离职！

△ 小A、编辑互看，不知要说什么

大芝： 谢谢A姐还有大家的照顾跟包容……真的让我学到很多。

小A： ……（搔头）……没有……互相啦……我去泡咖啡……

△ 小A跟编辑放下东西就往茶水间去，不知该继续说什么
△ News哥走来，看到大芝

6

时｜日　　景｜品味新闻台办公室角落

人物｜大芝、News哥

△ 两人在角落说着

News哥： 不再考虑一下……我有跟晨间的制作人聊过，他说可以……

大芝： 谢谢News哥，可是……大家没办法当这件事没发生……我永远都是李晓明的妹妹。

News哥： 别的地方我不知道，但我相信在我们品味，大家可以分辨你哥做错事跟你没有关系的……

大芝： 是我自己过不去……走到哪里都觉得给大家带来一片乌云的感觉……

News哥： ……不是不能说笑……但要给你自己也给大家时间，要找到……大家轻松没压力的相处模式！你知道……那种……多了嫌做作少了嫌冷漠的相处之道……这……不容易耶……

大芝： ……但我留在这儿……只会一直提醒……乔安姐……伤口在眼前……

△ News哥想大芝说得好像也没错

7

时｜日　　景｜品味新闻台停车场

人物｜乔安、大芝

△ 乔安停好车，走下车，意外看见前面的大芝
△ 大芝跟乔安鞠了个躬

大芝： 乔安姐！我办好离职了……谢谢你过去的指导……那天我口不择言……对大家冒犯了……对不起！

△ 乔安没转身也没走开，就算是软化了

乔安： 你……早就想说了……只是碍于我是长官……

大芝： ……也不是早就想说……自己成为被报道者……才会感受到那种无力辩驳……跟无止尽的怨恨吧……

乔安： ……对新闻媒体彻底死心吧！

大芝： 还没尽力怎么说死心……我只是不懂……新闻呈现的方式在变……但做新闻的态度该变吗？……不过……提不出建设性的意见改变现状……也许就是……大人眼中的草莓，意见很多建树没有……

△ 乔安对大芝的看法感到意外，也许有种被点醒的感觉
△ 大芝看乔安没反应，觉得该离开

大芝： 那我走了……

△ 乔安轻点着头，自己也搞不清楚对大芝该用什么样的态度
△ 大芝犹豫了一下，鞠了一个更深的躬

大芝： 这是替我哥道歉……这个道歉绝对无法弥补你的伤痛，但还是想替哥哥对你们造成的伤害……致歉……真的！对不起……

△ 乔安看着大芝深深鞠躬的身影，自己也难理清情绪

8

时｜日　　景｜病房

人物｜应父、思悦

应父：　……万一我手术不顺利，瘫了还是什么……就不要急救……不要插管……我不要躺在床上……连累你们……（拿单子）这我签好了……

△ 应父递出旁边的放弃无效医疗（放弃急救）同意书，还有一张简单遗嘱

思悦：　爸……你签什么放弃无效医疗……这么简单的小手术……一定会顺利的。

应父：　你听我讲……我知道你不喜欢你阿姨……她就是个没心眼直来直往的人……这几年说真的对我跟对这个家是顶尽力……

思悦：　我知道，是我跟思聪以前对她不好，不能怪阿姨不喜欢我们。

应父：　……我房子是要留给她跟思德，我想你要嫁人……

思悦：　现在说这个干吗啦？

应父：　他们家说得也没错……为了下一代着想，你不要拗健康检查这种小事……

思悦：　我不是拗……我是生气……讲那什么理由？结婚是为了传宗接代吗？结婚是因为两个人互相喜欢觉得可以共度一生！

应父：　提早知道大家有什么毛病，也是可以共度一生……小凯的爸妈是有点财大气粗，你是嫁给小凯，又不是他爸妈……你跟小凯六年，难得他到外地这么久，都没变坏……没包二奶……对你是真的有心。

思悦：　我一个人这么久，也没变坏，也没跟别的男人出去，逢年过节还要帮他孝敬父母，他就难得？我就应该的？

应父： 跟我抬什么杠？……万一我没醒过来……思聪状况要是再不好，你就把他送疗养院去住……女人家……重要的是归宿……多为自己打算……不要傻傻地把思聪带身边……太辛苦！

△ 思悦看着应父，没有回应，也不知道怎么回应

9

时｜日　　景｜一骏诊疗间外

人物｜一骏、王赦

△ 一骏终于看完病人，走出诊疗间，却看王赦坐在外面

一骏： （亏）今天不加号喔？

王赦： 等开庭空档。

一骏： ……什么状况？

王赦： ……（苦笑）把一个想死的精神病患判无期徒刑，是不是最大的惩罚……

一骏： 陈昌？……

△ 王赦手机一直响讯息（类似网页的通知），王赦没看手机，点了头

一骏： 今天当义诊……你有想过……案子结束你还背着不放……是为什么？

王赦： ……你觉得把陈昌送到监狱内的精神病房……他的状况会改善吗？

△ 一骏坐到王赦旁边的候诊椅上

一骏： 第一，那叫监狱，是隔离、报应的场所，是在执行刑罚，一点都不适合精神疾病患者……第二，现在监所人犯精神问题严重的越来越多，精神病房根本一位难求……还不算黑数，就算进去你觉得矫正署的人力足以照顾吗？你难道没有follow（◎关注）"靠北监所"？

王赦： （早知道的事）第三……

一骏： 你说陈昌到现在都没有病识感……那就是进去能改善的机会微乎其微，有些病人就是一辈子很难有病识感……就算放他出来，陈昌家人照顾不了，陈昌的问题还是无解！

王赦： 所以重点不只是治疗……你们精神科医生要联署……政府应该让这些患病的人能够有安身可以当个"人"的地方……对明天有希望，家属有生活质量，才可以照顾自己才能顾患病的亲人。

一骏： 你可以跟我老婆交朋友……

王赦： （莫名其妙，继续）全球调查一百个人里面有一个受精神疾病所苦……

一骏： 台湾是零点三个！

王赦： 想想你的黑数，有多少家属不愿意面对，甚至无法就医，就算零点三，至少十几万家庭的影响，你们这些精神科医生不想办法呼吁解决……还会有多少个家庭受苦？

一骏： 面对现实！大律师，医院就算是慈善单位，也救不了所有的人，你就算当领导人也救不了所有人……把自己顾好比较实际。

△ 一骏看着颓废的王赦，又看着王赦手机一直哔哔叫

一骏： ……连讯息都不用看？你现在是准备放生自己……

△ 王赦无奈把手机丢给一骏，一骏拿起王赦手机看着
△ 多则讯息：烂律师把陈昌带回家去养吧你／你这种为虎作伥的律师绝对会有报应的／屎尿律师司法败类／你跟李晓明、陈昌同伙，一起吃大便吧，你们这些王八蛋，不得好死／你的小孩也会跟陈昌杀的小孩一样脖子被割烂，报应会来的！

一骏： ……你就放任这种骚扰恐吓讯息一直来？

王赦： （笑）要不然咧……难道请他们找你看诊！

一骏： 键盘正义使者，谁会觉得自己有病……你告死这些人……吓吓也好！

王赦： 一个个存档报案告他们恐吓，或者请求民事损害赔偿……一个月正常的量三到四个这种正义使者，新闻播了就多十来个，有时候二十多个……你是怕我还是怕警察跟检察官没事做？跟他们认真就输了。

一骏： 说不定你这样就发财了……比当法扶律师好赚。

王赦： （白眼）我要发财会做这种没人要接的精障、死刑、恶名昭彰的重大案件……回家老婆不高兴……搭捷运（◎地铁）还会被吐口水……动不动就被媒体凌迟一下……

一骏： 所以叫你转行……继续讲下去，就要收费了。

△ 两人有一搭没一搭地瞎聊

10

时｜日　　景｜品味新闻台会议室／林家

人物｜乔安、News 哥、众编辑、社会组组长／林瑟瑟

△ 会议室投影影片

News 哥： 砍人初中生妈妈今天上传的影片……

△ 四十多岁的妇人林瑟瑟愤恨激动地对着镜头说着

林瑟瑟： 我请你们媒体来希望更正而且道歉，不该毁谤说我儿子是李晓明模仿犯，他有轻微的智能障碍跟情绪障碍，他是在学校跟网络上被排挤霸凌，才让他不想上学，结果你们不检讨不更正，反而强调我照顾儿子……心力交瘁……你叫我儿子以后怎么得到平等公平的对待，你们这样的随意杀人跟李晓明有什么差别？

△ 影片定格，众人互看

社会组组长： 妈妈发完这个影片给所有的亲友，带着儿子失踪了，在上海的爸爸联络不上他们只好报警……担心妈妈寻短……很多网友分享在找他们！

△ 编辑会议室里的众人互看

11

时｜昏　　景｜王赦美媚家

人物｜美媚、小斐

△ 美媚煮汤，边拿着平板（或电脑）回复着脸书上的朋友留言
△ 照片是：昨天一家人在公园玩合照，对着镜头笑眯眯（开地球的照片）
　　（◎开地球，指在网络社交平台公开发布贴文）
△ 朋友留言好可爱之类
△ 突然有一条讯息跳入，美媚点讯息来看
△ 没有头像的留言：走在路上小心点，你女儿也会横死公园！
△ 美媚愣

12

时｜夜　　景｜医院手术室外

人物｜思聪、思悦、思德、应小妈、医生

△ 思聪跟思悦、思德坐在家属等候区，脸色都不好，应小妈走来走去

应小妈： 为什么开这么久？……是不是出了什么事？

△ 思悦烦躁地看手机时间

思悦： 思聪……我先送你回去病房……时间差不多了。

思聪： 不要……我要等……爸开完刀！

思德： 哥！你明天就可以出院了，还不赶快回去打包整理？还是我去帮你……

　　　　　△ 思悦点头，思聪没动
　　　　　△ 手术室电动门打开，医生走出来

医生：　　应台生的家属……

　　　　　△ 应家人赶上前

应小妈：　怎么了？为什么开这么久？

医生：　　应先生冠状动脉阻塞得很严重，我们又临时做了绕道的手术……目前看起来手术还算成功，不过在加护病房观察的时间会更久一点。

　　　　　△ 应家人松了一口气

13　时｜夜　　景｜急性病房外

人物｜思聪、思悦、应小妈、思德

　　　　　△ 应家人送思聪进病房

思悦：　　明天我来接你喔！

　　　　　△ 思聪跟大家道别进病房

思德：　　应太太……你不是答应你先生……会好好照顾哥……

应小妈：　……那你爸出院怎么办……你怎么办？

思德：　　我五岁啊？

应小妈：　你正是要好好读书的关键时候，不盯着一下就歪掉了……

思悦：　　（笑）思德没关系啦，思聪先跟我住……以后的事以后再说……早上阿姨也在上班……还要家里医院两边跑。

思德：　　你不是也要上班，还要结婚，还三边跑。

应小妈： （捶思德）……你是来乱的吗？

△ 思悦揽着思德往外走

思悦： 阿姨也是很辛苦的……对你妈好一点……小屁孩。

△ 应小妈狂点头！小屁孩

14 　时｜夜　　景｜品味新闻台

人物｜乔安、News 哥、社会组组长、（巧巧／林瑟瑟、议员、记者众）

△ 乔安看着电脑上调出来的新闻影片

巧巧： （OS）在有诚戏院外砍伤七个路人的初中生母亲，今天在秦一寒议员的陪同下召开记者会……控诉儿子在学校遭霸凌。

△ 秦一寒议员陪着戴口罩的林瑟瑟说明，林瑟瑟激动地说着
△ 字幕：戏院外砍伤七人初中生母亲，泪控儿遭霸凌

林瑟瑟： 我儿子出事……你们访问学校、老师、警察、路人、受害者……没有人提到我儿子在学校被欺负……学校答应要处理，结果是叫我跟我儿子去看医生……我儿子有智能障碍跟情绪障碍……难道错的就是他吗？那些霸凌人的孩子不需要看医生吗？学校没有错吗？

秦一寒： 妈妈要照顾这样的孩子真的很辛苦……学校的处理也有失误……

△ 看到一半，News 哥走来

News 哥： 还不下班，不是跟昭国天晴约……

乔安： 还没找到他们母子？

News 哥： 没有……这则（新闻）都撤了，就不要看了。

乔安： 所以剪掉了他们控诉媒体的？

News 哥： 对啊！电子媒体全剪掉："你们媒体凭什么把我儿子贴上李晓明的标签……我要你们更正道歉……"这妈妈一看也精神状况不好，是他儿子自己喊李晓明万岁。

乔安： ……精神状况不好，不代表她说的是错的……

　　△ 乔安看着监视墙上的新闻
　　△ 品味新闻（监看无声音）——字幕：协寻失联杨姓初中生母子
　　△ 新闻上只有母子对着镜头笑眯眯的照片（要马赛克吗？）

15

时｜夜　　　景｜王赦美媚家

人物｜王赦、美媚、小斐

　　△ 三人一起吃水果聊天，小斐不停地说着

小斐： 我比较喜欢以前的同学，今天妈咪让我打电话给……成小隆……他很想我……

　　△ 美媚手机讯息响，美媚犹豫了一下，没看，王赦发现美媚的犹豫

王赦： 现在没有认识新朋友吗？

小斐： 有啦……有一个……Peggy……小猪猪……

　　△ 美媚手机又响，美媚想想把手机放房间去

王赦： （看小斐）妈咪怪怪的啊……以前手机一响不是马上拿起来看吗？

小斐： 对啊！手机是我（学妈妈）的……命……

美媚： （从房间走出）……是我发现一直看手机……眼睛都花了……而且浪费那么多时间……在网络的虚拟世界真的很不应该……要回到真实世界……多关心身边的人。

　　△ 美媚说得自然甜美，王赦装震惊，狂点头

我们与恶的距离

16 时｜夜　　景｜餐厅

人物｜乔安、昭国、一骏、天晴、乔平

△ 一家人吃着，乔安手机还是叮叮当当响着，乔安不时拿手机看

一骏： 话说我还真佩服你们这些做新闻的……手机响成这样，我早就崩溃了。

乔安： （笑）请问这位精神科主治医师，在你临床经验里，我们这些不长进的新闻台是不是真的伤害很多人……

一骏： （哇）安姐……发生什么事？

△ 乔安正想解释，一骏已经劈里啪啦开讲了

一骏： 你们老爱把病人说成不定时炸弹、弱智，要不然就是伤害自己、伤害别人、扰乱社会秩序、行为怪异……病人上新闻都是这些犯罪原因，明明贫穷、药物滥用、失业这些更容易导致犯罪……

乔平： ……社会大众是从媒体信息去了解精神疾病……这会让我们的病友回到社会时，很难受到公平的待遇，也造成家属压力。

△ 乔安若有所思

昭国： （开玩笑）宋总裁？怎么突然会问这些？

乔安： 只是想……daily 新闻的世界可能改变吗？

△ 众人意外反应

天晴： 妈妈可以上班不用这么忙这么晚下班吗？

昭国： 这样你才要回家吗？

天晴： 我考虑……

昭国： 为什么？现在爸跟妈可以好好说话了耶！

天晴： ……姨丈叫我不要做你们的电灯泡。

一骏： 喂喂！姨丈叫你不要做我跟阿姨的电灯泡吧……赶快吃完，姨丈要回家打电动……发泄负面情绪。

△ 众人笑，边吃边聊，乔平吃着海鲜，觉得不舒服

乔平： 这海鲜不新鲜吧？……你们没感觉吗？

△ 一骏吃着觉得好吃，硬要喂乔平，被乔平推
△ 乔安、昭国看着一骏与乔平的斗嘴夫妻样，羡慕

17

时｜夜　　景｜"小确悦"手摇店

人物｜思悦、大芝

△ 思悦跟大芝一起收拾着店内

大芝： 思悦姐，你先回去休息啦……你还有那么多事要忙……要烦的……

思悦： 还好啦，我爸进加护病房……反而不用一直常在医院。

大芝： 应伯伯一定会没事的……你放宽心。

思悦： （还是会担心）……大芝……我明天会把思聪先接来跟我们住喔……

大芝： 好……

思悦： 你不怕喔？

大芝： ……（想）还好耶……不是吃药就可以稳定了吗？你没空我帮你盯思聪。

思悦： （感动死了）谢谢你啦！

大芝： 神经病，跟我说这个。

思悦： 现在不能说神经病……很敏感。

△ 两女噗嗤笑，思悦手机响，思悦不想接

大芝： 干吗不接？

思悦： ……冷静……大家都冷静一下……

△ 思悦硬不接，大芝看了来电：凯子，大芝疑惑地看着思悦

18

时｜日　　景｜幼儿园外

人物｜美媚、小斐

△ 美媚、小斐坐车上

美媚： 除了妈咪来接你，你谁都不能跟着走喔……

小斐： 外公外婆爸比也不行吗？

美媚： 他们三个可以……

△ 美媚在车上东张西望地看着

小斐： 妈咪看什么？

美媚： 没有……

△ 美媚看没可疑的人，快步跑下车，开小斐侧车门，快拉小斐进幼儿园
△ 美媚走出幼儿园张望着，要上车前，想想又看着后座有没有躲人
△ 没有，美媚快步上车，火速锁上车门
△ 美媚坐在车上，喘着（孕妇跑成这样，也是很喘的）

19

时｜日　　景｜急性病房内外／电梯口

人物｜乔平、思聪、思悦、护理师／思悦、思聪、凯子

　　　　△乔平、护理师送拎着行李的思聪、思悦出来

护理师： 思聪要记得……每个礼拜都要回诊喔。

　　　　△思聪点头

思悦： 我都挂好号了……真的谢谢你们，辛苦了……

乔平： 有任何问题都可以打电话来……思聪！加油！姐姐也加油！

　　　　△思悦姐弟笑着跟大家道别，离开

护理师： （看乔平）你知道耀晖跟妈妈失踪了吗？

乔平： 嗯……还没找到吗？

护理师： 对啊……

　　　　△乔平皱眉扶着墙，伸展，深呼吸

护理师： 你怎么了？

乔平： 最近觉得好累……好烦……

护理师： 只有最近才觉得累吗？你是乔平姐怎么会累会烦？

　　　　△乔平伸展完瞪了护理师一眼，讨厌

　　　　　　　　＊　＊　＊

　　　　△走到电梯口的思悦和思聪意外
　　　　△前面站着的凯子傻笑，拿着一束花，分开：是两束，姐弟一人一束

我们与恶的距离

20

时｜日　　景｜品味新闻台编辑会议室

人物｜乔安、News 哥、编辑小 A、主播、社会组组长

△ 众人开编辑会议，社会组组长跑进来

社会组组长： 林瑟瑟……那个失踪的妈妈跟初中生尸体找到了！

△ 众人愣

News 哥： 尸体？

社会组组长： ……在麟须海边，有人看到妈妈带着儿子跳下去……刚才在附近的防波堤找到了……妈妈用绳子把两个人绑得紧紧的……

△ 乔安反应，脑子浮现大芝说的

大芝： （OS）你们杀的人没有比我哥少！

21

时｜日　　景｜餐厅

人物｜美媚、丁父、丁母

△ 美媚与上班午休的父母吃饭

丁母： 就叫你不要开地球……网络上神经病那么多……没事晒什么小孩晒什么恩爱……还不设权限，全世界都可以看到。

美媚： ……靠网络跟朋友联系啊……家庭主妇视野很狭小……很无聊耶……

丁母： ……改权限了没？

美媚： 整个脸书都关了，还有 line 都设权限，不认识的人都不能讯息给我。

丁父： （越听越火）都那臭小子害的……他不接这种案子不就没事……

丁母： 现在讲有建设性的意见好吧？

丁父： 我这才是釜底抽薪的办法……你现在给我叫王赦那个王八蛋过来。

美媚： 爸……你不准跟王赦说……你讲了我就跟你翻脸。

丁父： 你像话吗你？男人不能宠！要教！被你们两个无知妇人宠坏了？

丁母： 我回家好好教教你……

美媚： 爸……你不要给赦增加负担了啦，真的跟他说，去告这些人，不是更多事？你是要累死他吗？

丁父： 叫他来接送你跟小斐……男人做这点事不过分吧？何况老婆还怀孕！

美媚： 不要啦……王赦有时候要去见证人、去勘查现场、阅卷什么的……绑手绑脚……我不要变成他的负担累赘。

丁母： ……丁美媚……不一样喔！为母则强……

美媚： ……我是想叫爸陪我……接送小斐啦……

丁父： 我也是上班族耶！我还在领人家薪水……网络上的神经病是多，键盘正义，就真的在键盘上，没几个会真的行动吧？

丁母： ……还是我先陪你去警察局备案……省得提心吊胆的。

△ 美媚思索着，好像也是一条路

22

时｜日　　景｜加护病房内／外一角

人物｜思聪、应父／思悦、凯子

△ 思聪牵着身上贴满各式管线、昏沉的父亲的手

思聪： 爸！我加油，你也加油……

　　　　　　　　＊　＊　＊

△ 思悦跟凯子站在外面等思聪出来，思悦还是不太想搭理凯子

凯子： ……我跟我妈说……不用去精神科还是什么遗传科咨询，她说好。

思悦： ……喔……

△ 凯子去揽思悦

凯子： 别这样嘛……都要结婚了……看完应爸，我们去跟婚顾把流程顺一下……看有什么东西还没准备，然后去给我阿嬷看一下，我阿嬷想见你。

思悦： ……我要送思聪回去……

凯子： ……送完思聪回家，我们再去。

思悦： 思聪刚出院，我不想马上就出门，大芝晚上也在上班，不能陪思聪……

凯子： 你总是要让思聪试着独立吧，我不是不想陪他，而是……

思悦： （略软化）……我爸还在加护病房，我现在真的没心情想结婚的事……医生说可能会在加护病房待比较久，而且……又拿了一条腿上的血管去做绕道，以后复健的时间一定更长。

凯子： ……所以……你的意思是……

思悦： 我希望……是我爸牵我进婚礼……

△ 凯子看着思悦，想了一下点点头，牵着思悦的手

凯子： 我回去跟我爸妈说。

△ 思悦眼眶红，感谢、感动地抱着凯子

23

时｜昏　　景｜"小确悦"手摇店

人物｜大芝、店员 A（小清）、店员 B、客人

△ 大芝把饮料杯外擦干净，递给客人，与客人道谢
△ 店员 A 手机讯息响，A 趁空档拿起来看，激动

店员 A： 哇……

△ 店员 B 靠过去看

店员 A： 昨天那个初中生的妈妈自杀，尸体被找到了啦……齁——你有看那个妈妈最后的留言吗？我真的看到哭耶！

店员 B： 我有看到我朋友分享……很可怜……大芝还好你离开新闻台了……现在做新闻的都智障。

大芝： 什么事情？

店员 A： （推 B）你跟大芝讲……我要来打爆新闻台抗议……还好……正义联盟的朱大……整理了那几家新闻台的新闻部电话，叫大家一人十通……打去抗议……瘫痪无良新闻台！

△ 店员 A，气呼呼地拨着电话，大芝看着店员 B 的手机影片

24

时｜夜　　景｜品味新闻台办公室

人物｜乔安、News 哥、编辑们、记者们

△ 各个分机此起彼落地响着，有如被轰炸一般
△ 乔安仿佛入定般盯着电脑，下指令
△ 办公室里的众人如常地忙着，没人去管电话
△ 记者盯着电脑专心写稿，手机响着，转头拿起手机捂着耳朵接着

△ 监视新闻：警消在海边用担架扛着林母、儿子的遗体，盖着白布
△ 字幕：杨姓初中生母子遗体寻获，现场寻获遗书
△ 另小字幕跑马——品味新闻台关心您：生命线协谈专线：1995；张老师专线：1980；精神疾病照顾者专线：02-22308830
△ News 哥从外面走进来，听着烦躁的电话音，又转头出去

25　时｜夜　　景｜"小确悦"手摇店

人物｜大芝、店员 A（小清）、店员 B

△ 店员 A、B 还在轮流打着

店员 A： 你们媒体是智障、脑残吗？为什么要这样伤害……摔我电话？

店员 B：（放下手机）……齁——快讯新闻台，我都打不进去。

大芝： 别打了吧！……没搞清楚状况就去新闻台抗议……这也是一种霸凌吧。

店员 A： 这是正义——你是新闻台出来的才会这样说……不这样抗议他们根本搞不清楚他们害死多少人。

大芝： ……我不是帮新闻台说话，是觉得……任何事情发生都有很多原因，若是光听一边的说法就帮忙呛声（◎闽南语，放话、挑衅）……很容易造成情绪的对立，问题还是没解决。

店员 B： ……就是新闻台乱报，才会害妈妈想带小孩去自杀……现在当然是解决始作俑者……媒体！

店员 A： 新闻台根本都不去了解，就乱贴标签说初中生是学李晓明……看那个长相就比……李晓明善良啊……李晓明长得超尖嘴猴腮下三白，我妈说就一脸没救的长相。

△ 大芝无奈，这还能怎么往下说，大芝低头默默收拾着店面

26 时｜夜　　景｜思悦大芝家

人物｜思悦、思聪、大芝、凯子

△ 大芝进门，凯子正侃侃而谈要帮思聪介绍工作，思聪想睡的样子

凯子： ……我二姨妈在林口有工厂，我看他们一天到晚都在找作业员，要不要先去做做看？

思悦： 医生跟社工师都说找工作不要急，再一阵子……大芝……吃饭了吗？

大芝： 吃了……我买了点水果。

思悦： 你买什么？要切吗？

△ 思悦起身跟大芝走进厨房

凯子： （看思聪）考虑看看……还有宿舍……我请二姨妈关照你……搞不好马上就介绍两个女朋友给你，以后食衣住行吃喝拉撒都有人照顾。

△ 思聪看着凯子，没特别反应，想着凯子的话到底有什么背后意义吧

凯子： ……男孩子还是要有点工作才有成就感……是不是？

思聪： ……你当作业员……会有成就感？

凯子： （笑）……不然你想做什么？你讲……我帮你想办法……难道还想当导演？

△ 凯子手机响，凯子接起

凯子： 妈又要干吗……我说今天不回家啊？……阿嬷还在……

△ 思聪眼神有点空，但感觉在思索着
△ 思悦跟大芝端着水果出来，凯子挂了电话

凯子： 宝贝，我阿嬷还在等我……

△ 思悦有点失望，但算了

思悦： 好啊……

△ 凯子抱着思悦吻别
△ 大芝尴尬，只好把水果放在思聪面前，傻笑吃水果吧

27　　时｜夜　　景｜思悦大芝家／国际影展颁奖

人物｜思聪／影评人、思聪、小欣

△ 思聪坐电脑前，看着电脑上的影片（五年前）
△ 侧拍：国际影展的台上，影评人颁奖给思聪
△ 记者 OS：台湾电影学校的应届毕业生应思聪，以毕业制作 *Sign* 获得法国克莱蒙费宏短片影展的首奖，与近七千多部来自世界各国的短片竞争，克莱蒙费宏短片影展有短片的坎城影展美誉，评审对应思聪作品 *Sign* 的评语是，兼具国际视野与艺术高度的极度美学，是最值得期待的年轻新导演
△ *Sign* 的影片画面：（满有科技感的都会寓言之类）
△ 思聪跳跃地在欢呼中奔上台，从颁奖人手中领着奖杯，兴奋不已

思聪： I love movie！Thanks to the jury！Thanks to my team！My girl！
（◎我爱电影！感谢评委会！感谢我的团队！感谢我的女友！）

△ 电脑前的思聪，呆看着电脑里的自己神采飞扬意气风发，彷如隔世，冲上来献花的女友小欣，两人相拥
△ 思聪打开电脑的脸书网页，讯息可能有几百个，思聪关着电脑，不想看，手机又传来讯息声——老谢：喂聪哥！你去哪里啊？干吗不回话，会担心耶，还好吧？

28 　时｜夜　　景｜昭国乔安家

人物｜乔安、昭国

△ 乔安拿着笔，记录、思索着，没开电脑，昭国洗完澡出来看

昭国： 在干吗？又在拟……作战计划？最近想做什么专题？

△ 乔安抬头看着昭国，认真

乔安： 我如果失业……你的薪水付得了房贷吧？

昭国： 你就算离开品味，剩下的六间新闻台应该排队抢着要你……不过房贷我怎么样都可以付……现在也可以付……只是生活开销要省点。

△ 乔安笑看昭国

乔安： 谢谢！

昭国： 想辞职？还是真的想改变 daily 的做法？

乔安： ……还在想……

昭国： 网络上发起的跟新闻台抗议事件，对你们有影响吗？

乔安： 你觉得呢？

昭国： 应该教他们要打去广告客户那里抗议，新闻台的所有广告商品都罢买……真的销售业绩一路跌才有用……抗议要用方法。

△ 乔安被逗得要笑不是、气也不是

29

时｜日　　景｜律见室

人物｜王赦、陈昌、狱警

△ 王赦来律见陈昌，陈昌气色不好，身上还有伤痕

王赦：你妈妈跟我说，要上诉，希望能再降低刑期……你觉得呢？

陈昌：（对旁边说）我才没有……你跟你们老大说……我每天都擦屁股擦得累死了，昨天吃饭也是……吃两口就被你们吐口水……

王赦：脸上的伤……是怎么弄的？

陈昌：……我不用睡啊……晚上都在修理地板……哈哈（跟旁边说）……我哪有擦不干净，每个抹布都很干净……用马桶水洗得金吓吓（◎闽南语，金闪闪）……

王赦：要不要我去反映，先调房？

陈昌：……（继续跟旁边说）……我才不会进你们霹雳门咧……我是西门崟驾附身的金尊……看不上眼你们这种小咖芭乐……门……

△ 陈昌病情加重，王赦看着陈昌的样子觉得自己无能

30

时｜日　　景｜思悦大芝家

人物｜大芝、思聪、思悦

△ 思悦开着电脑，正算着店里开销之类，大芝拿着几千块出来

大芝：思悦姐，房租、这个月水电我要付多少……

思悦：不用！你帮我的，我都不知道多少，我先给你月薪两万五，我算一下

　　　　　有几天，明天汇给你。

大芝：　不用啦，你算我工读生的钱就好了，我根本就还在学。

思悦：　……算工读生薪水，你一天上十二个小时，还没休息，比正职钱多耶！

大芝：　是喔……就说我数学烂，那没关系……你怎么给我怎么收。

　　　　△ 思聪从房间走出来，听见两人对话

大芝：　……最近生意不好……我反正还有品味的薪水可以领……你还要付小清他们钱、房租水电什么的……真的不急！

思悦：　该付的就是要付……思聪……起来了……吃早餐……吃完吃药……

　　　　△ 思聪坐在旁边，还是精神不好

大芝：　怎么了，没睡好吗？

思聪：　……吃药就这样……（精神不好，懒懒的）

思悦：　……我们今天去参观会所好不好……看看是什么样子。

思聪：　不要……

思悦：　药的关系会不想出门？那我帮你挂号，我们去跟林医生说。

思聪：　我跟老谢约……

　　　　△ 思悦听着讶异，但也替思聪开心

31

时｜日　　景｜殡仪馆灵堂

人物｜乔安、News 哥、林瑟瑟的先生、媒体若干、小莲、摄影、礼仪公司人员、快讯新闻记者、摄影师

△ 乔安、News 哥站在灵堂外，外面一堆媒体

△ 有几个媒体摄影师看到 News 哥与乔安有些意外，跟 News 哥、乔安点头
△ 乔安、News 哥有些无奈地跟对方点着头

News 哥：　……还要上香吗？

△ 乔安犹豫着，发现快讯的摄影记者把镜头转过来拍着两人
△ 乔安眉头皱，News 哥也发现，正想上前阻止，被快讯记者拦住

快讯记者：　News 哥……你跟乔安姐来，是代表品味来道歉吗？

News 哥：　我谨代表快讯新闻……总监王聪明来跟家属道歉……来！拍特写！

△ News 哥招手叫摄影拍自己，还抢快讯麦克风，记者闪得快没被抢到

快讯记者：　News 哥……大家都出来混饭吃……老板叫我们跟当然跟！

News 哥：　老板叫你吃屎你就吃……

快讯记者：　干吗当我……家属不给拍就算了，我们总是要交差……你们家也来啦，要不跟你们品味联访你们两位新闻台长官，我们一起做一则。

△ News 哥、乔安愣看四周，小莲与摄影也发现 News 哥，小莲走来

小莲：　安姐、News 哥你们要来上香吗？……太好了，终于有人可以访问。

News 哥：　谁叫你来的啊？

小莲：　要赶午间新闻啊……早上我又去学校问了，学校生活辅导主任承认有霸凌事件，可是他说妈妈好像有忧郁症……我想问爸爸怎么说……

News 哥：　这种时候，就别去打扰家属……拜托……同理心……会不会！

小莲：　……你以前都跟我们说：同理心不是记者必备技巧，又不是社工……是找出事情真相和正确信息。

News 哥：　我说同理心是采访的技巧跟态度的一部分……一部分，有听没有懂喔？

小莲：　那我没有家属讲法可以吗？这则就不够……（想到）……安姐，你要不要讲一下……媒体自律……这整件事身为媒体人的想法……跟将来

会怎么改善……希望可以做什么弥补措施……还是 News 哥你讲？

△ 乔安有点啼笑皆非，也许更了解被媒体"逼供"的感受

News 哥： 自律有屁用……就我们品味一家自律给鬼看喔。

△ 突然一阵水柱冲到大家头上，众摄影记者惊慌，抱机器保护
△ 林瑟瑟的先生拿着根水管冲出来洒着众人

林瑟瑟丈夫： 你们这些害死人的媒体给我走……再来我就泼屎……

△ 现场一阵混乱
△ 乔安被水柱洒在身上，似乎决定了什么

32

时｜日　　　景｜小咖啡店

人物｜思聪、老谢（男）

△ 两人在咖啡厅一角，老谢侃侃而谈

老谢： 王六（某同学）传新闻给我看的时候，我还想你这小子《出境愉快》没拍完，难道就疯了……还好是妈的假新闻，就说现在新闻不能信吧？看你现在，比以前稳重多了……你是跑去哪里？

思聪： 出境啊……

老谢： （大笑）你真的很搞笑，没事就好……你现在在干吗？

思聪： 发呆……

老谢： 没这么浪费吧？……阿不然你来帮我几天……我另外一个助理跑了。

思聪： ……做什么？

老谢： 我在我姐夫的摄影公司当大助，下礼拜有三天班，结果我助理前天跟我说不做，太累，×……以为来当老爷……不过你来做也太委屈了，

　　　　　　　毕竟你是得过国际大奖的年轻有才华导演！

思聪：　　　靠北……

　　　　　　△ 两人边闹边笑，思聪终于有点笑意

33

时｜日　　　景｜市场小街道

人物｜美媚、思聪、老谢

△ 美媚挺着肚子拖着菜篮，菜篮上装了不少蔬果
△ 美媚正在看着路边的花，却看到思聪与老谢经过
△ 思聪不经意看了美媚一眼
△ Flash：思聪从幼儿园被抓出来的神情，思聪怒气冲冲地看着周围
△ 美媚惊慌（思聪穿类似的衣服），拖着菜篮想要快过马路
△ 迎面却来一辆摩托车，美媚要闪却拐到脚，跌坐地上
△ 蔬果摔一地
△ 摩托车扭来扭去也摔一边，思聪、老谢看到，奔来帮忙

老谢：　　　还好吗？

　　　　　　△ 思聪要扶美媚，美媚大叫

美媚：　　　不要碰我……你们走开你们走开……

　　　　　　△ 思聪莫名其妙，美媚抚着肚子，不舒服

34

时｜日　　　景｜王赦办公室

人物｜陈晓菁、刘博豪、王赦

△ 三人翻着几十本卷宗，边看边记录

王赦： 杀了第一个外遇对象，出狱以后……因为钱的纠纷又杀了另一个女朋友……为什么前妻跟两个孩子会愿意出庭作证说他是好爸爸？

刘博豪： 看起来……也不是要他拿钱回家的关系，刘易成工作并不顺利，前妻家的环境还可以……前妻也一直有在工作……

陈晓菁： 我见过前妻两次，照理有这样的先生……应该是充满怨怼，她真的没有出口说过他坏话……顶多说女人关系复杂，可是一直强调刘易成……对小孩很好，还会帮忙做家事。

王赦： 为什么地院、高等法院到更二审完全不在乎这件事都是死刑定谳……有些证据也没有调查啊……奇怪，"刑诉"第163条第2项但书的澄清义务到底是摆在哪里，"最高院"不是都说为了被告利益要查吗？

陈晓菁： ……起码"最高法院"认为……没有调查成长背景跟生活状态，又发回……也是个机会。

刘博豪： 这次又这么赶……怎么看得完……

△ 王赦手机响，王赦拿起手机看，接起

王赦： 妈……怎么了？

△ 王赦听着另一头丁母的话，神情沉重

35

时｜夜　　景｜品味新闻台乔安办公室

人物｜乔安、News 哥

△ 乔安与 News 哥讨论着

News 哥： 反正……过两天 NCC 发表声明，觉得媒体需要约束改革，然后呢各家新闻台……被罚个几万，也会配合个两天……然后又恢复原状……你何必搞这改革，累死自己不说，记者不一定领情……副总又出来该该叫（◎同"喈喈叫"，闽南语，指无病呻吟）……还不是又回到原样。

乔安： ……你是采访组头你不 in，就没戏唱……

News 哥： 我不是 in or out 的问题……是……（想）……

乔安： 懒。

News 哥： 这跟懒没关系，还不是上班十几个小时……

乔安： 所以……不想改变……

News 哥： ……是改了没用……我们自己那边一头热……妈的观众不看……搞屁……那一起向前走，我们拼得半死，收视率永远赶不上快讯的喇低赛（◎闽南语，闲聊、鬼扯）座谈……

乔安： 你记得当时我们拼命找平衡找真相找独家的样子？想要拼过平面媒体，现在我们跟着平面抄、网络抄、拼凑一天新闻的量……就算我们有其他的深度报道，但是 daily 看的人最多，我好想回到以前，可以骄傲地告诉任何人，我在品味新闻上班……我们每一则报道都是谨慎、小心站在中立的观点去寻求真相、去告诉观众真相……就算只是一分半钟的新闻……新闻人，不是该有这种气魄？你不想吗？

△ 乔安恳切地看着 News 哥

News 哥： 你受了昭国的感召唤醒，真的想要革命……

乔安： 被很多人点醒……以前别人怎么点还是在自己的怨恨里，什么也不想听……想想也不算革命，是想回到初衷……当初做新闻的初衷在哪里。

△ News 哥被那句初衷点醒，突然觉得被激励

News 哥： ……初衷啊……（搞笑）初中完了就读高中……

乔安： 　（白眼）你同意我们去跟总监沟通……才有用……

　　　　　△ 乔安手机响

乔安： 　（接起）……天晴……怎么了？

天晴： 　……（电话音）……阿姨跟姨丈在吵架……阿姨怀孕了……

　　　　　△ 乔安反应

（待续）

第八集

1

时｜日　　景｜品味新闻台／机车行

人物｜阿社、更生人吕姓、老板、更生人协会、家属表示

△ 品味新闻——字幕：机车行喋血，更生人的难题

阿社：（OS）……昨夜在万美的机车行发生一场命案，机车行老板的家人找了他一夜，发现曾姓老板躺在机车行里，已无生命迹象……老板的太太表示才来上班两个月的吕姓员工，曾数度与老板口角，警方在吕姓嫌犯家中逮捕了他，吕姓员工坦承犯案……

△ 机车行外，血迹斑斑，路人围观
△ 派出所内吕姓嫌犯被扣押，低着头不发一语

家属：（只有下半身）因为这个吕××（消音）是假释的毒犯，好吃懒做……老板耍教他很花心思……我们想帮他们但是真的很难做。

△ 阿社站在机车行外，面对镜头说着

阿社：但家属的说法与……吕姓嫌犯的太太差异很大。

吕太太：（只有侧面背影）……我先生……不是贩毒，他是吸毒被抓，出来以后真的很努力想要找工作照顾我跟小孩……但有前科，不容易找，好不容易找到机车行，当初说好一个月两万五，可是第一个月就说我先生程度太差，浪费很多时间，我先生在那边吃午餐，一天扣八十块，第一个月……只领七千块，第二个月说我先生的错误害他赔客人钱……客人的损失要我们赔，只给了三千六百二十八……都有单据可以查，他真的不是好吃懒做的人，好吃懒做干吗去机车行当学徒，不要上班就好了……

△ ins 上吕先生的薪资单，两个月／过去全家出游合照

阿社： 吕姓嫌犯的太太表示，因为第二个月的薪水真的太少，他才回去跟老板理论……可能因为一言不合而终究犯下大错……所谓更生人，意味着是个崭新的人，但是在追求重生的过程中，却充满许多无奈……

△ 网友 A：口说无凭，我只信吸毒的脑坏无药医（34 赞）
△ 网友 B：为了恶老板赔上自己的重生，真是不值得（1567 赞）
△ 网友 C：杀人就是偿命，讲那么多废话！
△ 回应 C：希望你的老板就是这种人……（34 赞）
△ 网友 D：社会对更生人的歧视……

2

时｜晨　　景｜昭国乔安家

人物｜乔安、昭国、天晴

△ 一家三口吃着早餐，乔安做的

天晴： ……好喜欢这样吃早餐。

昭国： 不是只有在阿姨家可以一起吃早餐，我们也可以天天一起吃早餐。

天晴： ……（开心点头，想想）……但是……为什么阿姨怀孕了，会跟姨丈吵架啊？有 baby 不是都很高兴？

乔安： ……他们两个现在都不想说……我们还是给他们一点时间。

昭国： ……看他们两个吵架，我其实还蛮高兴的。

乔安： ……你什么心态?

昭国： 有爱才会吵架……若是完全都不吵架反而觉得……少了点人味。

天晴： ……阿姨都说姨丈是娶电动，姨丈就说对啊，死了可以重来……

△ 昭国跟乔安互看，这什么对话

3

时｜晨　　景｜思悦大芝家

人物｜大芝、思悦、思聪

△ 思悦收拾着桌上的餐点，思聪拎着背包准备出门

思聪： 我要走了！

△ 大芝从厨房拿了个水壶，塞给思聪

思聪： 远足喔？

大芝： ……吃药比较方便，不用……到处找水……

△ 思悦从皮包抓了两千块给思聪

思悦： 吃药了没？……我是说药带了没？

思聪： （不耐）有……

△ 思悦、大芝两人看着思聪走出门的背影，两人大喊

大芝、思悦： 加油！！

大芝： 这么快去工作好吗？

思悦： ……临时的帮忙应该还好……吧？不然每天老愣在家……他同学老谢是他最好的朋友，应该不会害思聪。

4

时｜日　　景｜急性病房会议室

人物｜乔平、一骏、护理师两人、职能治疗师、心理师

△ 众人晨会

一骏： 不能家属不接，就不让病人出院……病人也有人权。

乔平： 人权不是只有医疗权，还有活得像人的权利……出院只会让美青姐更糟……每次回来连一件可以换的衣服都没有。

一骏： 我看过她回来的样子，不用强调！

乔平： 因为你只管下药，只在乎精神科在医院的绩效比较、健保点数，病人出院后社区里没有其他支持，家属撑不下去，这些你都不用管……

△ 剩下三人看乔平和一骏说话越来越冷，四人眼神互相交流＝什么状况

一骏： 其他是你们的工作……

乔平： 所以现在是 leader（◎领导者）裁决？你一人说了算？

一骏： 对！

乔平： 好！

一骏： 散会！

△ 乔平咻地出去，一骏看着大家＝怎样？其他人抖了一下，往外走

5

时｜日　　景｜新生儿加护病房

人物｜小斐、王赦、环境人物

△ 保温箱里二十五周产下的小小小 baby，只有六百多克，身上插满管子
△ 王赦抱着小斐，两人都穿着防护衣、戴口罩，看着保温箱
△ 小斐上前摸着小小小 baby 的手，小手与小小小手

小斐： 弟弟加油……

△ 王赦感触地看着

6

时｜日　　景｜品味新闻台会议室

人物｜乔安、总监、News 哥、副总

△ 四人会谈着，墙上监视新闻：看出三家媒体的不同处理
△ 品味新闻：机车行喋血，更生人的难题
△ 快讯新闻：毒贩更生人与老板冲突，愤而行凶
△ 三民新闻：假释两个月毒贩对老板痛下毒手

副总： 不要监视器、不用网络新闻、不跟杂志报道……当然好，这我们自己做媒体的表率……但……记者们没意见？

News 哥： 不要一天应付三则四则以上的新闻，不赶时间，可以好好做平衡报道、深度追踪、独家新闻，哪个记者不想？虽然独家二十分钟以后就被抄走了……可是心里还是爽的成分居多！

总监： 不过……现在记者训练不够。

乔安： 所以要给他们时间。

副总： 但这样量不够吧，每天十九个小时的新闻量……

乔安： 反正之前重播也……差不多十五个小时……所以我把专题的时间扩充，再重制一些深度报道、国际新闻过来……还有《先驱报》的合作……就可以有不同的视野观点。

News 哥： 试了两天……目前内部的反应是好的。

副总： 外部才是重点……收视率还没下来……而且才两天，一切都未知数……我们先说……收视率掉下来……我就挡不了董事会的压力……这你们都知道，要深没问题……这很好……媒体的良知……我们不用人家说，我们以身作则……应该发个新闻稿……

△ 乔安、News 哥反应＝是也不用这么高调

News 哥： 社会、生活组要再征两个记者，这样的操作模式，需要时间……如果人力能配合，比如增加执行制作、后制组……也……

副总： 收视率好，我们才能说话大声跟老板要求，是吧？

7

时｜日　　景｜医院病房（单人房）

人物｜美媚、王赦、丁父、丁母、医生

△ 医生对王赦与美媚讲着

医生： DNR 同意书先留着，你们考虑……

△ 医生离开，王赦与美媚脸色哀凄

美媚： ……他那么小……我舍不得他受苦……插那么多管子在身上……

王赦： 但是医生也说……二十五周的早产儿……存活的机会蛮高的……

美媚： 可是他心脏、肾脏、眼睛都不好……脑部超音波又异常……都是我不好啦……我为什么摔一下就……大出血……（大哭）赦……对不起……对不起啦……

王赦： ……说什么对不起……你也不愿意这样的事发生。

△ 丁父丁母拎大包小包（要用的护垫、自费呼吸器、月子餐）进门，看美媚

丁父： 怎么了……

王赦： ……医生问我们要不要签不施行心肺复苏术的同意书……因为随时会需要急救……

丁父： 病危通知签不完……现在签放弃急救……医生到底是在做什么？

丁母： 医生又不是神……

△ 王赦手机响，王赦把手机按掉。丁母看王赦神情憔悴，胡茬冒出

丁母： 王赦……你回家休息一下吧……我们在……小斐我等下会去接。

王赦： ……我留这陪媚……还好有你们帮我照顾小斐……

丁母： ……自家人说这个干吗？……吃饭……坐月子不要哭……少用眼睛，好好休息……这真是经验之谈……上一胎讲不听，这次是给你机会调身体的。

△ 丁母把汤弄给还在擦眼泪的美媚

美媚： ……妈……什么时候可以换病房……

王赦： 为什么要换病房？

△ 丁父想讲话，被丁母制止，丁母拿着呼吸器、尿布之类塞给丁父

丁母： 你把这些拿去新生儿加护病房给护理师……我小孙要用……

△ 丁父臭脸，丁母推出去示意丁父闭嘴

丁母： ……我以前帮你买的保险都有含医疗险……这些都不用担心……你乖乖吃饭……好好坐月子……先把自己身体顾好。

△ 丁母张罗着餐具，递另一份餐给王赦

丁母： 先生这时候也凑合吃月子餐……先吃饱睡饱……才有脑力、体力做决定。

8

时｜日　　景｜某企业外（或工厂外）

人物｜思聪、老谢、摄影师、小执行

△ 三人坐在树荫下（或屋檐下吃着便当），摄影师、老谢都已吃完
△ 执行走出来喊着

执行：	摄影师……五分钟开工喔……

△ 摄影师点头，起身，思聪赶紧也不吃了，收起便当盒

摄影师：	我先进去……（看思聪）动作快点……早上光等你们两个……就看够导演脸色……今天这个厂一定要拍完。
老谢：	尹哥没问题……谢谢你照顾指点。

△ 摄影师点烟往厂内走去，感叹

摄影师：	我年轻的时候，动作是你们五倍快……现在都是你们三倍速。

△ 思聪翻着小包里的药盒，准备吃药，老谢帮忙收拾便当

老谢：	吃什么药？
思聪：	……过敏。
老谢：	……这种药吃会想睡觉吧……难怪你都 nua nua（◎闽南语，懒懒的）。

△ 思聪看着药，犹豫了一下

老谢：	想到以前我们一起拍学校作业……我只能看着你脚后跟扬起的尘埃。
思聪：	夸张……

△ 思聪把药盒收进口袋，开始工作

9

时｜日　　景｜美和医院乔平办公室

人物｜乔平、一骏

△ 一骏跟乔平谈着，两人小声冰冷地谈着，但火药味浓厚

一骏：	我们看过的病人出事你都跟我乱一次？开会请你尊重我还是这个 team 的 leader！

乔平： 你只在乎你自己的工作……

一骏： ……你不是也在乎你的工作，才会跟我闹？

乔平： 那就不要浪费时间对话！

一骏： 你是孕激素影响，变得不可理喻！明明说好不要生，你跟我发什么脾气？

乔平： 我是看到耀晖跟他妈妈的尸体才变得不可理喻。

一骏： 耀晖病情稳定，他妈妈希望他出院。

乔平： 不用敷衍我！要评鉴的时候你想留谁多几天就多几天？

一骏： ……评鉴本来就非常状况，你难道不知道需要看起来人多……

乔平： 评鉴是非常状况？这就不是……最后是七个人受伤，两条人命的结果……你可以骗她耀晖需要再住久一点，你可以告诉他妈妈，等他爸爸一起回来一起谈……我好不容易找到他爸爸……他爸也愿意劝他妈妈看医生……请你缓一两个礼拜，你就让耀晖出院，然后他妈妈再也不接我电话……又不带耀晖回诊，爸爸又不知道调去哪里……

一骏： ……家属无能为力不是你的责任、也不是我的责任……家属有病我没办法逼他来看，你也是……如果你把每个病人出事的责任都揽在身上，宋乔平你不适合这个工作！……结束对话……

△ 一骏权威地看着乔平＝可以走了

乔平： （冷）这我的办公室！

△ 一骏恍然，转身走出去。乔平难掩情绪

10 时｜日　　景｜拍摄现场（某企业）

人物｜思聪、老谢、摄影组、导演、小执行、（幻听监制）

△ 摄影组与导演拍着企业简介，某生产线（或店面）
△ 众人僵在现场，老谢（摄影大助）与摄影师站在摄影机器旁

导演： 等电池等到什么时候……拍不到半小时就换电池……电池放现场不行？

老谢： 在充电……

摄影师： （看老谢，小声）不是说灵光……还当过导演？

老谢： ……我去看一下。

△ 思聪正有点快步走来（能力内的快步，因药物关系，还是有点缓）

幻听监制： （OS）笨啊……拿个电池都这么慢……

△ 思聪努力想挥去监制的声音，差点想说出：闭嘴

导演： ……全世界都在等你。

△ 思聪努力跑到摄影机旁，要换电池，摄影师一把抢过，快手快脚地换着，换下电池丢给老谢，老谢把电池递给呆站的思聪

老谢： （悄声）……去充电……

△ 思聪感觉到全场不友善或看笑话的目光，是真的吧

11 时｜夜　　景｜一骏乔平家

人物｜乔安、乔平

△ 桌上摆了一些泰式食物，乔安开了罐汽水，递给懒散疲乏的乔平

乔安：……泰式的……开胃……好歹吃点……我怀天彦的时候就爱吃酸辣、爱喝汽水……胖了二十公斤。

△ 乔安看乔平有些担心自己的眼神（又提到天彦）

乔安：……没事啦……多亏你的逼迫……我比较能谈天彦……你跟一骏是我们眼中的神仙眷侣耶……就算不想生小孩，怀孕了不能好好讲，吵什么架……

乔平：谁说神仙不吵架的？（有一搭没一搭地吃着喝着）

乔安：是一骏有外遇还是不能生？你怀的不是一骏的小孩？

△ 乔平无力地瞪着乔安

乔安：这已经是我想到最可能的答案。

△ 乔平不知道怎么回答

乔安：一骏得了电玩失调症？

△ 乔平噗嗤笑出来

乔安：你还笑得出来？到底是什么问题？

乔平：……我现在还没整理出来……问题是出在哪里？怀孕真的会变笨喔？

乔安：……嗯哼！

12

时｜夜　　景｜思悦大芝家／浴室

人物｜大芝、思悦、思聪／思聪、（幻听监制）

△ 思悦边收拾着客厅，边跟凯子讲着电话

思悦：医生说复原得不是很好，还要观察一阵才能出加护……你爸妈怎么说？……（意外）还没讲？

　　　　　△ 思聪精疲力竭地进门，大芝整理着厨房，走出来看思聪

大芝： 还好吗？

思悦： 明天再说……思聪回来了。

　　　　　△ 思悦挂了电话，思聪径自走进房间，两女互看什么情形

思悦： 怎么样啊？吃晚餐没……今天还顺利吗？

　　　　　△ 思聪拿了换洗衣服走出来，走向浴室

思聪： ……我要洗澡……睡觉……

　　　　　△ 思聪关上浴室门

思悦： 明天还要去吧？那……记得吃了药再睡觉喔！

　　　　　△ 大芝与思悦眼神交会，悄声

大芝： 想睡觉想洗澡都是好事……对吧！

　　　　　△ 两女点点头，看起来不错

　　　　　　　　　　＊　＊　＊

　　　　　△ 思聪脱衣服，捞出口袋里的杂物，看着药盒里的药
　　　　　△ 思聪在莲蓬头冲水（裸男沐浴镜头之必须）

幻听监制： （OS）去当作业员吧，机会比较好，作业员警匪片的故事。

思聪： （VO）我一定会变好的，我不会让你失望的……不会被你们打败的……

　　　　　△ 水不断地流入排水孔，几颗药也缓缓地流向排水孔

13

时｜夜　　景｜医院病房（单人房）

人物｜王赦、美媚

△ 美媚躺床上，看王赦在旁边陪伴床上，也睁着眼，若有所思

美媚：　赦！你不想签那个 DNR……同意书对不对……

王赦：　……签不下去……怎么都是一个生命……

美媚：　那我们就不要放弃……不要签……

△ 美媚坐起身，伸出手，要王赦牵着

美媚：　我们来祷告……亲爱的上帝、佛祖、妈祖……安拉……请保佑我们的……（看王赦）你有想过要叫什么名字吗？

王赦：　男孩我想叫王誓……发誓的誓。

美媚：　好霸气，我喜欢……亲爱的上帝、佛祖、妈祖、安拉……各方神明请保佑我们家小誓……身体健康……渡过每一个难关……

△ 王赦感动地搂着美媚，夫妻虔诚地祈求着

14

时｜日　　景｜企业某厂或顶楼

人物｜思聪、老谢、摄影师、（幻听监制）

△ 摄影师拿摄影机在制高点等候一阵，思聪拿脚架与一大串线快步走来

幻听监制：（OS）这种工作智障都不做！

思聪：　……这是基本功……你不会懂……

△ 摄影师注意思聪自言自语，但思聪的动作的确变敏捷了

　　　　　　△ 思聪到摄影师面前，把脚架架好，接线，思聪顺线（或是无线接收？）

幻听监制：（OS）……这种基本功练二十年，你也不会当导演！

思聪：　　我听你放屁，你个烂监制……走开啦！

　　　　　　△ 摄影师边调角度，边看着思聪的反应
　　　　　　△ 思聪抛下线头给下面老谢，或告知老谢设定好了（拿对讲机）

思聪：　　老谢……这里OK，你看有没有讯号。

老谢：　　（对讲机）收到……

摄影师：　……阿聪……你……是跟谁在讲话？

幻听监制：（OS）什么人配什么鸟，你的程度就配这种摄影师！

思聪：　　……你他妈的闭嘴……（看摄影师）……摄影师好了……

导演：　　（对讲机声音）……好！摄影师这个位置可以，大 long 先来一个。

　　　　　　△ 摄影师看一眼思聪，面色有点凝重，开始动作

15

时｜日　　景｜医院附近

人物｜丁父、王赦

　　　　　　△ 丁父从停车场出来，遇到买东西（早餐或食物）进去的王赦

王赦：　　爸！今天这么早就来了？

　　　　　　△ 丁父看王赦半天，没吭声（压抑着火气）

王赦：　　怎么了？

丁父：　　……要不是人多，我就揍你了……

　　　　　　△ 王赦莫名

* * *

△ 医院旁花园或休息处

丁父：……男人有理想、有抱负，是应该，但你结了婚，老婆小孩就该摆第一，你的理想抱负，让你老婆成天担心害怕的，你觉得应该吗？

王赦：害怕？

丁父：有人写讯息恐吓美媚，说要让小孩死得跟陈昌杀的小孩一样……

△ 王赦愣

丁父：……就算那只是恐吓，美媚不想让你有压力，所以不跟你说，自己提心吊胆，走在路上碰到那个闯进幼儿园的神经病导演，吓得跌倒早产，不能说神经病害他，但真正原因是压力太大……她到现在还是怪自己没顾好孩子……

△ 王赦内疚万分

丁父：……我就这么个女儿，从小捧在手掌心上……嫁了你什么都以你为主，省吃俭用的，连住个单人房都舍不得，就怕你自卑、难过……你是个男人，男人肩膀担当不是给外面人看、不是摆谱给老婆看，你什么都只想到你自己……你的工作、你的理想、你的人权，你知道你们银行里剩多少钱吗？你知道住院要花多少钱吗？小孩一直救下去要花多少钱？将来有多少后遗症……花心力照顾的是美媚……好啦……钱不算什么，生不带来死不带去，能怎么救就怎么救……但是你知道你老婆只要一看到孩子就以泪洗面，心疼孩子受苦，那是她身上的一块肉……你以为她不想救吗？你让不到六百克的小婴儿跟你老婆一起吃苦受难……你……是个男人吗你……自——私——透——顶！

△ 丁父越讲越气指着王赦鼻子骂到眼睛都红了，王赦被骂得无话可说

16　时｜日　　景｜"小确悦"手摇店

人物｜大芝、思悦、卯帅

△ 大芝拿着饮料袋走出来喊着

大芝：　……四十五号水果冰沙……两杯。

△ 一年轻男子（卯帅）拿单子过来，大芝拿单子回，将冰沙交给男子

卯帅：　（真的意外巧遇）李……晓文……

大芝：　（愣）……学长……

卯帅：　你在这上班啊？

大芝：　嗯……（有点惊吓，不知该说啥）

△ 大芝点头，往店内走去，卯帅走向路边的摩托车，思索着
△ 店内的思悦、店员A看到大芝与卯帅打招呼

思悦：　朋友啊？

大芝：　学长……

思悦：　又回来了。

△ 大芝回头，卯帅又走到店外招手叫大芝出来
△ 大芝意外，又不能不走出去，只好走到店外，卯帅欲言又止

大芝：　饮料拿错了？

卯帅：　……我是想跟你道歉……那时候……年轻胆子太小……发生那样的事，就不敢跟你联络……真是不好意思。

大芝：　……没关系……

卯帅：　……你应该很受伤吧……

大芝： （尴尬不知怎么回应）……（找理由）……冰沙不喝……很快就融化了。

卯帅： ……那有机会再找你……

△ 大芝敷衍点着头，转身回店里

思悦： 还没走……

△ 大芝不解回头看着卯帅，卯帅笑看着大芝

17

时｜昏　　景｜医院病房

人物｜美媚、王赦、丁母、小斐

△ 床帘拉开，美媚、王赦都满头大汗，王赦拿毛巾帮遮起胸的美媚擦着

王赦： 挤不出来就不要挤……你看你累得……都没好好休息……护理师说要放松……

美媚： 三个小时要挤一次，你帮我拿汤来……多喝点青木瓜猪脚……我喝太少了……尽快给小誓存够母奶量……以后才会长得又高又壮。

△ 王赦背对美媚舀汤，心情复杂
△ 丁母牵着小斐进来，小斐扑向母亲，开心

美媚： 今天在学校跟同学玩了什么？

小斐： 鬼抓人……我第一名，大家都抓不到我。

△ 王赦把汤拿给美媚

丁母： 今天还是挤不出奶……

美媚： 才30cc……妈买点黑麦汁啦……我喝黑麦汁……奶量比较多。

王赦： 我去买。

美媚： 你知道在哪买？……

王赦： Google 就好了。

美媚： ……你明天不是要开庭……那你今天回家准备跟休息……明天帮我买来。

王赦： 嗯……小斐，要不要跟爸比回家……爸比明天送你去幼儿园！

小斐： 人家想跟妈咪睡……可以吗？（恳求状看美媚）还可以看一下弟弟。

王赦： 这样会害妈咪睡不好……

美媚： ……那我们今天一起去帮弟弟加油……你还要帮妈咪吸奶喔……

△ 小斐开心，王赦为难

丁母： （看王赦为难样）……今天我跟……小斐一起睡这，有我在……你去忙。

18

时｜昏　　景｜医院走廊

人物｜乔平、一骏

△ 乔平走到一骏办公室外，一骏正好要出来

乔平： 我们晚上要不要谈一谈……

一骏： 不要。

△ 乔平、一骏两人淡淡转头，各走各路！

19 时｜昏　　景｜思悦大芝家

人物｜思悦、大芝

△ 思悦拉着大芝进思悦房，大芝别扭

大芝：思悦姐，不用啦……干吗换衣服……齁，这样很奇怪。

思悦：以前差一点就恋爱的学长……一定要打扮的……（在衣橱里找着）……你的衣服都太没女人味……这件怎么样？

△ 思悦晾开一件：小低胸的洋装，大芝狂摇头

大芝：……"你快来脱"……的衣服！

思悦：（同意）第一次还是稍微含蓄点……

大芝：不要再找了啦……这样太刻意……很尴尬……去吃夜市耶！

思悦：你不要管，你先去洗澡……衣服我处理。

大芝：夜市……热死了，洗什么澡啊？

思悦：（推大芝去浴室）快点啦，小清一个人在店里，把你打扮好，我才能安心回店里……难得有个朋友可以聊聊……去放假轻松一下。

20 时｜夜　　景｜摄影公司

人物｜摄影师、老谢、思聪

△ 思聪在内间的器材室整理东西，外面摄影师跟老谢聊着

摄影师：你这同学精神有点状况吧？

老谢： 还好吧，只是很久没拍戏，有点紧张，他本来个性就很紧绷，做什么都很认真的……今天比昨天更进入状况啊！

摄影师： 我觉得他不太稳定，看起来怪……你要不要问清楚？

△ 思聪冲出来对着摄影师大骂

思聪： 你凭什么看不起人？什么烂构图，一点 sense（◎感觉）都没有……我还没嫌你不够格，你凭什么到处说我坏话？碎嘴、人渣、智障！×！

△ 老谢尴尬拦着狂飙脏话的思聪，摄影师被思聪搞得也火起来

21

时｜夜　　景｜夜市（或某摊位）

人物｜大芝、卯帅

△ 两人有距离地边走边吃着，卯帅找话题跟大芝（简单裙装）聊着

卯帅： 伯父伯母还好吗？

大芝： ……还可以……

卯帅： 所以算走出……阴影……

大芝： （思索）……应该……不算吧……

卯帅： ……他们现在在干吗啊？

△ 大芝看着卯帅，觉得有点奇怪，也问得太多

卯帅： 不说没关系……我只是……想说你们家人走过这一遭，真的也不容易……应该蛮需要倾吐……每个人都需要树洞。

△ 大芝看着卯帅，犹豫着

卯帅： ……虽然不是梁朝伟，但我愿意当你的树洞。

大芝： （意外且感动）你记得我最喜欢的电影……

△ 卯帅露出灿烂笑容

22

时｜夜　　景｜王赦办公室／Pub

人物｜王赦／王赦、一骏

△ 王赦翻着卷宗，脑子千头万绪，无法专注

* * *

△ 王赦走进 Pub 愣见一骏独自一人坐角落（或吧台），在喝闷酒
△ 两男人相视，想笑但笑不出

23

时｜夜　　景｜思悦大芝家

人物｜大芝、思悦、凯子

△ 大芝心情不错开门走进，屋内凯子与思悦气氛尴尬

凯子：……我妈其实他的意思是……你爸万一不好呢？就不结吗？

思悦：我没办法回答这个问题……

凯子：你要替我们家想，我爸妈怎么面对那些外地回来的亲友，机票要改，改到什么时候？广州好多朋友想过来参加婚礼……我们怎么回答……

思悦：是你想问，还是你妈？是你可以决定，还是一定要你妈妈决定？每次你都前面跟我说你可以，拖几天就换你妈有意见？你根本就不敢跟你妈说！到底是你要结婚还是你妈妈要结婚？

凯子： 结婚本来就是两家人的事！我妈都同意延后了，只是要个日期！

思悦： ……所以你现在一定要逼我给个答案吗？

凯子： 不然我怎么回去交代？

△ 大芝看思悦要发火的神情（那就不要结之类），大芝赶紧上前拉着思悦

大芝： 思悦姐……啊……（乱问）思聪还没回来吗？

△ 大芝拉着思悦暗示冷静，思悦手机却响，思悦看着手机接起

思悦： 老谢？怎么了？……在哪？

24　时｜夜　　景｜Pub

人物｜一骏、王赦、环境人物

△ 王赦、一骏两人都醉得脚步不稳，两人激动划着简单酒拳
△ 输的人喝光桌上啤酒，还被巴头，旁边人激动鼓噪：巴下去、巴下去
△ 一骏被巴得摔地上
△ 王赦被巴得头差点撞吧台，酒保（惊吓）扶住王赦
△ 两人兴致勃勃：再来！

25　时｜夜　　景｜路边海产店外／内

人物｜思聪、思悦、凯子、大芝、老板、老谢

△ 思悦、大芝从凯子车上下来跑进店里，整个店里桌子倒的倒、酒瓶四散、碎玻璃一堆，老谢拉着还在喝醉发飙乱骂的思聪安抚着

思聪：你们就是看不起人，谁都看不起我……怎么样？我就是导演……我就是国际知名新导演……拍不完怎么样……看不起人没关系……老谢我跟你讲，总有一天我会让你们这些妈的……跪在我前面跟我应思聪道歉……×……

△ 思悦赶紧上前拉思聪，大芝上前帮忙拉着思聪
△ 凯子从后面跟来看看，一片混乱的店，皱眉

思悦：怎么喝成这样……

老谢：……唉……刚差点跟人家打起来……还好老板是我表哥……才没报警……

思悦：老谢对不起啦……老板对不起……看损失多少，我再赔给你……

△ 大芝边安抚边拉着思聪往外走，思聪在路边边评谯边干呕
  （◎评谯，闽南语，指用比较激烈或粗俗的语言骂人）
△ 思悦跟老板、老谢道歉，想要帮忙收拾屋内的混乱
△ 大芝想带思聪上凯子的车，凯子回头见两人动作赶忙上前阻止

凯子：拜托，这我……姨丈的新车……叫出租车！

大芝：……喔……

26

时｜夜　　景｜一骏乔平家

人物｜一骏、乔安、乔平、昭国、天晴

△ 天晴已经睡在昭国身边的沙发上

乔平：姐、姐夫你们先回去吧！

昭国：到现在还没回家……不会出事吧？

乔平：……（冷）回家才会出事吧！

昭国： （傻眼）狠角色。

乔安： （笑）你现在知道了。

△ 一骏满头红肿终于打开门晃进来，昭国、乔安、乔平愣

一骏： 老婆我回来了……（笑嘻嘻走向乔安要揽）

昭国： （正想上前阻止）抱歉……这我老婆。

△ 乔平一脚把一骏踹出去，一骏飞落地
△ 昭国傻眼

乔安： （轻拍手）……旁边要上字幕：暴力不能解决问题！

27　时｜夜　景｜没什么人车的街头
人物｜思聪、思悦、大芝、老谢、凯子

△ 思悦脸臭滑着手机叫车，叫不到车，大芝拉着东倒西歪的思聪
△ 凯子开着车在前面一旁，等着，凯子下车

凯子： 上车啦，万一吐就去洗车……

思悦： 不用，你先走。

凯子： ……赌什么气？

△ 老谢开着一台破九巴经过看见，停下来

老谢： 思悦姐，叫不到车吗？

思悦： 没事！等一下应该就有了！

老谢： 那你们上来，我送你们回去。

△ 思悦道谢，立刻拉着大芝跟思聪上车，丢下凯子一人站路边

老谢： 我以为那个车是你朋友咧?

思悦： (臭脸) 是 Uber (◎优步) ……怕我们把他车弄脏。

28

时 | 夜　　景 | 思悦大芝家

人物 | 思聪、思悦、大芝、老谢

△ 老谢帮忙把烂醉没力的思聪扛进门丢在思聪床上,大芝跟着进去思聪房
△ 思悦抱歉又感激,跟出来的老谢道谢,大芝帮忙脱着思聪鞋子之类

思悦： 老谢,真的很谢谢你。

老谢： 没事啦……思聪是我最好的朋友……只是……他是不是真的精神有问题?

△ 思悦愣了一下,不知该怎么说

老谢： ……我觉得今天我们摄影师说的也还好,思聪就跑出来把人家臭骂一顿、什么看不起他,我想说请思聪喝酒吃饭聊一下,隔壁桌看他一眼,他就跟人家吵起来……他以前真的不是这样……

△ 思悦看着老谢,眼眶忍不住就红了

老谢： 真的啊?……(也想哭了) 真的?……×!怎么会这样?

29

时 | 日　　景 | 一骏乔平家

人物 | 乔平、一骏

△ 床头闹钟响,一骏宿醉头痛又红肿地醒来,愣见乔平坐床头,盯着自己

一骏： （赫然清醒）谋杀亲夫？

　　　　△ 乔平指床头的果汁、咖啡、水三大杯（解酒）

乔平： 三杯都有毒，你选哪杯？

一骏： （拿水一口气喝光）你给我的都喝……

乔平： （算你）机灵。

　　　　△ 一骏喝着果汁，看着在床前走来走去，一副"不说清楚不要想走"的乔平

一骏： ……一码归一码说……在家说家里的事……拜托……公私分清楚。

乔平： 我当初答应不生孩子，其实是怕自己活不久……像我爸妈那样瞬间就走了……我不要孩子受这种分离的苦……我也怕……我孩子像天彦一样……我不见得状态能比我姐更好！

一骏： ……现在想法改变了？

乔平： ……陪天晴的日子，让我觉得……不孤单……我想要知道……在自己身上孕育出一个生命的感觉……工作上也许可以更感同身受那些母亲的心情……

一骏： 你现在还不够感同身受吗？你都为了这些家属跟我吵……

乔平： 公私分明……（你还在讲家属？）

一骏： 你先讲的耶！

乔平： 换你讲……你除了怕改变现在的生活，你应该还有害怕什么没有说出来，不然你不会逃避跟我谈，也不会把自己喝成猪头……

　　　　△ 一骏看着乔平"今天没讲完不要想走"的神情

一骏： ……我不想我孩子生出来要面对这个……众生皆有病的社会！

乔平： 众生皆有病？你真的歪理专家！

一骏： 你也有阴影，潜意识害怕……不是吗？DSM（精神疾病诊断与统计手册）从八十几页变成快一千页了……

乔平： 只有你们精神科医生什么都当病在医！反正下药就好了。

一骏： 你客观点好吧？不下药健保不给付……医院会赔钱！喂！公私分明。

乔平： 好，你继续……

一骏： 上班压力那么大，回家不就是要放松？我们这样快快乐乐，下班想干吗就干吗……生了小孩以后就睡不饱，回家看小孩哭，我也笑不出来，回家看你累我也不能笑……

乔平： 你回家只有玩电动好吗？你放松，我下班做的事可多着！

一骏： 有小孩，你下班还可以做这些事吗？你可以全心关注你的病人吗？

乔平： 把小孩交给保姆……（想）又怕保姆失职还是虐待，回来跟我们不亲！

一骏： 把小孩交给我爸我妈又怕回来教养方式不同，小孩无所适从，担心小孩觉得被父母遗弃……然后心理不平衡……

乔平： 小孩长大一路压抑，考试、竞争……有忧郁症……躁郁症……思觉失调……

一骏： 小孩送出去？我们也是要在这工作，难道我留这，你带小孩出去？这算什么家人？生小孩有百害无一利，人生还有什么乐趣……

△ 两人越说越同仇敌忾

乔平： 所以呢？就不要一个我们两个孕育出来的生命？

一骏： 喝太多水我要上厕所……

乔平： （拉一骏）说清楚不要想尿遁。

一骏： 喂！我的态度清楚，挣扎的是你。

30

时｜日　　景｜思悦大芝家

人物｜思聪、思悦、大芝

△ 大芝、思悦两人吃着早餐，愁容

大芝： 思悦姐……不要烦啦，我昨天晚上有偷看思聪的药，看起来是有变少……但我来不及算，他一动，我怕被发现就跑出来。

△ 思聪开门出来，思悦和大芝一下不知该说什么

大芝： ……今天怎么这么早醒？

思聪： 一直做梦……头好痛……

思悦： 你有没有吃药？没吃药真的不行，吃药真的不舒服，那我们回去跟林医生说就换药好不好？

思聪： 吃药，你就会跟我说吃药……除了吃药，你没有别句可以讲？

△ 思悦和大芝愣，三人僵在现场

思悦： （眼眶有点红）那你希望我跟你说什么……

思聪： ……把我当一般人可不可以……当正常人可不可以……人可不可以？

△ 思悦莫名，更委屈地看着思聪

31

时｜日　　景｜"小确悦"手摇店

人物｜思悦、大芝

△ 思悦黯然地走来开门，大芝跟在后面

思悦： 到底怎样叫把他当一般人？明明就病人……

大芝： 思悦姐！你去医院问医生该怎么办好了。

思悦： 那你要一个人顾店？

大芝： ……我现在手脚变灵活了，连小清都输我喔，哈哈……

△ 大芝努力逗着思悦开心，思悦为难

大芝： 你看完应伯伯跟医生就回来啦，去挂号！我们一起加油！可以的！

△ 远处摄影机拍摄着大芝笑眯眯地逗着思悦开心

32

时｜日　　景｜高等法院外

人物｜王赦、陈晓菁、刘博豪

△ 王赦站在正要进法院的陈晓菁、刘博豪面前，两人看着王赦
△ 王赦：胡茬满脸，一身酒味，还满头红肿

王赦： 我不能参与刘易成的案子了……很抱歉……要解除委任。

陈晓菁： 老婆不准？

王赦： ……不是！

刘博豪： 这个案子不做？还是以后都不做死刑案跟重大案件辩护？听说分会办公室打电话给你，你都没接……

王赦： 以后都不会接了。

陈晓菁： 你邪恶律师代表，人权悍将耶！你这么坚强的心理素质都退了……

△ 刘博豪拍了一下陈晓菁，不要说了

陈晓菁： ……我懂啦……唉……家家有本难念的经，老婆小孩还好吗？

王赦： ……努力中……

△ 三人无语

陈晓菁： 我们进去开庭了。

△ 王赦点头，陈晓菁、刘博豪要走，刘想起来转头

刘博豪： ……陈昌……死了……听说是一直惹事，被送到独居房，结果半夜吃塑料袋、吃衣服……把自己噎死了。

△ 王赦反应

33

时｜日　　景｜医院病房／新生儿加护病房

人物｜王赦、护理师／王赦、美媚

△ 王赦心情复杂地走入病房，却没见美媚，问经过的护理师

王赦： 护理师……请问……

护理师： 你太太……去新生儿加护病房了。

王赦： 这时间可以看？

△ 护理师摇头，抱歉的神情。王赦愣，往外跑去

* * *

△ 王赦穿着防护衣走进去，看着美媚抱着小小 baby，身上的管子都拆了
△ 美媚抱 baby，看着王赦来，眼泪再度如雨下

美媚： 对不起……医生说……救不起来……对不起……对不起……

△ 王赦揽着美媚，眼眶也红，说不出话来

王赦： （泪也不停）……对不起……是我对不起你们……是我不好……是我不好……

376　　我们与恶的距离

△ 王赦对自己无解，对陈昌无解，对孩子的死也无解
△ 远看着王赦与美媚，哀伤的两人抱着小小 baby，就这么抱着

34

时｜夜　　景｜王赦美媚家

人物｜王赦、美媚

△ 王赦收拾着从医院带回来的东西，美媚想起来收拾屋子，王赦过来拦着

王赦：　……你还在坐月子……你休息……我来就好了……我觉得妈的建议不错、还是到月子中心，好好休息……我来带小斐。

美媚：　你要上班啊……现在小……誓又不在了……到月子中心才浪费钱……妈也会帮我带小斐！月子餐送来家里就好了。

王赦：　……钱你不要担心……妈这阵子也辛苦了，房租快到期……我们找个二十四小时保全的社区还是大楼……住得也比较舒服。

美媚：　为什么……

王赦：　我爬楼梯爬得累死了……想要住大楼。

美媚：　你很奇怪耶……租这里的时候还说每天爬四层楼可以健身。

王赦：　人会变啊……我热月子餐给你吃……等下……我去接小斐喔……你先休息……

△ 美媚看王赦转身去厨房忙，疑惑

35

时｜夜　　景｜思悦大芝家

人物｜思悦、大芝

△ 思悦把滴剂的药滴到面或饭里

思悦： （小声）医生说这长效的……滴剂，先试试……

△ 大芝点头去敲门

大芝： 吃饭啊……思聪……

思聪： （OS）我吃过了……

思悦： 这家你最爱吃的……咸鱼炒饭（之类）。

思聪： （OS）我不要吃……不要吵我……写剧本……

△ 思悦、大芝反应

思悦： 那我放电锅，你想吃就吃……

36

时｜日　　景｜品味新闻台

人物｜乔安、News 哥、环境人物（记者们）

△ 乔安看《美丽境界》杂志封面，李晓明家人摆脱阴影、行善盖房
△ 大芝在"小确悦"手摇店的笑容／李父扛钢柱、李母煮大锅菜的笑容
△ 乔安翻着内页，多张照片与报道，眉头越皱
△ News 哥站乔安旁，啧啧，摇头，有不祥感

37 时｜日　　景｜"小确悦"手摇店

人物｜思悦、大芝、记者若干、摄影师若干

△ 思悦、大芝走向店里，两人烦

思悦： （思聪）晚上不吃……好像没怎么睡，早上又不饿……吃个药这么难？

大芝： 你不是说医生说思觉失调症最难就是没有病识感，等下准备好，我们看谁有空再回家看看思聪的状况好了……

△ 思悦、大芝把铁门拉开，准备进店
△ 路边的电视台采访车有人拿着摄影机下来，对面大楼有人拿着摄影机跑来，也有几个文字记者拿着 mic 牌过来（快讯等其他媒体）

快讯记者： 你是李晓明的妹妹李晓文吗？

△ 大芝愣，看周边的摄影机，已经开始拍摄
△ 思悦见眼前状况怪怪的，把大芝拉进店里，铁门拉下
△ 两女孩站店内有点呆滞，什么状况？

店外

快讯记者： 我是快讯的记者……你可以谈一谈你们走过这些伤痛的心情？……你让我们采访一下，五分钟……你都让《美丽境界》专访了……我们简短聊一下，有个画面，让我们交差嘛……说不定你们生意也会有帮助……

店内

△ 大芝莫名其妙：《美丽境界》什么东西？大芝用手机查阅着

思悦： 你有让《美丽境界》杂志采访吗？

大芝： 怎么可能？……

△ 大芝愣看《美丽境界》新刊头版标题：李晓明家人摆脱阴影、行善盖房

思悦： （探头看手机，讶异）这谁？……采访的？

大芝： （绝望）……学长……

思悦： ……怎么那么贱？

　　　△ 两个女孩站在店里，坐困愁城

大芝： ……刚一个瞬间，我真的有冲动想要拿刀冲出去……把这些记者、学长都砍了……原来变成罪大恶极的杀人犯，是这么容易的一件事……

思悦： ……想想可以……不要做就行了……

　　　△ 思悦从信箱投递孔往外看着，几个记者坐门口抽烟、聊天、说笑
　　　△ 思悦决定打手机

思悦： 凯……我们在店里被记者困住了……你现在开车来带我们走！

凯子： （电话音）记者为什么要到店里……

思悦： 现在说不清楚啦……反正大芝被《美丽境界》报道……你快点来载我们。

凯子： （电话音）《美丽境界》？

思悦： 拜托，快点……真的拜托你帮个忙，我就这件事求你……

　　　△ 思悦挂了电话，安抚着大芝

思悦： 没事……凯子马上就来了……今天不开店没关系。

大芝： 明天呢？

思悦： ……不会来了吧？这件事到底对社会有什么意义啊？……你哥都死了，为什么要一直纠缠你们？

　　　△ 大芝茫然，被学长欺骗加上媒体的追缉，突然想到拿起手机拨

大芝： 妈……你们快点走，不然又被媒体拍了……对不起啦……又是我害的……快点走，不要再说了……赶快躲起来……

　　　　　　△ 大芝讲电话中，思悦手机讯息响，凯子传来的语音讯息

凯子： （语音留言）你自己走，要不就请大芝离开，不要跟这种人扯上关系，丢死人了，我不会过去，被拍到我们家的事业就毁了！

　　　　　　△ 思悦实在没想到会是这种答案，这回也有杀人的冲动了

思悦： ……搞得我也想杀人了……（深呼吸，深呼吸）……可以的，我们可以的……

　　　　　　△ 思悦想想拿起手机拨着

店外

　　　　　　△ 思聪跑来到店门口，正敲店门
　　　　　　△ 路边等候的摄影记者、文字记者好奇地看着

快讯记者： 请问你……是这家店的……

思聪： 干你屁事……走开……你们再这样我就报警告你们扰民了……

　　　　　　△ 快讯记者看着思聪的脸，还有衣服（是上次闯幼儿园同一件）

快讯记者： ……你是那个闯进幼儿园的导演……应什么……对不对？

思聪： 滚喔，再拍我就打人了……

　　　　　　△ 摄影机器全对着思聪了，思聪抓狂，冲上去跟摄影师扭打
　　　　　　△ 铁门拉起来，思聪被冲出来的大芝跟思悦拉进店里
　　　　　　△ 铁门又关下

（待续）

第九集

1 时｜日　景｜"小确悦"手摇店

人物｜思悦、思聪、王赦、大芝

△ 思悦、思聪、大芝三人面色都难看

思聪：（激动）这些烂媒体，不长进，只会偷窥、监视，李晓明的妹妹又怎么样？……我有枪也会把他们都枪毙……

思悦：……冷静一点，你……家里的早餐吃了没……我先弄果汁给你。

△ 思聪摇头，晃来走去，还是很躁动
△ 大芝内疚地蹲在角落，什么也说不出，三人再度沉默
△ 敲铁门声响，三人反应，思悦往信箱孔看着

思悦：王律师吗？

王赦：是！开门吧！外面没记者！

△ 思悦讶异，打开铁门，只有王赦站门外，记者已无影

大芝：王律师，你把记者都赶走了？

王赦：我来就这样了！

△ 三人反应

2 时｜日　景｜快讯新闻／工地现场

人物｜李父、李母、工地环境人物、记者众、快讯

△ 快讯新闻画面：戏院杀手李晓明父母终于公开面对媒体，live

快讯记者：（OS）擅长躲避媒体的李晓明父母，在杂志报道过后，终于良心发现，在盖家义工团的现场……接受媒体访问。

△ 工地现场：李家父母在角落与义工团的人商量
△ 李家父母忐忑地走向媒体

3 时｜日　　景｜品味新闻台编辑会议室

人物｜News 哥、乔安、编辑、记者

△ News 哥、乔安等人看会议室监视新闻，李父、李母的现场准备画面

News 哥： 声音打开……

△ 某编辑上前操作
△ 品味字幕：李晓明父母加入义工团／说明记者会，live

News 哥： （回头看乔安）……你可以吗？

△ 乔安回个白眼，走出会议室，站在门口的墙边，但听得见里面的声音
△ 新闻：李父、李母对媒体深深鞠躬，李父抬头对镜头说着

李父： 抱歉让大家特地跑来这里……

快讯记者： 你们已经走出儿子李晓明杀人的阴霾了吗？

李父： 这是一辈子的亏欠，只是以前我们躲起来，因为没有脸也不知道怎么面对大家……现在希望……活着这几年可以多做一些事，看能不能弥补晓明对这个社会的伤害……

阿社： 所以你们已经找到李晓明为什么会做这些事的原因？

李父： 没有……晓明到被处死刑前，我们还是没见到面……是我们不好，不够用心注意晓明，才会让他犯下大错……

△ 乔安听到李父说的不够用心，有些感触

4   时｜日　　景｜"小确悦"手摇店

人物｜大芝、思悦、王赦、思聪

△ 思悦等看着手机上品味新闻 live 现场

李母： 有任何问题问我们，我们都会尽量回答……做错事的是晓明跟我们，拜托……放过我们女儿……她跟这件事没有关系……请让她有重新开始的机会……真的拜托……大家！

△ 李母强忍激动的眼泪，嘴角颤抖地祈求
△ 大芝发现父母是为了自己才面对媒体，眼泪止不住

王赦： ……知道为什么媒体会消失了……

△ 大芝低着头，难掩愤慨，气呼呼地往外跑了

思悦： 大芝，你要去哪？……思聪……你先跟着大芝……拜托，我怕她想不开……思聪你也要冷静点，随时打给我……

△ 思悦推着还在犹豫的思聪出去，思悦看着王律师突然想到

思悦： 啊！还没叫思聪谢谢你，多亏王律师，思聪才没被告，刚太慌乱，一下忘记了。

王赦： （感触）……那是命……运吧……

思悦： ……王律师……真的很谢谢你……一通电话马上就来。

△ 王赦或许是为了晓文，却没想到遇到思聪，苦笑

思悦： 可以告这些媒体吗？真的很过分耶……

王赦： 在公开场合的拍摄，真要告，胜诉率不高……（有点消极的王律师）

思悦： ……哪有拍到大芝笑，就说大芝走出阴霾，这也太断章取义。

王赦： 李爸李妈出来，新闻热潮也过了……媒体应该不会来找大芝……以后我会比较忙，可能就没办法这样……随传随到……我还有事，我先走……

△ 王赦转身就走了，不忍看思悦的表情，心情顶复杂的

思悦： 真的不好意思……真的谢谢！

△ 思悦看着王赦离开的背影，独自站在店里，突然不知道要干什么

5

时｜日　　景｜《美丽境界》杂志社外

人物｜大芝、卯帅、思聪

△ 卯帅走出大楼，看着脸绷的大芝，卯帅笑得灿烂

卯帅： 怎么这么突然就跑来，看到报道了？

大芝： ……道歉跟吃饭……就是为了独家？

卯帅： ……碰到你……是意外……

大芝： 道歉跟吃饭就是蓄意的……下流。

卯帅： 是报道你们家做好事……走出过去阴影反馈社会，哪里下流？

大芝： ……好事为什么不事先讲？好事为什么用偷拍……

卯帅： （恼羞成怒）……你自己警觉性低，要怪我？我才说当你的树洞，你劈里啪啦全说了，独家自己送上门，我怎么往外推？

△ 大芝气闷，突然思聪从旁边冲出来，上前揍了卯帅

思聪： 无耻下流烂货……你们这些烂人，成天就会跟踪、监视……造谣……

大芝： （拉着思聪）不要打……打了就跟这种人一样……

△ 卯帅直起身，撑着被打的身体

卯帅： 扯平……了吧！
思聪： 扯你个屁……
△ 思聪还想打,被眼眶气红的大芝拉走了

6

时｜日　　景｜街道

人物｜大芝、思聪／（小欣）

△ 大芝眼泪不停一直走,思聪跟在旁边看大芝哭不停

思聪： ……还哭……再回去揍一顿……

△ 大芝拉回思聪,劈里啪啦说着

大芝： 我气我自己啦……为什么一看到他就傻了……在大学的时候也是……因为要跟他出去,忽略了我哥,让我哥做了大错事,因为跟他出去,害我爸妈要出来面对媒体……我是白痴……我是花痴……

△ 思聪看着大芝边哭边骂自己,仿佛看到当年的小欣

小欣： （也是边走边哭）……我好气我自己……为什么我会再回去那个家,真的是自己笨,从小被打到大……可是不回去又觉得自己很糟很不孝……

△ 思聪走着走着,陷入自己的思绪之中,看大芝的眼神不一样了

7

时｜日　　景｜"地检署"外

人物｜王赦、涂仁富

△ 王赦与涂仁富从"地检署"走出,涂仁富笑笑跟王赦说

涂仁富： 真的谢谢捏，里面兄弟们说你是最好的律师……真的不是盖的。

王赦： （亲切甚至有点江湖味）证据不足跟法律程序不合法，只是不羁押你，并不表示你是无罪确定……下次传开庭涂哥还是要来。

涂仁富： ……有王律师在我就放心了。

△ 涂仁富走向旁边等候的黑头轿车，从车内拿出一沓公文袋装的现金

涂仁富： 这是前金……王律师……

△ 王赦笑笑，毫不犹豫地收下

涂仁富： ……王律师……以后兄弟的事就多麻烦你咧！

△ 王赦拍着涂仁富，讲这些干吗的义气样
△ 涂仁富走向车后座，上车，摇下窗子挥手跟在车窗外的王赦道别
△ 王赦笑着挥手，转身走了。王赦站在十字路口，僵的笑容

8

时｜昏　　景｜大公园草地上／义工团角落

人物｜思聪、大芝、（小欣）／（李母）

△ 两人坐在草地上，大芝接着母亲电话，还是泪

李母： 你要知道爸爸妈妈都在你旁边……那个义工团的团长一直跟我们说要注意你……因为……日本就有一个弟弟，因为哥哥开车撞死六个人自杀了……他觉得加害人的家属没有幸福的权利，你千万不可以做傻事，知不知道……真的受什么委屈，你回来……听到没……至少我们一起……

大芝： （哽咽）好啦……对不起……害你们要出来给记者采访！

李母： ……该面对的就是要面对……躲也躲不掉！

△ 思聪看着大芝擦眼泪挂了电话

思聪： 好点了吧？

△ 大芝难以回答

思聪： ……卓别林说：人生近看是悲剧，远看就是喜剧了。

△ 大芝看着思聪有点意外

大芝： ……卓别林？那个拍黑白片的喜剧演员？

思聪： 他也是导演……

大芝： ……再怎么样我都是李晓明的妹妹……我的人生……是恐怖惊悚片！

思聪： ……你就是你……不是李晓明的妹妹！

大芝： （苦笑）谢谢喔……你呢，你希望你远看的人生是什么样子？

思聪： ……拍一部好电影，让自己变好……

△ 大芝看着思聪，思聪都有梦想，大芝看着天空，突然大笑起来

大芝： 哈——哈——哈——

△ 思聪莫名其妙

大芝： 思悦姐说得对……不要害怕别人怎么想你……重点是我们自己怎么想……要笑，运才会开……哈哈哈，哈哈哈……我是李大芝……我好大只！我是李大芝，我好棒棒……

△ 路人侧目大芝的大叫大笑，大芝还拉思聪

大芝： 来，应思聪一起……我们是好棒的人……一起加油！

△ 大芝大喊着加油，思聪看着眼前的大芝仿佛是小欣

小欣： （含情看思聪）我们一起加油！你一定可以当个好导演的。

大芝： 可是你还是要好好吃药，不要让思悦姐担心……思悦姐这样好辛苦，你要乖乖吃药复健，才能当个好导演。

△ 思聪没听见大芝的话，思聪视线瞥向不远处
△ 思聪看着不远处骑脚踏车的人，一直看着他们（幻觉）

大芝： 喂！思聪！有没有听到？

思聪： 我们走吧……

△ 思聪拉着大芝往另一头走了

9

时｜夜　　景｜餐厅

人物｜乔安、乔平、昭国

△ 三人吃饭，乔安一直夹给乔平

乔安： 跟一骏谈开了，你心里还是没决定……

乔平： 只有每天火气越来越大，老想骂人。

昭国： ……那一骏不是惨了……

△ 乔平有一搭没一搭地吃着

乔平： ……他才不会自己往坑里跳，最近班排得满满……每天都睡医院。

昭国： 真的想生，我们家可以支援……我们家的爱现在满出来了，天晴还一直说要帮你带小孩呢！

乔平： 谢谢姐姐姐夫，这虽然不实际，但有安慰到我……你们别担心我好吧？一天到晚约我吃饭……现在真的爱满出来啦……太炫耀了吧？

△ 乔平手机响。乔平看着陌生电话，犹豫着。乔平关掉手机

乔安： 怎么不接？……

乔平：　最近情绪不好……接家属电话会烦躁，也很容易发脾气……应该是被林一骏影响……他说我老是把每个病人出事都揽在自己身上……不适合这个工作……其实也对！

昭国：　这个时间打来，也是没考虑到你们上下班时间！你们工作量跟压力都很大！

乔平：　家属的压力是我们没办法想象的……

乔安：　……你也是要先把自己顾好，才有能力跟家属沟通！

△ 乔平苦笑

10

时｜夜　　景｜"小确悦"手摇店

人物｜思悦、凯子

△ 思悦挂了手机

思悦：　（VO）宋小姐不接电话……怎么办？

△ 思悦烦，看着前面走来站在柜台前的凯子笑眯眯的，好像没事一般，更烦

11

时｜夜　　景｜街道

人物｜乔安、昭国

△ 两人漫步走在接天晴的路上

昭国：　……你有收到有诚戏院被害群组的消息吗？

乔安：　（摇头）……看到任何人发的消息都觉得烦躁……早就退出了，干吗？

昭国：　有几个家属看到李晓明家的新闻，很气愤……最近会有一些行动吧……

乔安： 什么行动？

昭国： 我想是赔偿的问题……

乔安： 你想吗？

昭国： ……比较想……找到真相。

　　　△ 两人无语地走着

昭国： ……你看起来比较没那么……抑郁了？是因为我们家充满爱的关系？

　　　△ 乔安想笑，但想想

乔安： 本来心里时时刻刻都有个大石头压着的感觉……在家跟你又吵又骂又哭的，石头小了一点，去了戏院，大哭完好像又小了一点……骂完李家父母……想想自己根本也不了解天晴……比起他们自己也没多好……

昭国： ……不一样吧……

乔安： 我以前也不怎么跟我爸妈聊天，只是基本的日常对话，总觉得他们不了解我，你爸妈懂你为什么离开品味去做不赚钱的《先驱》吗？

昭国： （苦笑）……前几天我妈还又念了一遍……

乔安： ……那天李大芝离职，看着她跟我鞠躬道歉……我说不出原谅也谈不上生气，只是……胸口又松开了一些……所以很难认定是我们家充满爱的缘故……不过刘昭国先生的确居功不小……谢谢你没有转身离开。

　　　△ 乔安有些苦涩，却也真诚感谢地微笑，主动牵起昭国的手
　　　△ 昭国把乔安的手握更紧，两人漫步往前

12

时丨夜　　景丨思悦大芝家楼下

人物丨思聪、大芝、邻居众、思悦、凯子

△ 思聪、大芝往家走去,思聪还在四处张望

大芝：你到底一直在看什么?

思聪：有人跟踪我们……

大芝：记者吗?

思聪：……不确定……

△ 两人张望着,大芝正怀疑思聪怪怪的,看见思悦和凯子被邻居围着

邻居A：应小姐你那个房客,是不是李晓明的妹妹啊?

思悦：……(犹豫)不是!

邻居B：我看杂志上拍的就是你们店啊?

思悦：……我不知道什么杂志……

邻居A：是喔?……那个男房客是……

思悦：(不耐)你们到底想说什么?

邻居A：后来我儿子说那是强制住院……他是有精神病对不对!

思悦：……

邻居B：……请他搬家啦不要租给这种人……我们这里这么多人……很危险耶……

△ 凯子拉着很烦躁、想骂人的思悦往楼上走
△ 思聪愤愤地朝邻居们走去,大芝拉着,邻居们看见思聪,瞬间鸟兽散

13　时｜夜　　景｜思悦大芝家

人物｜思悦、凯子

△ 凯子跟着思悦进门

凯子： 搬家吧，你跟我去广州……要不然你搬去跟我爸妈住，店另外再开！

思悦： 我们又没做错事，为什么要搬家……为什么要另外开店？

凯子： 如果没做错事，你刚为什么不敢跟邻居承认就是李晓明妹妹？为什么不说思聪就是有精神病？

思悦： 为什么要跟这些不熟的邻居说？会造成大芝、思聪的困扰啊！

凯子： 为了这两个全世界都不想理的人，你跟我每天摆臭脸，才是我的困扰。

思悦： 这两个人是我的亲人、我的家人……

凯子： 李晓明的妹妹是你的亲人、家人？我才是要跟你结婚的人吧？

思悦： 你有把我的事当你的事吗？就算是朋友也不会不来救我们，你有把我弟当你弟吗？你家的新车都比我弟重要！

凯子： 我姨丈的车……我自己的车当然就随便啊……我在台北又没车。我不救你，刚干吗把你拉上来……

思悦： 你拉我上来的结论是叫我搬家。

凯子： （头很痛）你到底是对我有什么不满，我怎么听不懂……我妈说，得这种病就是祖先做了缺德的事，你不检讨你们家检讨我？

思悦： （暴怒）我就是对你不满，我对你们全家都不满……会讲这种话的人才是缺德！

凯子： 你是跟神经病住久了，也变成他妈的神经病……

思悦： （咬牙）你给我出去……

△ 凯子愤愤地转身出去，看见门外的思聪跟大芝

凯子： 妈的！一屋子疯子……

△ 思聪更火，又想上前揍凯子，被大芝拉进门
△ 大芝关上门，两人站在屋内，思悦看见两人挤出笑容

思悦： 吃饭没？

△ 两人点着头

思悦： 思聪！……吃……药了吗？（忍不住眼眶红）对不起我只想到这句……

思聪： 该吃药抓去医院关的是这些多管闲事的烂人，我一定会让你们他妈的这些人后悔……

△ 思聪愤愤地碎念不停，走进房内，关上门
△ 思悦这回真的崩溃，转身走进自己房，大芝跟着想安慰

思悦： （泪崩）为什么这么难……

△ 大芝也不知道该说什么，只能抱着思悦安慰

14

时｜日　　景｜品味新闻台会议室

人物｜乔安、News 哥、各部门主管

△ 白板上写着议题规划："前瞻计划"两年检讨、"一带一路"六年专题、北欧人权、徐立春死刑救援、环保趋势、民生议题追踪、"9·21"二十年……

国际组组长： 我们有预算去北欧吗？

乔安： 正在申请余闻基金会的新闻项目经费……可以先联系规划行程。

社会组组长：最近阿社追到一个检察官包庇走私的弊案……我想让他专心去追……可能还要个一周。

　　△ 乔安、News 哥点头，News 哥手机哔哔叫两声，News 哥赶紧看电脑

News 哥：收视率要出来了……老天保佑！保佑……

　　△ 众人围过来看着，小欢呼

News 哥：没掉……我的妈啊……没掉，还是第二……

社会组组长：……网络点阅率掉蛮多，不过上来的评价都是好的。

News 哥：我爱台湾观众……你们真是太有眼光……太有 sense（◎品味）了……水啊……

　　△ 难得气氛轻松的品味新闻部，乔安收到讯息：昭国传来的
　　△ 昭国：你叫李晓明的妹妹快离开现在工作的地方
　　△ 乔安反应

15　　时｜日　　景｜"小确悦"手摇店

人物｜思悦、大芝、陈母、陈子、陈家亲友；店员 A

　　△ 大芝正准备接待陈母一群人

大芝：请问需要什么？

陈母：你是李晓明的妹妹……

　　△ 大芝还不知该怎么回应，愣了一下
　　△ 鸡蛋与垃圾就丢进店里，丢到大芝身上

店员 A：（傻眼）喂！你们干什么？这太过分了……吧！

陈母：你跟李晓明是什么关系，没关系的人就让开……

　　　　　△ 大芝推开店员 A，走出店外，店员 A 意外，李晓明？

大芝：　我是李晓明的妹妹，有什么事找我就好了，不要影响店里……

　　　　　△ 大芝走出去，看着外面一位坐在轮椅上的年轻男孩与抱着年轻女孩牌位照片
　　　　　　的阿婶（陈母的妹），然后鸡蛋与垃圾如雪片飞来砸到大芝头上
　　　　　△ 一旁正来的思悦跑进战场里，推开众人

思悦：　喂！你们这样太过分了……我要报警！

大芝：　思悦姐你走开……这不干你的事……

思悦：　……害你们的是李晓明，不是他妹妹……你们可以分清楚吗？

陈母：　死了就一笔勾销算了吗？我儿子，他有工作的权利吗？脊椎受伤半身
　　　　不遂……你看我妹妹的女儿……我妹一家人养了二十几年正要当会计
　　　　师的女儿就这么死了……你叫他们一家人怎么活？李晓明妹妹凭什么
　　　　重新再来？凭什么有走出阴霾的权利……我们有吗？

大芝：　（鞠躬）对不起……真的对不起……

陈母：　（再丢鸡蛋）对不起有用吗？……

大芝：　（眼睛红）……没有……

　　　　　△ 思悦眼眶也红，要去扶大芝，大芝把思悦推开

大芝：　思悦姐你走开……拜托你走开……拜托……

　　　　　△ 众多人继续对大芝咒骂丢着，思悦不忍看
　　　　　△ 突然思聪冲进来抱着大芝，把大芝揽进怀里，不让她听这些话

思聪：　……不要怕，我陪你……小欣我在……

　　　　　△ 大芝被埋在思聪怀里，有讶异也有感动
　　　　　△ 思悦愣看着相拥的两人

16

时｜日　　景｜"小确悦"手摇店

人物｜思悦、店员 A（小清）

△ 铁门拉下，思悦跟店员 A 正在店里打扫着，思悦若有所思

思悦： （VO）……小欣……思聪刚是叫小欣吗？

店员 A： （走到思悦面前）思悦姐……刚陈艾妮传讯息给我说她不做了。

思悦： 陈艾妮不做了？为什么传给你？不是传给我……

店员 A： 她是叫我另外找理由跟你说……我觉得老实跟你说比较好，如果大家都知道李晓明的妹妹在这上班，思悦姐，你觉得店开得下去吗？

思悦： ……重点是饮料好不好喝、新不新鲜吧……我们跟大芝又没做错事干吗换地方……是你知道这个店有李晓明的家人，你就不会来买吗？

店员 A： （思索着）……可能会犹豫一下……有这么多饮料店，干吗非来这家？

思悦姐： 你跟大芝工作这么久……你觉得大芝会害你吗？她工作不认真吗？

店员 A： 大芝很认真啦……但是我一个人来买，你觉得有用吗？我一个人是可以买几杯啦……思悦姐，这不是对错的问题，是现实的问题。

△ 思悦反应

17

时｜日　　景｜思悦大芝家

人物｜思聪、大芝

△ 大芝从浴室洗完澡出来，思聪在外面等着

大芝： 谢谢你……

思聪：你跟我客气什么？

大芝：给你跟思悦姐添好多麻烦……

思聪：我想好了……等我剧本写好，我们两个找地方搬家……到海边好不好？

大芝：哈？

思聪：……我会照顾你一辈子的。

△ 思聪深情地看着大芝

大芝：（愣）你喜欢我……

△ 思聪上前抱紧大芝，大芝傻眼，怪怪的

思聪：傻……这还要问……有人要投资我了，我赶快把剧本写完……我们就有钱，你先找房子……我们一起走！

18

时 | 日　　景 | 加护病房

人物 | 思悦、应父

△ 思悦帮应父按摩着，帮着卧床太久的父亲复健肢体
△ 思悦按着应父的手，忍不住泪

思悦：（VO）爸……你加油好不好！我好累……

19

时 | 夜／日　　景 | 品味新闻台／"法务部"门口

人物 | 乔安、News 哥／陈姓被害人家属与亲友

△ 乔安、News 哥看着监视器新闻：品味新闻

　　　　　△ 新闻字幕：李晓明事件受害者家属"司法院"抗议
　　　　　△ 陈母对着镜头激动（马赛克）的画面

陈母： 我们的亲人就是该死该受伤？有人来关心我们以后该怎么办？我儿子受伤变残废，我先生忧郁得癌症，我妹妹正想她的女儿可以帮忙分担房贷，然后死了……政府为我们杀了李晓明，然后呢？难道我们就自认倒霉？你们谁可以确定这些事以后不会发生到你们身上……

　　　　　△ 一群人十几个拿着布条：谁来照顾被害人？
　　　　　△ 坐轮椅的男孩背影，死亡的女孩遗照
　　　　　△ 字幕：被害人保护协会，执行长

执行长： 我们绝对会尽力帮助被害人走出哀伤，让他们领到抚恤金……只是因为人力的不足，之前我们甚至帮被害人家属卖地瓜……渡过难关。

News 哥： 卖地瓜？

乔安： ……靠自己比较实际。

News 哥： 那我们再来做个系列专题，谁来协助被害人家属……你应该可以给很多意见吧？之前……我不是有帮你约被害人保护协会的心理咨商专线，结果你去了，效果不错吧？我都忘了问……

乔安： ……我跟承办人说：我是被害人，他叫我提证明……证明？把心掏出来给你看，上面好多洞？还是拿出我儿子枪伤伤口的照片，你看这是我儿子的死亡验伤照？……我转身就走了。

　　　　　△ News 哥不敢置信

News 哥： 哎！今天处理这些李家跟被害者家属的新闻……你的心情还好吧？

乔安： ……没什么好不好……怎么样天彦也不会回来……

News 哥： ……想想大芝说得也没错，我想把她调到别的单位，她只回我……我留在这里，只会让乔安姐想到伤口就在眼前……

　　　　　△ 乔安反应

News 哥： ……我收到昭国讯息，听说……这些受害者家属去"法务部"之前，先去她打工的地方砸鸡蛋丢垃圾……结果我看到的时候已经来不及叫大芝走……

乔安： ……我不想一辈子当被害者家属，李大芝要想办法把自己身上加害者家属的标签撕掉，但是你们……不要想我跟她可以变朋友……我没这么伟大！

△ 乔安走出办公室，News 哥还是感慨万千

20

时｜夜　　景｜思悦大芝家

人物｜思悦、大芝

△ 大芝看着思悦正在对着电脑（或平板）做运动（郑多燕之类）

大芝： ……思悦姐，你怎么还有心情做……运动啊？

思悦： 事情太多了，我一定要清一下我的脑袋……我要正面能量……一起来……

大芝： 呃……（瘫）我动不起来……

思悦： （边动边说）你要跟我说什么？

△ 大芝看着思悦，不知道怎么开口

思悦： 给我十个小时想想……现在事情太乱，我一件一件解决……好不好……

△ 思悦气喘吁吁地跟大芝说着，大芝点头

21

时｜夜　　景｜大芝房／思聪房／思悦房

人物｜大芝／思聪、大芝、小欣／思悦

△ 大芝看着房内状况，拉出行李箱，想要整理搬家的东西

思聪房： 窗帘已全拉起

△ 思聪烦躁地写着剧本，感觉到很多的杂音，很吵

幻听： 不可能写得出来／你再拍不出来你人生就毁了／智障人写智障本／拖油瓶没人要／像个大人好不好／……警匪片你行吗？你拿过枪吗？

思悦： （幻听）小欣不适合你……医生说她有病……小欣不会跟你走的啦……

△ 思聪头痛，感觉到电脑荧幕的模糊，有血滴在键盘上
△ 思聪拼命擦拭着键盘，发现流鼻血，思聪拿卫生纸擦鼻子，拿下来卫生纸却是干净的，思聪不解
△ 思聪感觉到肩膀被按摩，思聪抬头，大芝在背后对他笑着
△ 思聪回头抱着大芝亲／两人床上翻滚（Orz，参考参考）

思悦房

△ 思悦运动完，满身大汗，边擦汗边思索着

22

时｜日　　景｜昭国乔安家

人物｜乔安、昭国

△ 乔安还在整理资料、看新闻，手机讯息响
△ 昭国刚睡醒的样子，从（乔安）房间拿着手机冲出来

昭国： 我都收到讯息了！你还不知道吗？

△ 乔安看着手机讯息抬头＝怎么可能？

23

时｜日　　景｜品味新闻台办公室

人物｜News 哥、乔安、众记者、主管

△ 乔安急步走进办公室，办公室人心惶惶，众人交头接耳

乔安： 我们已经卖给……新奇集团？真的假的？黎子奇要当我们老板？为什么没有任何风声？

News 哥： ……公告已经贴出来了……等下主管会报。

△ 乔安与 News 哥互看，相当不祥感

24

时｜日　　景｜王赦美媚家

人物｜王赦、美媚

△ 王赦起床，发现睡过头。王赦跑出房，美媚正在客厅想事情

王赦： 对不起，我睡过头了……

美媚： 没关系……我送小斐上课了……你说你今天没开庭，我才没叫你……你最近也很累吧……我感觉你晚上都翻来翻去的睡不好，来吃饭……

△ 美媚起身去张罗做好的早餐，王赦坐在餐桌旁，萎靡

美媚： ……赦……我想去找个工作……我最近有跟我妈讨论……我可以当个兼职的行政助理……四点就下班可以去接小斐。

王赦： 你还在坐月子啊……万一以后有小孩怎么办？

美媚： 坐月子坐得我都要生茧了……坐完就去上班，有小孩就再看要不要辞职……一直在家觉得自己没进步……越来越笨。

△ 王赦起身走向公文包，拿起里面的公文封（厚厚一叠比之前还厚）

王赦： 别担心钱的事……我忘记汇给你……想进步去学东西、去上课啊……你的愿望不就是做个幸福的家庭主妇……

△ 美媚打开公文封，愣，哇——这么多钱

25

时｜日　　景｜思悦大芝家

人物｜思悦、凯子、大芝

△ 凯子走进门，看见盛装的思悦

凯子： 打电话叫我来，（打量盛装的思悦，笑）……道歉吗？知道我才是对你最好的人……决定要搬家？我先跟我妈讨论，看住旅馆还是住我家。

△ 思悦指着地上两大袋塑料袋

思悦： ……这些都是你送的！拿走！

凯子： 你现在是什么意思？……你不要结婚？！分手的意思？

思悦： 你没办法接受我的家人、朋友，没有必要在一起浪费大家青春！

△ 凯子难以接受，在屋里走来走去

凯子： 在广州要贴我的女人有多少？你知道我妈说几次要帮我介绍门当户对、又年轻比你漂亮的女人……要不是看在你不贪我们家钱，还会帮我们家人照顾我阿嬷，你这种不要跟婆家、先生一起住的女人，我娶你已经很给你面子，我没嫌你们家有神经病遗传？你还退婚？

△ 思悦冷冷地拿起一旁的榔头，凯子愣

凯子： 你要干吗？

思悦： 讲实话是不是！来！你那什么破工厂，不靠你爸、你叔叔，你做得起来吗？……照顾你阿嬷是我高兴，我喜欢你阿嬷……谁给你的错误观念，女人结婚就为了伺候夫家？我自己家人不用顾吗？我还没嫌你们家财大气粗没水平，没钱还要装暴发户……还好有思聪、大芝跟我爸的事，让我看清楚，你的爱都是唬烂，娶我这么委屈辛苦？不用……我长这样会没人要，我个性这么好，我配得上比你好两万倍的人！

△ 思悦拿着榔头挥舞，一口气说完，把凯子逼到门口，凯子开门想走

思悦： （挡住）……把你的垃圾带走！

△ 凯子赶紧回头，咬牙＝疯子，瞪思悦，把东西拿走

思悦： 当贱人真的好爽！

△ 大芝打开门看着＝解决一件事了？（大芝在门内都听到了）

26

时｜日　　景｜品味新闻台大会议室

人物｜乔安、News 哥、总监、副总经理、黎子奇、主管等

△ 众人散会，剩乔安、News 哥走在最后

News 哥： 保证跟以前一样才有鬼？

△ 黎子奇又走进会议室，找着乔安、News 哥握手

黎子奇： 刚没跟两位打招呼真失礼，麻烦两位多关照……新闻部都是两位撑大局。

乔安： ……新闻部是所有同仁一起……努力才有的结果。

黎子奇： 当然当然……下个月约个时间，我请新闻部所有同仁一起吃个鱼翅。

乔安： 不环保……

黎子奇： （大笑）……是……副总监幽默……我检讨……

△ 黎子奇跟两位挥手道别，走出去

News 哥： 我赌他会叫我们拿掉陈守义收贿关说的新闻！

乔安： 五千……赌他会！

News 哥： 都赌会，那赌个屁……

△ 两人走回办公室，脚步都有点沉重

27　时｜日　　景｜思悦大芝家

人物｜思悦、大芝

△ 思悦、大芝坐吃饭

思悦： 没有错，为什么要搬？……

大芝： ……害你店里被砸，又被邻居指指点点，又结不了婚……

思悦： 前面两个我没办法否认，但是我们没有错，就不该退让！结婚是还好有你们让我看清，我是为了爱才结婚，但如果那个爱没办法包容尊重两家人，那就不用……谢谢，拜拜！

大芝： ……你已经很辛苦了……我不想变成你的负担……

思悦： 我怕你以为挽留你是要照顾思聪还是要帮我顾店，那不是你的责任，可是我不希望你是想躲起来……躲起来问题不会消失啊！

大芝： ……是吧，还有我觉得思聪……他看我的眼神真的怪怪的……但不是让我害怕的眼神，那个是真的很喜欢我的眼神，他怎么可能那么快喜欢我？我这么有魅力吗？应该不是吧？

△ 思悦反应

28

时｜日　　景｜王赦事务所楼梯间

人物｜王赦、美媚、李父、李母

△ 美媚拎着几个便当盒，要上楼，听见李父、李母在楼梯间跟王赦说话

李父：　王律师……不好意思啦……实在是你都不接我们电话，才会直接过来……找你……真的很拍谢……

李母：　我们觉得……应该再跟晓明伤害的那些家属们道一次歉……不管他们能不能接受，就像你说的……也许这样才能帮家属们真的走出伤害。

王赦：　……真的抱歉……当初修复式司法已经结案……家属们都没兴趣……

李父：　你不是一直说可以试试……或是心理那种什么……想办法找到真相……比较有帮助……家属会比较……能够过得去……

王赦：　我目前……手上工作有点多，可能帮不上忙……我还在开会……不好意思……

△ 李父、李母意外，却也不知道能说什么，跟王赦点头道别
△ 王赦进入屋内
△ 李父、李母站在楼梯口，不知该怎么办

李父：　这王律师好像变得不太一样喔？

△ 转角的美媚拎着便当盒退让，让李父、李母下楼

29

时｜日　　景｜王赦事务所内

人物｜王赦、美媚、涂仁富、一干毒贩

△ 品味新闻——字幕：李晓明父母决心弥补伤害

△ 李父李母在盖房子现场的工作，回家整理门口垃圾的样子

记者：（OS）李晓明的父母平日在庙口卖饭团，假日就跟着盖房义工团四处为低收入户重建房子，他们相当感谢盖房义工团给他们机会学习付出……对于一直在住家门口丢垃圾、打破玻璃的不满人士，也抱持着虚心的态度，认为一切的指责都是他们该承受的……感谢大众能给他们机会修补李晓明对社会造成的恐慌与伤害。

△ 李家父母深深地鞠躬 / 缩回品味新闻的网页
△ 美媚戴着耳机在角落用手机看新闻
△ 网友回应：放过这家人吧，李晓明都死了（6778 赞，美媚按赞）
△ 网友回应：谁没有过错就可以拿石头丢他（123 赞，美媚按赞）
△ 网友回应：没别的新闻吗？可以不要再看到这家人吗？（美媚按怒）
△ 王赦揽着涂仁富等一干刺龙刺凤的人从会议室出来，每个人都对王赦笑容可掬，相当推崇。

涂仁富：王律师……你比以前那个律师有用多了……明天我订了包龙会馆，要好好谢谢你。

王赦：（笑）……太客气……该做的事做好而已。

△ 王赦送众人到门口
△ 坐在角落的美媚看着一群人离开，王赦转头看见美媚意外

王赦：……怎么来了？

美媚：想说你应该没空吃饭，所以买了你爱吃的……酸辣鸡腿饭……我没很累喔，只是开车出来买……一起吃……

△ 王赦点点头，对美媚也挤出笑容

30

时｜日　　景｜美和医院门诊区外

人物｜思悦、一骏

△ 一骏拿着手机，脸色难看，边走边讲地走出门诊

一骏：院长……陈委员让助理……打电话跟我说了……不能让丁宝捷出院……院长你何必为难我……现在在你办公室？

△ 思悦看着一骏走出来，赶紧走上前

思悦：林医师……我弟真的不吃药，长效滴剂也不吃，也不回来复诊，现在好像变严重，我今天来不及挂你门诊，只好先来问你，有什么办法？

一骏：（略皱眉）……还是要想办法劝他来……好不好……家属辛苦了……

△ 一骏快走离开，进电梯

思悦：就是劝不来……才来问你……

△ 思悦想想找名片出来，打乔平电话

31

时｜日　　景｜美和医院院长室

人物｜（思悦）、乔平、院长、陈委员、一骏

△ 乔平接起手机，正走向院长室

乔平：宋乔平，你好！

思悦：我是应思聪的姐姐应思悦，有事情想请教你，你方便讲话吗？

乔平：我现在不方便，晚点回你电话……好不好？

△ 乔平挂了电话，走进院长室

陈委员： 就是这个志工……跟人家家属说，他弟有回家的权利……

乔　平： （脸臭）我是社工师……委员您有什么想法，可以直接跟我们说，不用请助理打电话把我骂一顿，又请院长把我们叫到院长室。

陈委员： 跟你们说没用，才要请院长协调……

院　长： 大家都坐下来，坐嘛……好好……沟通！

　　　　　△乔平勉为其难地坐下

陈委员： ……那个丁宝捷根本不稳定……你们还让他回家，出事谁要负责？

　　　　　△乔平看着一骏，谁要讲话？

一　骏： 丁宝捷已经住急性病房三个月了，状况一直很稳定，也一直表达想要回家的……我们没有理由不让他出院……

陈委员： 你是个好医生吗？你！不帮老板留住病人，薪水从哪里来？

院　长： 陈委员！评估病人的状态，请相信我们医生的专业！

陈委员： 就算可以出院，你们不能叫警察、叫律师送他回家吧？这太过分了！

乔　平： 回家是他的权利……委员你现在是用哪条法叫我们不能让他回家？

　　　　　△乔平脸色越来越难看，院长看着委员与一骏

陈委员： 你们很难协调耶！刚你们董事长还跟我说都可以协调，协调什么？

院　长： 每个人都有他们的立场……所以才一起坐下来沟通……一骏你怎么看呢？……病人的状况真的很稳定吗？

一　骏： ……那就……我等下看看他的状况，也许先转到慢性病房……

　　　　　△乔平看一骏回应，脸更阴，院长看乔平、一骏脸色都不好

院　长： 协调好就没问题了，那一骏跟乔平就先回去忙……辛苦了。

　　　　　△乔平、一骏起身，乔平又咻地出门

32

时｜日　　景｜美和医院走廊

人物｜乔平、一骏

△ 一骏准备走去搭电梯，转角乔平冷着脸等他

乔平：　现在就可以……转到慢性病房……林医师你诊断的标准到底在哪里？

一骏：　需要让院长为难吗？

乔平：　当初大家讨论好一定要让宝捷回去享有他的权益……这种家庭凭什么不让宝捷回去？家里请三个帮佣……每年去旅行三次？可以花力气请委员关照，不愿意花力气跟自己弟弟讲话聊聊，丢医院就算了？

一骏：　你自己不是也说家属没准备好，不要让病患回去？

△ 乔平手机响

乔平：　两家环境状况根本完全不一样……你就是欺善怕恶……永远只想到自己。

一骏：　（怒了）宋乔平！我就这么自私，又懒，又爱玩，欺善怕恶，我这辈子都没有能力照顾别人，我只要自己好就好！认清楚了吗？

乔平：　……（乔平接起电话）嗯……是我跟陈妈妈约的，我现在过去病房……

△ 乔平挂了电话

乔平：　……我约了下礼拜，去人工流产了。

一骏：　……

△ 乔平看一骏说不出半个字，乔平转身走了，一骏也难厘清自己的情绪

33 时｜夜 景｜思悦大芝家

人物｜思悦、大芝、思聪

△ 思悦、大芝准备着晚餐。思悦在思聪的饭里滴着药，饮料里滴着药

大芝： （小声）以后都要一直偷滴药吗？这样他永远不会自己吃啊？

思悦： 医生都叫我们自己想办法劝他去医院……社工师说要回电话也没回……可能真的很忙，打电话给警察，警察又说没有自伤还是伤人……不能强制送医……先让他可以睡觉、洗澡、愿意跟我们好好讲话吧！

大芝： （理解）嗯……也是！（喊）思聪……我煮饭了……你要来吃吗？

思悦： （夸大）好好吃喔……大芝真的好会煮……思聪你不吃，我就吃光了……

大芝： 我们还有带你最喜欢的鲜奶茶耶！

△ 两女坐在桌前演很大，好好吃，咂舌好香之类
△ 门开了，思聪有戒心的样子走出来
△ 两女努力装正常的假笑

思悦： ……这份你的。

△ 思聪坐下看着桌上的菜，看着两人，拿起来闻

思悦： 大芝刚煮的耶……很香吧！

△ 思悦把红烧肉之类夹到思聪碗里

大芝： 吃不下，那先喝点饮料补充热量……我看你好像都没怎么吃……

△ 思聪端碗起来吃了一口，吐出

思聪： （干呕）……你（瞪思悦）在饭里下毒？

△ 大芝愣，思悦傻

思悦： 怎么可能？

△ 思悦拿着思聪的碗过来，大芝愣看，怎么办？

思悦： 我吃给你看……（可大口的）

△ 思聪瞬间翻桌，所有饭菜饮料滚一地，大芝、思悦吓得呆住

思聪： 少骗我……我每天头痛都你们这些人害的……你们不要讲话……我告诉你们我剧本快写好了……明天要见投资商……应思悦你不要看不起人，不要以为我不知道你到处说我坏话……想毒死我没那么容易……

△ 思聪走来走去碎碎念，思悦频频深呼吸，怎么办？
△ 大芝走向思聪，有点紧张但努力认真跟思聪说着

大芝： 思聪，不饿就不要吃！没事！你先进去房间写剧本……好不好？

△ 思聪盯着大芝，大芝用力地点着头，试图安抚着思聪

34

时｜夜　　景｜思悦大芝家／思悦房

人物｜思悦、大芝

△ 两女孩把屋内的刀具、皮带、榔头等都带进来。要放床边，还是塞衣柜？到底是要当武器救自己，还是怕思聪拿来当武器？有点难分辨

大芝： 思悦姐，你吃那个药，真的没关系吗？

思悦： 现在只是有点晕……应该还好吧？今天我们一起睡好了……

△ 两人坐在床上，互看，焦虑，思悦把手机放身边充电，想着

思悦： 我们看谁下次来得及，把思聪发病的样子录起来，这样比较好跟警察、医生解释。

大芝： ……好！

△ 大芝也把手机拿出来充电，思悦想想，看着大芝

思悦： 大芝，你还是搬走好了……我真的不知道思聪会变成什么样子……万一你再受伤，我不知道怎么跟你爸妈交代……

大芝： 先不要想那么多啦……你说的一件件来，先想办法让思聪稳定下来……我们两个人比较好互相支援……

△ 思悦感激地看着大芝

35

时｜夜　　景｜王赦美媚家／卧房

人物｜王赦、美媚

△ 美媚翻身醒来，发现王赦不在，三点
△ 美媚走到客厅，找王赦
△ 美媚看王赦站在阳台抽烟

36

时｜日　　景｜品味新闻台

人物｜乔安、News 哥、黎子奇

△ 黎子奇笑眯眯看着乔安与 News 哥

黎子奇： 其实陈守义议长跟王议员去摩铁（◎汽车旅馆）的事……根本不需要报导……这种八卦又不是攸关民生大事，我们品味新闻决心要做媒体的好榜样……是吧？

News 哥： ……议长跟黄党的议会召集人到摩铁……涉及跟影响的层面很广，不只是八卦而已……而且陈议长受贿的事到现在也还没出来声明。

黎子奇： 这种事……声明也没什么用，警调都介入也不能说什么……我觉得就不用追这种事，浪费资源。

乔安： 其实这种事，您直接请秘书打电话就好了……我们就会说：请不要干涉新闻的自由……也不用面对面这么难堪地拒绝……您！

△ News 哥讶异地看着乔安，你说得也太直白，黎子奇还是笑看着乔安

37 时｜日　景｜思悦大芝家

人物｜思悦、大芝、思聪

△ 思悦跟大芝从厨房端着做好的早餐出来

思悦： 我刚是不是听到声音，他醒了吗？

△ 大芝正想去思聪房看
△ 思聪从大芝房间拿着行李走出来，怒气冲冲

思聪： 应思悦，你为什么要逼她搬走……就是你拆散我们的……

大芝： 是我自己怕影响思悦姐，跟思悦姐没关系……

思聪： 你不要替她说话……（拉大芝）小欣，我们正好一起搬走！

△ 思悦拦着思聪，大芝慌甩开思聪，想到拿口袋里手机出来，可以录像

思悦： 思聪，他不是小欣，他是李晓明的妹妹……李大芝！

思聪： 你被吃脑了，你就是警察派来拆散我们的，不要以为我不知道你打给警察叫他们来抓我，我什么都听到了……（◎吃脑，指美剧《吃脑外星人》中的桥段）

△ 思悦拿出手机翻网页

思悦： 这是小欣回到学校自杀的新闻。

　　　　　△网页：忧郁症大学女生回母校跳楼轻生，留遗书给当兵男友：应×聪，我没
　　　　　　力气加油！你加油！对不起……

思聪：　（痛心的泪）不可能……小欣不会丢下我的……

思悦：　……（也哭）我们去医院好不好？

　　　　　△思聪愤愤地推开思悦，大芝赶紧上前想要制止

大芝：　我陪你去，好不好！我们一起去……

思聪：　（硬推大芝）你也是假的……你也是假的……都骗人……你们就是要
　　　　骗我去吃药变笨、变呆关在医院里……

　　　　　△大芝跌地上，手机也滚落地

思悦：　我们不去医院，我们去找宋小姐，她说可以有别的办法……我们去找
　　　　宋小姐……好不好……

　　　　　△思聪大爆炸，拿起一旁的穿衣镜砸着桌子，砸到两女

思聪：　不要骗我……你们都是假的！

　　　　　△思聪视角：看着粉碎的镜面，大芝、思悦在镜中讪笑着
　　　　　△思聪捡起镜子破裂的一角，愤愤地刺向大芝、思悦

思聪：　还笑，有什么好笑……我让你笑不出来……

　　　　　△血迹四溅
　　　　　△大芝、思悦趴在地上不动

　　　　　　　　　　　　　　　　　　　　　　　　　　　　　　　（待续）

第十集

1

时｜日　　景｜街头

人物｜思聪、环境人物

△ 思聪恍神站在街头，觉得每个人都在看他，都在跟他说话
△ 耳边声音嘈杂：嘲笑声、思悦、大芝痛苦的叫声，各种混合的声音
△ 一个细微的声音——思悦：宋小姐说可以有别的办法……
△ 某个瞬间，思聪仿佛有点清醒（先不拍到思聪身上的脏污血迹）

2

时｜日　　景｜王赦美媚家

人物｜王赦、美媚

△ 美媚拿烫好的衬衫给正准备换衣服上班的王赦
△ 美媚转身去拿领带要来搭配衬衫，美媚看着脸色黯然的王赦

美媚： 我觉得夫妻应该坦诚，我不喜欢现在好像赚很多，但不开心的老公……

王赦： 哪有不开心？

美媚： 从我出院以后，你是不是每天都睡不好？虽然你每天都很努力地笑，逗我跟小斐开心……可是那个笑，好假……你真的觉得你老婆没脑？

王赦： 我老婆是……天真又会持家照顾老公的公主。

美媚： 我那天看到李晓明爸妈去找你……如果他们想跟受伤害家属道歉，想找到李晓明杀人的原因，你为什么不帮忙……这不是你一直想做的事？

△ 王赦意外地看着美媚，整理着思绪

王赦： ……觉得自己自不量力……以为做的是正义的事，却伤害到我的家人……

美媚： ……爸跟你说了？

王赦： 你被恐吓为什么不跟我说？

美媚： ……我妈说你一定收到比我更多……

王赦： 怎么能这样比？……

美媚： ……我本来是很紧张，可是我想，若是我爱的人想做的事，我就不能害怕，只是……突然看到那个跑进幼儿园的导演站在前面……吓到……后来想起来……他好像还想过来扶我……

△ 王赦看着似乎不太一样的太太

美媚： 人家不知道怎样叫自不量力……但我宁愿我先生睡觉打呼得很大声，大声到我气得把他踢醒……都比他晚上睡不着……好……

王赦： 爸说得也没错……我真的太自私……不该让你跟着我受苦。

美媚： ……所以你为了我爸的话开始赚黑心钱？

王赦： 怎么可以黑心，只是……是……我不爱赚的钱……法律之前人人平等……你要相信你老公没做黑心事。

美媚： ……但是常失眠。

△ 美媚捧着王赦的脸看着，认真说着

美媚： 我老公做喜欢的事的时候……帅到爆炸，请把我那个帅到没天理的老公还来……而且穷只是钱少点……我们还是很富有……可以穷不能不帅！

△ 王赦笑得眼眶红

3

时｜日　　景｜品味新闻台办公室／总监办公室

人物｜乔安、News 哥、总监

△ 公布栏里贴着人事变动的公文（旁边贴着：本周 CG 错字记录／本月优良新闻奖／每日新闻检讨之类的）
△ 人事异动公文：新闻部副总监宋乔安即日起调新媒体事业部总监，由新闻部总监代理原副总监职务
△ News 哥义愤填膺地对总监说着

News 哥： 现在是整肃异己吗？……没有沟通协商立刻调？总监你没意见吗？

总监： （叹气）我也是看公告贴出来才知道……

News 哥： 这太扯了啦……我去抗议……妈的……我找大家签名抗议罢工。

△ 乔安倒是淡然地拉着 News 哥

乔安： 廖纽世……谢谢……但不必……

News 哥： 你在品味新闻的时间比你在家还久耶……你在家都还在上班……这些无良商人真的……×！比政客还恐怖。

△ 黎子奇却站在门口敲门，News 哥还在气，是也没在怕的样子

黎子奇： 大家都在正好……乔安……我可以这样叫你吗？别介意……新媒体是现在所有新闻台的战场啊！

News 哥： 你怎么可以把我们最热爱新闻最有专业度的编辑台副总监调去管那群东抄西捡重制新闻的内容农场小编……你是作践人吗？你会不会用人懂不懂管理啊？

△ 乔安拉 News 哥，不愿 News 哥也被牵连，总监也起来想圆场

黎子奇： 你们的心情我懂……但是我们就是想靠乔安的认真专业，整顿新媒体……冲流量点阅率之外还能够顾到质量，让我们品味在新媒体能够

异军突起……成为新媒体的霸主……这当然是要乔安领军……整个品味新闻，你们觉得谁有这种资格？我长得是不诚恳，但还算是有脑的奸商！

△ 三人互看，黎子奇说得有点道理，不像应酬敷衍

黎子奇： 乔安……我们董事会把新媒体的重责大任全押在你身上……我相信你……一定可以。

乔安： ……谢谢给这个机会。

黎子奇： 没问题吧？

乔安： 我请两个礼拜年假……想想！

4

时｜日　　景｜思悦大芝家 / 乔平办公室

人物｜思悦、大芝 / 乔平、思聪

△ 思悦、大芝缩在桌下、墙角，恍然看着屋子的混乱，余悸犹存地看着彼此

思悦： 你还好吗？

大芝： 没事，你呢？

思悦：（摇头表没事）……怎么办？思聪跑出去……会不会伤到人？

△ 大芝捡起手机，发现有些血迹在地上

大芝：（愣看）为什么有血啊？……思聪受伤了吗？

△ 思悦反应

5

时｜日　　景｜派出所外

人物｜思悦、大芝、应小妈

△ 思悦、大芝从派出所走出来，应小妈从出租车上跑下来

应小妈：　现在警察都去找思聪了？

思悦：　没有啦……只能备案……有人发现通报，就会通知我们。

应小妈：　那怎么办？我要去跟老头说吗？今天可以出加护了耶！

思悦：　……我想说要去找思聪才打电话给你，你先去医院陪爸……

应小妈：　阿这样又疯掉，是要去哪里找？

思悦：　你先去，我想想……不要跟爸讲喔！

△ 思悦推着应小妈上车，跟应小妈道别。思悦手机响，是乔平打来
△ 乔平走廊上边走边讲，走入办公室

思悦：　宋小姐……

乔平：　不好意思最近比较忙……找我什么事？

思悦：　……（激动）……为什么你都不回我电话……为什么现在才回……来不及了……思聪发病不吃药，然后砸屋子……他看起来好严重……好像有受伤，怎么办……而且万一又伤到别人怎么办？

乔平：　……你先报警……（看门口）不用报警……你找林一骏医生好吗？跟他说是我请你打给他。

思悦：　（哈）……

乔平：　……先这样……

△ 思悦莫名其妙地挂了电话

思悦： 为什么叫我打给林一骏医师……他们不是在同一个医院吗？

△ 紧绷的思聪站在乔平办公室门口，把门锁上、窗帘拉上，盯着乔平
△ 乔平冷静看着思聪手上握着的碎镜片，还有些血迹

6

时｜日　　景｜一骏诊疗间

人物｜一骏、病患

△ 一骏正在门诊，病患滔滔不绝（躁症发作），桌上分机直响

病患： ……我现在的工作计划排到 2025 年，饭店 lobby（◎大厅）设计、三栋新盖大楼、五间 50 坪（◎约 165 平方米）的豪宅装潢……哪有时间睡觉……你看我这个设计……

△ 病患滑手机要找照片给一骏看

一骏： 响太久，我接一下……（接电话）喂！林一骏……我现在在门诊……

△ 一骏皱眉听着

一骏： 你先报警备案，想办法找到应思聪，请警方协助把他带来医院……宋乔平叫你跟我说？

△ 一骏挂了电话，思考了一下，又被病患的话拉走

病患： （继续滔滔不绝）……维多利亚的装潢……我专长的其实不是这个，我喜欢的是……简单北欧风……可是现在的客户只会拿一堆照片来……你会想开餐厅吗？我建议你这种餐厅风格最……受好评……

7

时 | 日　　景 | 街头

人物 | 王赦、涂仁富

△ 王赦拿了一公文袋，拿给站在黑头车旁的涂仁富

王赦：里面我列了一个这个月的服务时数清单，以及该收的费用。

涂仁富：这么厚？

王赦：这是你多给的钱，我只拿我应该拿的。

涂仁富：大律师，你还好吧？有人会嫌钱多？

王赦：……以后就请你们找另外的律师吧，真的抱歉，还有其他的工作要忙。

△ 涂仁富意外，看着王赦，王赦坚定地笑着，看着涂仁富

8

时 | 日　　景 | 品味新闻台外

人物 | 乔安

△ 乔安开着车出品味停车场，车在路口，乔安不知道要开去哪

9

时 | 日　　景 | 乔平办公室

人物 | 乔平、思聪

△ 思聪扯掉桌机，四处摔东西，手还是紧抓破碎的镜片，血迹滴落四处

思聪： 就是你们把应思悦吃脑的……你们医院把小欣害死的……为什么都看不起我……为什么监视、看扁我……要好好拍个电影都不行？

　　△ 乔平站在离思聪有点远的距离（保持安全），试图纾缓思聪的情绪

乔平： 小欣是……

思聪： （怒吼）小欣说永远不会离开我……就被你们这些医院下药害死了……

乔平： 虽然我不知道是怎么一回事，但最爱的人离开，真的会很让人伤心。

　　△ 思聪听着乔平的话，想到小欣陷入哀伤

思聪： 小欣，我真的会加油……

　　△ 乔平手机响

思聪： （激动）都是你们这些烂人害的……我拍的第一个片子就是要献给小欣的……我的每一部片都要献给小欣……你们不要吵……你们不懂！

乔平： ……我把手机关掉……

　　△ 乔平要去拿手机，思聪抢过来把手机摔得老远

思聪： 不要吵！

　　△ 乔平看到思聪身上（肚子之类吧）的伤口，正渗着血

乔平： 你受伤了……你等一下，我拿卫生纸。

　　△ 乔平轻轻的动作都告知思聪，不想让思聪再激动，乔平递卫生纸给思聪

思聪： ……走开！

乔平： 好！（退）那你跟我说……你的第一部电影写的是什么样的故事？

　　△ 乔平试着跟思聪聊天，让他先稳定下来

10   时｜日   景｜美和医院大楼外

人物｜乔安、一骏、思悦、大芝

△ 乔安站大楼外，放下手机，看到一骏拿着手机走出来

一骏： 安姐！怎么有空来……发生什么大事？

乔安： ……想看看乔平，给个惊喜，看她心情好点没……她办公室在哪？我竟然没去过……她手机没开……只好打电话吵你！

一骏： 我正好看完诊，上班时间乔平怎么可能没开手机……她办公室在后栋三楼角落……我带你去！

乔安： ……有休息吗？一起吃饭聊聊？

一骏： （苦笑）……呃……

△ 大芝骑着车载思悦，车速飞快地停在一骏前，一骏跟乔安吓一跳

思悦： 林医师……你后来有想怎么找思聪吗？

一骏： 我找思聪？

思悦： （急）我不是跟你说宋小姐叫我跟你说……宋小姐后来手机也不通……办公室电话也接不进去……宋小姐叫我不要报警，可是我已经报警了，可是警察也不能怎么样……思聪发作得好严重，现在要怎么办……

一骏： （脸色变）乔平叫你打给我？不要报警？

△ 思悦狂点头，大芝（拿下安全帽）愣，发现乔安

大芝： 乔安姐？

△ 乔安也意外，还来不及回应，只看到一骏拉下大芝跟思悦

一骏： 下车！

　　　　　△一骏跳上摩托车，拿起手机拨紧急通话，疾驶往后栋去

思悦：　（拔腿跟着一骏跑）林医师等我……

　　　　　△乔安跟大芝愣在现场

乔安：　怎么回事……跟我妹什么关系？

大芝：　（惊）宋小姐是你妹？……先去再说……

　　　　　△大芝拉着乔安就跟着两人往后栋跑

（在综合医院，或许不需要摩托车，大家都用狂奔的，思聪是躲在急性病房外跟踪乔平）

11　时｜日　景｜美和医院社工办公室走廊

人物｜一骏、警卫四人、大芝、思悦、乔安、若干社工

　　　　　△一骏喘着，用手势制止赶来的医院病服组的人（压制病人）及社工们
　　　　　△一骏试图冷静地敲门

一骏：　乔平……你在吗？

　　　　　△里面传来摔东西声音，一骏吓

思聪：　（画外音愤怒）……你还说没监视器……就是你派人监视我……

乔平：　（画外音略大声）……应该是我订的便当来了……

　　　　　△一骏松口气，乔平没事
　　　　　△思悦喘着跑上来，惊慌看着一骏＝还好吗？
　　　　　△一骏勉强点头，比手势叫思悦冷静、不要说话

一骏：　便当来了……宋小姐有客人……要加订吗？

思聪：　（OS）为什么就是不放过我…… *$&^%#%（◎胡言乱语）

△ 思聪激动地胡言乱语，里面摔东西的声音又开始

乔平：……我们不吃……你们走开……不准进来……（认真）通通不准进来……

△ 大芝拉着乔安也跑上来，两人气喘吁吁，愣看着现场状况

12

时｜日　　景｜乔平办公室／办公室外

人物｜乔平、思聪／思悦、一骏、乔安、大芝

△ 屋内混乱，思聪胡乱说着，有时候要对抗幻听，有时候却似有逻辑

乔平：现在有几个声音在跟你讲话？

思聪：烂监制……我妈、小欣，你这王八蛋监制，你闭嘴……还有我不认识的……不稀罕你们知道我在想什么……

△ 办公室外的几个人蹲在旁边听着里面的对话

乔平：……妈妈都说些什么？

思聪：……刘杏珠带着没用的应思聪就没有幸福……应思聪是……拖油瓶……我不是拖油瓶，我是好孩子……怎么可以不要自己的孩子……

△ 思聪对着桌子敲打，说得绝望，打到疲乏
△ 门外的思悦眼眶红，没想到思聪会有这样的记忆
△ 乔平与外面的一骏听到"怎么可以不要自己的孩子"，都有些感触

乔平：……到现在还惦记着妈妈……你真的是个重感情的好孩子……小欣呢？小欣都跟你说什么？

思聪：（听到小欣就柔软）小欣说永远不会离开我……她不会骗我……为什么要丢我一个人……为什么……说爱的人都走了……

△ 思聪眼泪止不住地用仅存的力气怒吼着
　　△ 乔平渐渐靠近思聪，乔平伸出手轻轻抚着思聪

乔平： 小欣……她选择离开一定有她的理由……但我是小欣一定很高兴，你一直把我放在心里。

　　△ 思聪止不住泪

乔平： ……身边还有好多人好爱你……姐姐为你东奔西跑，爸爸住院都还挂念着你，阿姨、弟弟也很关心你……还有很多人在身边爱你。

　　△ 乔平轻轻地把碎镜片拿走。乔平抱着僵硬紧绷的思聪

乔平： ……一切都会变好……

　　△ 思聪被乔平抱在怀里，安抚着。思聪渐渐软化
　　△ 一骏听着乔平的话，既感动又骄傲
　　△ 思悦眼泪止不住
　　△ 大芝佩服乔平的处理，乔安对妹妹的另一面感到意外

13

时｜日　　景｜乔平办公室内外

人物｜一骏、警卫四人、大芝、思悦、乔安、若干社工

　　△ 思聪躺担架床上，思悦、一骏跟着警卫送思聪离开。思悦一路安抚思聪
　　△ 乔平被社工围绕着，七嘴八舌
　　△ 大芝与乔安站在角落松一口气，暂时帮不上忙

乔安： ……最近还好？

大芝： ……很刺激……努力适应中……乔安姐呢？

乔安： （苦笑）差不多！

　　△ 大芝跟乔安道别

大芝：　你们姐妹都好棒……是我希望变成的那种人。

乔安：　……没你想得那么好……但是……谢谢……

大芝：　……再见乔安姐……

　　　△ 乔安点点头，感触地看着大芝离去的身影
　　　△ 乔安走向办公室，看着里面的同事跟收拾东西的乔平

乔安：　第一次来找你……差点被吓得心肌梗塞！

乔平：　你见的大阵仗应该比我多多了！我这小 case（◎小事一桩）……怎么会来？这种时间你会出现在这里……应该是大事吧？

乔安：　……再大的事都比不上你没事……

　　　△ 乔安笑看着乔平，乔平真是她最大的支柱

14

时｜夜　　景｜李家

人物｜李父、李母、王赦

△ 李父李母推着饭团车回家，看见王赦站门口

15

时｜夜　　景｜医院病房

人物｜应父、思德、思悦、应小妈

△ 思悦走进病房，看到躺在床上还是病态的父亲，就忍不住喷泪

思悦：　爸……对不起……思聪又住院了……

应父：　（虚弱）……没关系没关系……找到就好……你辛苦了……

思德： （瞪妈）大嘴巴，就叫你不要讲！爸担心几个小时……

应小妈： 你以为你爸脑子开刀吗？他出来没看到思悦就知道一定有问题啊！

△ 思德拍着泪不停的思悦

思德： 下次叫我帮忙，我比较有用……

△ 思悦又哭又笑，谢谢思德，然后看着大家

思悦： 我退婚……不结了！

△ 应父愣了一下，还不知能说什么，应小妈拍手叫好

思德： 帅气！

应小妈： 退得好！早就想甩那家人巴掌……什么东西……

△ 思悦揽着应小妈，啼笑皆非

16

时｜夜　　景｜乔平办公室

人物｜乔平、一骏

△ 在办公室收拾完残局的乔平，终于松口气，一骏站门口

一骏： 为什么不用跆拳道黑带三段摆平他……怎么可以让自己跟急性发作的病患待那么久？

乔平： ……思聪是生病的人……我只对喝醉的家属使用暴力！

一骏： （喔……不知道说啥了）我去值班……

△ 一骏转头走了，又马上回头跑进屋内抱紧乔平

一骏： 妈的！我差点被吓死……

乔平： 我差点被你气死……

　　　△ 一骏抱乔平抱得很紧很紧

17

时｜夜　　景｜昭国乔安家

人物｜昭国、天晴、乔安

　　　△ 昭国跟乔安在客厅聊着

昭国： 你现在说你离职，工作的邀约就跟雪片一样飘来……干吗委屈自己当什么新媒体总监，摆明要冷冻，你的资历……

乔安： ……哪来的雪片……

昭国： ……我随便跟几个老同事、同学讲……没十片也有九片。

乔安： 谢谢你喔……不用！

　　　△ 天晴从房间跑出来

天晴： 妈咪你要换工作吗？

乔安： 还在想……你希望妈妈换工作吗？

天晴： ……我希望我们全家一起出去玩……

乔安： 你天天都想玩……

天晴： 我想去露营……刘天彦以前也常说最怀念我们全家一起去露营的时候，看星星、烤肉、抓鱼、骑脚踏车……

　　　△ 乔安跟昭国点着头，都有点感伤

昭国： 好！放暑假我们就去！

乔安： ……想去就不要等！

△ 昭国、天晴讶异地看乔安

18

时｜夜　　景｜思悦大芝家

人物｜思悦、大芝、房东太太

△ 思悦疲惫地回到家，大芝已经把屋内残局收拾得差不多了

大芝： （迎上前）思悦姐……房东太太……等一阵子了！

思悦： （意外看房东太太）要叫我们搬家？

房东太太： 怎么会！你们辛苦了……

△ 思悦呆

大芝： 房东太太跟我聊了好久……她说……她舅舅也是思觉失调症……家属跟病人真的都很辛苦……

△ 思悦眼眶红

房东太太： 是邻居打电话跟我讲，叫我让你们搬家……如果住这被排挤什么的，那我在西区还有一间房子跟这差不多大，房客下个月就搬走了……

思悦： （抱着房东大哭）谢谢！谢谢！

△ 房东太太临走跟大芝握手

房东太太： 你也辛苦了！我有看到新闻，你们家人加油！

△ 大芝眼眶也红了！（房东催泪弹来着）

19

时｜日　　景｜"小确悦"手摇店／庙口／学校附近

人物｜思悦、大芝／李父、李母、横肉客人男

△ 思悦、戴口罩的大芝站在店里，闲！
△ 李父李母没戴口罩，烈日下站在饭团车前，自己吃饭团
△ 隔天，思悦准备一个搞笑口罩拿给大芝戴，路人冷漠，有的略惊吓
△ 另一天，李父、李母轮番坐下休息，没客人！
△ 另一天，熟客过来，思悦开心上前招呼，熟客突然被隔壁店家叫走
△ 横肉客人男到庙口跟李母买饭团，五个。李母包着五个饭团给对方

横肉客人男：（递钱）你们加油！

△ 李母眼眶瞬红，李父激动，再送五个给横肉客人男，还拿了旁边要卖的养乐多什么之类，统统递给横肉客人男

李父： 送你！祝平安顺遂，事业赚大钱……谢谢！谢谢！

△ 思悦站在路上喊着今日特价，全部五折，偶有人骑车经过下来买
△ 思悦、大芝整理着烂掉的水果、倒掉的珍珠

20

时｜日　　景｜美和医院

人物｜一骏、院长

△ 一骏愣看着院长

一骏： 我加入精神鉴定小组？院长不要开玩笑啦，我……这么嫩……

院长： 你把自己班排那么密……我很少看过这么勤奋、认真对待病人的医师。

一骏： 呃……院长你误会了……我是跟乔平吵架。

院长： 我知道……全院都知道！

△ 一骏反应

院长： 你们主任跟我说，你一直都不想加入精神鉴定小组……觉得压力太大。

一骏： ……那院长还？

院长： 你们主任快退休了……总是要有接班的精神鉴定医师，要培养一个精神鉴定的医师不容易……我看好你的潜力……送你去德国研习两年。

　　△ 一骏看着院长，不知该如何回应

21

时｜夜　　景｜一骏乔平家

人物｜乔平、一骏

　　△ 乔平收拾着屋内，一骏假装有事走来走去，偷看乔平的脸色

一骏： 想生……我们就生。

乔平： （不看一骏）……小孩生出来你就没自由。

一骏： ……有你在……

　　△ 乔平斜睨一骏，懒得理转头进房，一骏拉着不让走

乔平： 我不要孩子出生就没有得到足够的爱，还要忍受心理不平衡的妈！

一骏： ……我对你有信心！……而且……如果我说，我有一点点期待！

乔平： 0是没有，10是很多，你的一点点是多少？

一骏： 原来只有0.1，是怕你失望，现在是3……谁晓得以后会是什么样子？

乔平： 为什么从0.1变成3！

一骏： 那天思聪在你办公室里，我真的一瞬间想到一尸两命，世界就要崩毁的感觉……而且万一生了……我怎么可能丢下那小子！

乔平： 小子？

一骏： 我想说我们两个，我有智慧，你有爱心，又都聪明的父母，一定可以生出拯救世界的救世主……小子（摸乔平肚子）。

乔平： 你有智慧？你说得出来这种话？

一骏： 给男人点面子嘛……全院都知道你跟我大小声（◎闽南语，大呼小叫）……人家都来阻止你。

乔平： 阻止我去人工流产？？阻止我……你还答应去德国两年……

一骏： 就是去两年……想说可以逃过最……苦的婴儿期。

乔平： 诚实！很诚实！！

一骏： 这么幼稚又诚实是不是难能可贵、人间极品……的好丈夫……（紧黏）

　　　△ 乔平受不了，推开一骏，一骏硬缠着乔平进房

22

时｜日　　景｜心理咨商会谈室／海岛

人物｜李父、李母、大芝、心理学家、王赦／乔安、昭国、天晴、天彦

△ 王赦介绍李家人与心理学家碰面（比较 mv 短画面式）
△ 心理学家先介绍环境、访谈的方式／会录音／三人各自与专家聊

李父： 小时候他都不太讲话，我们去看他就一直黏着……我们刚开始抱晓文去看他，他也会生气……我看过他偷捏晓文。

李母： ……小时候他就很聪明，什么东西都一看就会……在学校也是很臭屁，看什么都不顺眼，觉得别人笨……所以没什么朋友……不过也没有在学校犯什么大错……只有一次他好像是跟同学吵架……老师找我们……

大芝： 哥哥很爱捉弄我，可是我记得在初中的时候，有个男生常说我坏话，我很气都不想去学校，哥哥会在学校堵那个男生……叫他离我远点……我记得有听过他说……他应征的那间公司老板很蠢，可是没多久他就没上班了，我猜是被 fire（◎开除）……

△ 李家接受专家的追溯与刘家露营度假可以交错
△ 昭国、天晴在溪边玩着／乔安坐在溪畔，旁边是天彦的钢弹超人
△ 昭国拿着钢弹超人与乔安、天晴追逐玩水
△ 昭国与天晴在小路上骑着协力车
△ 乔安把钢弹超人放在（篮子里或旁边），乔安在后座奋力地追着前面两人

乔安： （喊着）你们等我……们……

△ 乔安想起跟天彦在一起骑车的回忆
△ 天彦在前面奋力踩着，乔安在后面哀哀叫

乔安： 我骑不动了……齁——

天彦： （回头）……妈！你看……前面！

△ 天彦指着前方道路上的云朵

天彦： 希望就在云后面喔……骑不动了就往前看……听到没……妈咪！加油！！

△ 现实的乔安看着前面天彦的立牌背影，眼眶含着泪
△ 乔安泪不停，看着笔直道路前方的云朵，奋力踩着

23

时｜日　　景｜"小确悦"手摇店

人物｜思悦、大芝

△ 两人呆站

大芝：	思悦姐，你确定我留店里会帮上忙吗？
思悦：	你都站在里面，根本没人看到你……就是淡季！淡季！淡季！
大芝：	可是夏天咧……
思悦：	来！座右铭！预备起！……哈哈哈！哈哈哈！
大芝：	（勉为其难跟着思悦）哈哈哈！
思悦：	有感觉吗？
大芝：	一点点！思悦姐……你真的相信吗？笑开运就会来！
思悦：	一定要相信……
大芝：	有什么证据可以让我们相信？
思悦：	看得见的就不用相信……就是看不见才要相信。

△ 大芝皱眉＝这什么啦

思悦： 来！我运气给你……（推大芝背后）哈哈哈！

△ 思悦努力大笑，大芝被逗笑

思悦： 好……要笑……幸福在我们自己手里……哈哈哈！

大芝： 相信……思聪说的，人生近看是悲剧，远看是喜剧……哈哈哈！

△ 两个女孩就在店里哈哈哈起来，管你路人侧目

24　时｜日／夜皆可　　景｜昭国乔安家

人物｜王赦、乔安、昭国

△ 乔安与昭国与王赦互看

王赦： 这个会谈并不是原不原谅宽不宽恕的问题，被害者家属有原谅的权利，但是没有原谅的义务。这次的会谈，反而是希望让你们有个抒发、表达心声的机会……让他们了解你们经历的伤痛，也让李晓明的父母对未来有可努力的方向……这是他们想诚挚表达的。

昭国： 其他家属都会去吗？

王赦： （苦笑）……有些人搬家找不到……有些人连提都不想提……

△ 乔安反应

25

时｜日　　景｜某会谈室

人物｜李家父母、心理学家、王赦、某律师、乔安、昭国、陈母、陈子、大芝

△ 李家父母跟大芝忐忑地站在会谈室内

李母： 晓文你要在这吗？这不要牵涉到你比较好啦……

大芝： ……我要……

心理学家： 晓文愿意一起面对，是件很勇敢也很正向的事。

△ 王赦和另一位工作人员带着陈母与坐在轮椅上的陈子进来
△ 陈母带着陈子与妹妹女儿过往的相簿、妹妹女儿的遗照，倨傲看着李父、李母、大芝弯下腰鞠躬。

陈母： 我本来是不想来的……但是……我一定要让你们知道……我儿子跟我妹妹的女儿原来是什么样子……你儿子毁掉两个家……

心理学家： 嗯……坐下来说……有要喝什么吗？

△ 陈母不情愿地坐在儿子轮椅旁边，两人都摇头

　　　　　　△ 李家父母与大芝坐得拘谨

心理学家：（看陈子）弟弟有没有什么想说的？

陈子：　为什么？你们知道李晓明为什么要做这件事？

李父：　……还不知道……我们还在跟专家……从过去我们认识的晓明慢慢去找……我们一定不会放弃……会去找答案……

　　　　　　△ 弟弟脸色难看，也不知道该怎么说，陈母翻开相簿

陈母：　这我……儿子……五岁，就爱打篮球……打篮球是他最爱的事……他本来要去……选亚青杯选手……

　　　　　　△ 陈母看着相簿里的过去，越讲越心酸，哽咽
　　　　　　△ 李母拿着面纸给陈母，陈母不想接面纸
　　　　　　△ 王赦与工作人员站在不远处，心理师站在两家人之间慢慢引导着陈家人说出心中的痛，李父、李母、大芝听着也频拭泪道歉

　　　　　　　　＊　＊　＊

　　　　　　△ 李家父母见乔安与昭国带着天晴到场

李母：　真的很感谢，你们愿意来……真的……

　　　　　　△ 李父李母、大芝深鞠躬，昭国跟乔安眼睛也红了

乔安：　……我脑子的声音分成两种，一半希望你们永远都走不出这个阴影……一半却又不停说服自己……你们也是受害者……

　　　　　　△ 李家父母跟大芝瞬间眼眶也红了

乔安：　原谅与惩罚之间……好难抉择……可是……天彦是乐观开朗的……天彦总是在我很累的时候跟我说……妈咪……希望就在……云后面……我也想把这句话送给你们……

　　　　　　△ 李家人感激，又哭不停

昭国：　（冷静）……我知道你们是无辜的……也很难面对这件事……但是……我只要晚上看到天彦……的照片……

　　　　△ 昭国泪崩说不下去，大家吓到，李父上前拥抱昭国，乔安抱住泣不成声的李母，天晴递面纸给大芝擦泪，两家人哭成一团

26

时｜日　　景｜"小确悦"手摇店

人物｜思悦、大芝、News 哥、熟客

　　　　△ 思悦、大芝站在手摇饮料店里，熟客跟两人点个头，但离开了
　　　　△ 思悦与大芝挤出笑容，互相打气

思悦：　我们是文明社会……我们是文明社会……

大芝：　五年还剩九百五十六天……一定有人来买……要笑……要笑……

思悦：　还是我们旁边加卖……鸡排？还是红豆汤？

　　　　△ News 哥站在两人面前，大芝愣，僵笑

大芝：　News 哥！

News 哥：　最贵的三种各来八十个，都半糖、少冰……

大芝：　……

News 哥：　……要不要做生意啊？

思悦：　什么时候要？我们可能需要点时间，一个钟头可以等吗？

News 哥：　当然……

大芝：　谢谢……（快哭）

News 哥： 谢什么，我赌你们两个礼拜内一定收掉……现在打赌输了……要请全新闻部的人喝。

27

时｜日　　景｜品味新媒体事业部

人物｜乔安、工作人员若干

△ 乔安走进安静无声的编辑部，大家都对着电脑无声地工作着
△ 一个小编看到，讶异，起立

小编 A： 总监好……

△ 众小编讶异，起立：总监好

乔安： 大家好……都收到我的 mail（◎邮件）了吧？……我希望听听大家对新媒体事业部的想法，还有对未来的期许……会议室在哪？

28

时｜日　　景｜美和医院急性病房会客室

人物｜思聪、大芝

△ 思聪跟大芝坐着，两人都有点局促

大芝： 带了点书给你，想说这里应该有点无聊……看你还想要什么？

思聪： 对不起……

大芝： ……不要这样说，我知道你不是故意的……

思聪： 谢谢……你对我跟思悦这么好……你是喜欢我？还是我姐？

大芝： ……都不是……吧……

思聪：　喔……

大芝：　……思悦姐本来就一直对我很好……你让我想起我哥哥……如果我对我哥哥好一点，多关心他一点，也许他就不会犯下大错……不是说你会做错事……啦……

思聪：　不用解释……你不是我的菜。

　　　　△ 两人相视大笑

29

时｜日　　景｜品味新闻台楼下餐厅或角落

人物｜乔安、News 哥

△ 乔安与 News 哥聊着

News 哥：　快讯老总不是一直要跟你谈？你干吗连谈都不谈？

乔安：　……就是觉得我们媒体该慢下来……还去快讯……不是更走火入魔？

News 哥：　那你也可以去公家新闻……

乔安：　我喜欢挑战……太平淡的……没兴趣。

News 哥：　那你宁愿待在这里？

乔安：　可以朝九晚五……不用让天晴等我下班……也算新的学习领域，虽然新媒体已经不新了……但是毕竟是趋势……现在不试以后可能也没脑力没力气去了解……不过最重要的是留在体制内才能改革。

News 哥：　漂亮！

　　　　△ 乔安自己还算满意

30 时｜日 景｜美和医院走廊

人物｜思德、应父、应小妈、思悦、思聪、乔平

△ 穿五个月孕妇装（或宽松衣服）的乔平送接思聪出院的家人及思聪

思聪： 真的谢谢！

乔平： 这是我的工作，要谢谢你的家人……

△ 思聪点头

思悦： 宋小姐，真的很谢谢你们团队……我这次一定会好好带思聪先参观了解社区的资源……也会报名……家属的支持团体。

应父： 什么你……是我们全家……

思德： 对！（推妈）

应小妈： 对啦对啦！说好啰！一个月，两边各住两个礼拜喔！

思聪： 谢谢阿姨……

思悦： 一定要有值日生表……你要分担家务……我一定把你当人看……不是病人。

△ 思聪狂点头，乔平看着一家人还蛮欣慰的

乔平： ……思聪……思觉失调你把它想成高血压，药物可以让你维持稳定，维持好的生活质量，但……这辈子都需要用药物稳定你的血压……就像你车祸受伤截肢，康复的意思是表示你可以坐轮椅打球、装义肢跑马拉松，但是……你不会长出两条腿，它还是有差别的……不要嫌我啰唆，我只是希望你慢慢来……

思德： 没有办法完全康复，变得跟以前一样的吗？

乔平： 极少，过去的经验……越早发现治疗效果越好……然后家人的陪伴、良性的沟通对话，也是很重要的！

△ 一家人互看，好！加油！！

31

时｜日　　景｜"小确悦"手摇店

人物｜思悦、大芝、乔平、王先生（社工）、工读生

△ 大芝兴奋地跑来跟思悦喊着

大芝： 思悦姐！三民台，叫我下个礼拜去上班……

△ 思悦开心地跟大芝一起尖叫
△ 乔平（八个月的孕肚）带着王先生过来

乔平： 这么开心……

思悦： 宋姐，怎么来了？

乔平： 冒昧打扰，这是我学弟，也是在精障会所帮病友找工作的就业服务员王宏彬……想介绍你们认识。

△ 思悦、大芝听着乔平与王先生说明

32

时｜日　　景｜杂景若干

人物｜心理学博士、李父、李母、王赦

△《先驱报》与品味新闻——随机杀人案例分析报导之三：李晓明
△ 字幕：李晓明母亲林秀丽

李母：以前担心小孩生病、吃不饱、账单付不了，就觉得日子很凄惨，后来才发现再大的折磨跟悲哀都比不上自己变成杀人犯的妈妈……

△ 字幕：李晓明的父亲李功轲

李父：……有人说：你怎么可能不知道你儿子是这种人？我真的不知道，我们一直都在找原因……有专家说可能是自恋型人格，也有人说反社会人格……我也知道就算找到原因，也不可能弥补家属的伤害，但重点是，当时的我们并没有发现也没有阻止……是我们忽略了晓明……

△ 李父、李母回到之前李晓明就读的小学，找着过去晓明的老师
△ 李父、李母回到李晓明就读的初中，与老师聊着

记者：（OS）李晓明的父母除了卖饭团、做志工的生活外，还是没有放弃找寻着答案……

△ 字幕：李晓明的辩护律师王赦

王赦：我最后一次律见李晓明，他终于愿意打开心防接受心理鉴定，除了家人的缘故，他没想到做了这样的事之后，还有人愿意去了解他、为他努力……如果早一点我们的相关部门愿意去了解一个犯罪原因的背后，而不是急着把他处死，是不是将来就可能避免这样的伤害！

△ 字幕：剑桥大学心理学博士：罗佑宁

罗佑宁：……世界各国目前对随机杀人的研究……并没有定论，我们很难认定哪一种家庭就是问题家庭，哪一种行为特质就可能犯下随机杀人的罪行……但是为了预防的缘故，我们绝不能停止去了解……即使我们知道这是一条艰难的路。

△ 影片缩在品味新闻的网页：9888 赞；品味新闻与《先驱报》合作报道
△ 网友 A：请继续努力，为你们加油！（578 赞）
△ 网友 B：事发之后其实我一直很害怕我儿子也变成李晓明（489 赞）
△ 网友 C 回应 B：我也是……

33

时｜日　　景｜三年后　"小确悦"手摇店

人物｜思悦、王就服员、精障病友一位、另一位一般店员、熟客

△ 字幕：三年后
△ 门口旁边立牌：身心障碍友善商店／若觉得我慢请原谅，我们需要多点时间／我不太会笑，因为吃药的缘故／发现我自言自语请见谅，因为我会紧张
△ 思悦陪着精障朋友实习帮熟客点单

精障病友： 一个鲜奶茶加珍珠，一分糖，请问……冰块？

熟客： 去冰……老板不用盯在后面，他会了啦！

思悦： （尴尬笑）……是！对不起喔……（对精障病友）

精障病友： ……老板漂亮……站我旁边可以……

△ 思悦戏谑推了精障病友一下，去做饮料，熟客与精障病友笑
△ 王就服员宏彬匆匆跑进柜台里

思悦： 怎么了？跑成这样？

王宏彬： 小平今天状况不好……没办法出门……他妈妈刚才打电话给我……对不起我还在处理其他事，迟到了……

思悦： 没关系啦……他昨天情绪就不太好，我有心理准备……所以今天早来。

王宏彬： 等下替补的人晚点才会到……我先暂代。

思悦： ……嗯……不用……晚上请我吃饭就可以……

△ 宏彬意外地看着思悦，精障病友与其他店员笑

精障病友： 女生都开口了……阿彬你逊毙了！

王宏彬： ……我很晚下班……怕你饿到了！

思悦：　　　　我在家煮好等你……

　　　　　　△ 王社工笑得灿烂（演员必须要是年轻帅哥）

34

时｜日　　　景｜三年后　"小确悦"手摇店

人物｜思聪、应父、思德、（小欣）

△ 思德帮思聪的画拍照，应父在旁边看着雾煞煞（◎同"雾嗄嗄"，闽南语，指一头雾水）

应父：　　　童书上画这个？哪个小孩看得懂？这什么？

思德：　　　……构图大胆，风格强烈……你又不是小孩……哥的绘画风格，出版社都爱死了，还要帮哥出自己的绘本，关于思觉失调症咧！

△ 应父拿着画东转西转，从哪里看啊？
△ 思聪坐在沙发上看着一旁，幸福地笑着
△ 应父跟思德眼神交流！应父："又来了"反应

思德：　　　小欣还好吗？

△ 思聪手握着小欣，两人幸福貌（这段参考放）

35

时｜日　　　景｜三年后　一骏乔平家

人物｜一骏、乔平、baby

△ 一骏黑眼圈穿着要上班的服装，哄着嚎哭着的两岁多的幼儿

一骏：　　　妈咪在上厕所……等一下就好了……来……我们坐飞机……

△ 一骏让小孩在手臂上装翱翔，小孩终于咯咯笑
△ 乔平从厕所出来，看见摇头

乔平： 就是你老让他那么兴奋，晚上才会那么难睡

　　　　△ 一骏迫不及待地把 baby 丢给乔平

一骏： 躺——我上班了……晚上……晚上……放风两小时可以吗？

　　　　△ 乔平笑，伸出拳头，一骏也伸出拳头
　　　　△ 两人猜拳，一骏输，懊恼＝不行

36

时｜日　　　景｜三年后　体育场外／体育场内

人物｜李父、李母、陈子（轮椅）

　　　　△ 李父、李母开九人小巴到停车场，拿着轮椅下车，帮忙陈子下车
　　　　△ 李父推着陈子往体育场内走

陈子： 李爸！这里就可以啦！

李父： 你妈叫我一定要进去帮你加油……

陈子： 不要理我妈啦……你们也要上班啊！

李母： 我们今天休假，看你辛苦练那么久，我们也想看……你比赛！

　　　　△ 陈子反应

　　　　　　　　＊　＊　＊

　　　　△ 轮椅篮球赛，陈子在场上只要一拿到球，李父、李母叫得比谁都大声
　　　　△ 陈子有点尴尬，但看着李父、李母比着加油手势，算笑得开心

37

时｜夜　　景｜三年后　昭国乔安家

人物｜乔安、昭国、天晴

△ 一家人吃着饭，昭国跟乔安聊着，天晴边吃边注意着手机讯息

昭国： 你斗不过这些商人，突破五百万粉丝新媒体第一名，竟然还缩编，遣散主管，别到新闻台上班了，在企业里最终都是人家的棋子！

乔安： 就算换新闻台，我也是品味卓越……一定让黎子奇后悔天天跪在顶楼办公室哭嚎……我怎么能让宋乔安走啊！

昭国： 再臭屁点……

乔安： （挑眉）笑（看天晴）天晴！吃饭的时候我们怎么约定的？

天晴： （抬头）不能看手机！（笑得幸福样）

乔安： 什么事这么开心？

天晴： 秦至翔约我等下到图书馆看书……

△ 乔安跟昭国互看

昭国： 篮球队长？（紧绷）需要这么开心吗？你答应了？

天晴： （羞）他第一次主动约我……一定要答应的啊！

乔安： ……（夸张）太好了……要不要换漂亮一点的衣服……我们现在去买？

昭国： （瞪乔安）在哪间图书馆？穿制服就好了……

天晴： 我吃饱了，下次再买啦，我现在去换衣服。

△ 天晴冲进房

昭国： ……爸比送你去……还是到我们家来一起看书，爸还可以当家教喔？

△ 昭国愣看乔安，你怎么不说话？两人比手画脚，乔安叫昭国冷静，昭国表示怎么可能？两人手语打得好认真
△ 钢弹超人站在客厅一角

38

时｜日　　景｜三年后　某新闻台办公室

人物｜大芝、其他新闻部主管、乔安

△ 大芝正在座位上看电脑整理今天新闻的提要，准备开会
△ 总监带着乔安走来，正好看到大芝

总监： 大芝，你们编辑部新来的主管……宋乔安，大名鼎鼎的乔安姐认识吧？

大芝： ……乔安姐……

乔安： ……世界这么小……

39

时｜日　　景｜三年后　法庭外

人物｜王赦、美媚

△ 美媚大肚子又快生的样子，开车载王赦到法庭外

美媚： 今天一定要打赢喔……加油！

王赦： 媚！我……的官司没有在赢的……

美媚： 喔！那今天一定要帅——帅得让人不要不要的……

△ 王赦笑亲美媚下车

40

时 | 日　　景 | 三年后　法庭门口

人物 | 王赦、一骏

△ 王赦换上律师袍，准备报到，却看到一骏拎着大公事包走来
△ 走廊上，拖着脚链被法警护送而来的死刑犯缓缓而来
△ 王赦与一骏两人相视！

（本剧终）

我们与恶的距离

写作本剧时，编剧吕莳媛在看什么……
编剧的独家推荐片单

The World Between Us

	剧名／片名	创剧人／编剧
美剧	《我们这一天》 （*This Is Us*，2016）	丹・福格尔曼（Dan Fogelman）等
	《心灵猎人》 （*Mindhunter*，2017）	乔・彭豪尔（Joe Penhall）等
英剧	《约翰・里弗》 （*River*，2015）	艾比・摩根（Abi Morgan）
日剧	《尽管如此也要活下去》 （それでも、生きてゆく，2011）	坂元裕二
	《爱与宽恕》 （アイシテル，2009）	高桥麻纪 吉本昌弘
电影	《美丽心灵》 （*A Beautiful Mind*，2001）	阿齐瓦・高斯曼（Akiva Goldsman） 西尔维娅・纳萨尔（Sylvia Nasar）
	《说来有点可笑》 （*It's Kind of a Funny Story*，2010）	安娜・波顿（Anna Boden） 瑞安・弗雷克（Ryan Fleck）
	《黑天鹅》 （*Black Swan*，2010）	马克・海曼（Mark Heyman） 安德雷斯・海因斯（Andres Heinz） 约翰・J. 麦克劳克林 （John J. McLaughlin）

图书在版编目（CIP）数据

我们与恶的距离 / 吕莳媛, 公共电视著. -- 北京：中国友谊出版公司, 2020.11
ISBN 978-7-5057-4914-6

Ⅰ.①我… Ⅱ.①吕… ②公… Ⅲ.①电视文学剧本—中国—当代 Ⅳ.①I235.2

中国版本图书馆CIP数据核字(2020)第095598号

著作权合同登记号　图字：01-2020-3215

《我们与恶的距离》创作全见：完整十集剧本&幕后导读访谈记事
吕莳媛, 财团法人公共电视文化事业基金会著
中文简体版 © 2020由 银杏树下（北京）图书有限责任公司出版
本书经城邦文化事业股份有限公司麦田出版事业部授权出版中文简体字版本。
非经书面同意，不得以任何形式任意重制、转载。

Simplified Chinese edition copyright © 2020 Ginkgo（Beijing）Book Co., Ltd.
All rights reserved.
本书中文简体版权归属于银杏树下（北京）图书有限责任公司

书名	我们与恶的距离
作者	吕莳媛　公共电视
出版	中国友谊出版公司
发行	中国友谊出版公司
经销	新华书店
印刷	北京盛通印刷股份有限公司
规格	690×960毫米　16开 28.5印张　320千字
版次	2020年11月第1版
印次	2020年11月第1次印刷
书号	ISBN 978-7-5057-4914-6
定价	82.00元
地址	北京市朝阳区西坝河南里17号楼
邮编	100028
电话	（010）64678009